遇见

喜马拉雅山下的时光

尼泊尔三十三天穷游笔记

王十九 著

重庆出版集团 重庆出版社

图书在版编目（CIP）数据

遇见·喜马拉雅山下的时光 / 王十九著. -- 重庆：重庆出版社, 2014.9

ISBN 978-7-229-08270-3

Ⅰ.①遇… Ⅱ.①王… Ⅲ.①游记－作品集－中国－当代 Ⅳ.①I267.4

中国版本图书馆CIP数据核字(2014)第142670号

遇见·喜马拉雅山下的时光
YUJIAN·XIMALAYASHAN XIA DE SHIGUANG
王十九 著

出 版 人：罗小卫
责任编辑：罗玉平　郭莹莹
责任校对：杨婧
装帧设计：艾瑞斯数字工作室clark1943@qq.com

重庆出版集团
重庆出版社 出版

重庆长江二路205号　邮政编码：400016　http://www.cqph.com

重庆出版集团印务有限公司印刷
重庆出版集团图书发行有限公司发行

MAIL:fxchu@cqph.com　邮购电话：023-68809452

重庆出版社天猫旗舰店
cqcbs.tmall.com

全国新华书店经销
开本：880mm×1230mm　1/32　印张：8.625　字数：225千
2014年9月第1版　2014年9月第1版第1次印刷
ISBN 978-7-229-08270-3
定价：35.00元

如有印装质量问题，请向本集团图书发行有限公司调换：023-68809452

版权所有　侵权必究

目录 CONTENS

起点	日喀则	002
起点	路上的风景,或者公路故事	005
起点	高原和云	009
DAY 1	修行 OR 越修越不行	014
DAY 2	印度来的小莫	026
DAY 3	皇家广场的神祇视角	034
DAY 4	咂酒罐	042
DAY 5	闲散的味道	048
DAY 6	遇见生活的细节	054
DAY 7	这是一场暴烈的雨	061
DAY 8	梦或梦的余韵	076
DAY 9	最重要的是和谁一起玩	082
DAY 10	阳光灿烂的后遗症	097
DAY 11	贝佳妮湖:一片幽静孤绝的水	103
DAY 12	贴身感受一条奔腾的河流	120
DAY 13	暗夜行路·枪口的闪光	132
DAY 14	爱神庙的五种可能性	140
DAY 15	兽主寺 VS. 生死感悟	145

DAY 16	在加都申请印度签证	157
DAY 17	本地风味的观影记	166
DAY 18	谁要去印度？	174
DAY 19	赌场	181
DAY 20	两难处境下的巴基斯坦签证	186
DAY 21	猴庙里的大日如来	190
DAY 22	最古老的皇宫	200
DAY 23	两种离别	209
DAY 24	我遗憾不能欣赏它的黄昏和黎明	213
DAY 25	女人们的交往方式	223
DAY 26	异国的南方	227
DAY 27	虚伪丛林骑象记	238
DAY 28	即使只是寻根	246
DAY 29	红衬衣的长发老太	250
DAY 30	午夜的记录	252
DAY 31	通往印度之路	256
附录	书店记	263

启程了……

日喀则
从拉萨去加都

起点

　　从拉萨包车去中尼边境的樟木,我问过很多司机,都只能下午出发。我就在 2008 年 7 月 4 日上午直接从拉萨汽车站坐班车到日喀则了,票价比以前有所上涨。当天 9 点半开车,虽然一路上有人上下,还是没有超过传说中的 4 个半小时,到日喀则是下午 2 点左右,停在安康客运站。去樟木的班车需要在到站后过马路去对面的日喀则客运站买票,目前的票价是 185 元,似乎和往年价格一样,发车时间上午 8 点。

　　沿途风景很好,可惜我基本上在半梦半醒状态中过去,一路播放的藏族民歌都成好听的催眠曲了。坐长途车总是这样，容易睡觉和发梦。偶尔瞥见几眼外面的峭壁和上面提醒过往车辆注意飞石的牌子；有时候会看见很小的瀑布在车窗外的悬崖上飞快晃过去；当然还有雅鲁藏布江，以及交替出现的青山和雪山。

身边坐了一名老年男人。他大概感冒了，一直在擤鼻涕和打喷嚏。大概因为在拉萨淋了雨。他不说话，偶尔微笑，很温和的样子。他带了一瓶啤酒，直接放在脚下。车行了一阵，他从一个绣花的布包里翻出一只红花瓷碗，提溜起啤酒瓶，隔一会儿就倒一碗酒喝。到站的时候我又睡着了，他笑着摇醒我，指指外面的车站，但是没有说话。

日喀则历来为班禅驻锡之地，在政治、宗教和文化上都很有地位。市内的景点大概就是传说可与布宫媲美的扎什伦布寺还不错，真正精彩之处如白居寺、萨迦寺、宗山抗英遗址仍然分散在该区市区之外的境内，比如江孜、墨脱、樟木、定日（珠峰）、阿里等著名地点也为日喀则地区所辖。我希望返程时可以在这地区逗留两天。

这个城市的规模比较小，从车站打车到刚坚果园宾馆，只需要5元。这宾馆大概是刚坚地毯厂的产业，现在已经升级成脱离行业背景的公众投宿地了，位置还可以，就在扎什伦布寺对面，躺在床上可以看见阳光下的扎寺和它背靠的尼玛山。

休息一阵之后出来走路，经过了三条经纬纵横的大路，我初步了解到这个城市的道路轮廓：南北向的、相对漫长的是珠峰路，它在第一个十字路口与东西走向的山东路相交；在第二个十字路口与上海中路相交，这一带大概也是日喀则的繁华地段，车站和各种场所都主要集中在这附近。

晚上去附近的一个网吧看了看往来邮件。偏偏这两天北京那边有一些事，有朋友在帮助处理，真是非常非常感谢，不知道给人添多少麻烦。回去的路上，在超市里买了一些杂货，尤其是成都风味的小吃。日喀则四川人多，要找到对口味的食品实在很容易。除了"牛筋词典"、"口水兔"、"老几笋干"，我甚至还找到了对我来说旅行必备的鱼泉榨菜，也少不了大量的瓶装水。

　　躺在床上，看着藏语版的《大明宫词》，不知道啥时候入睡。藏语我全然不懂，但看剧情与台词对应，似乎称"他"为"Naug"。那些对白听起来深情悦耳，对我来说是一种陌生而美丽的语言。

起点 路上的风景，或者公路故事
从拉萨去加都

从日喀则到樟木是去往中尼边境路途中剩下的一段，车票比拉萨到日喀则便宜很多，但是客运站说是要走大概 12 个小时，晚上七八点钟才能到达的样子。

这是又一段漫长的行程。平常如果我待在自己住的地方，是能睡不坐、能坐不站，绝对不愿意多动一下，此时听到要坐 12 小时长途车，却没什么反感，不知道是否人在旅途带来的状态变化。

一方面我不喜欢长时间坐在车里的那种憋闷感和拥挤。根据经验，在这样的地方，坐车跑这样长的时间，几乎不能指望可以轻松地伸展双腿或者和什么人怡然聊天。必然会是各种拥挤杂乱的人和行李把车厢塞得满满当当，大家在一种变形的状态下被汽车带着往前跑。甚至无法预测到沿途会出现什么样的故障。

但是，另一方面，我在外面玩的时候，却又很喜欢在公路上游荡的感觉。这种偏好也许来自于所谓"公路故事"或"公路片"的影响。

在我心目中，我认为最感人的一个公路故事也许应该算从前张贤亮写的《肖尔布拉克》。印象中我是在上小学的时候无意中摸到这本书，磕磕绊绊地读完了它。大概是讲一个男人，因为什么事情跑到新疆，在肖尔布拉克当了汽车司机，长期在路上跑运输。后来他结婚了，但是他老婆对他很冷漠，

· 扎什伦布寺

还被发现有一个情人。他为此很痛苦。大家在一起打开天窗说亮话，原来他老婆和那情人是在无法抗拒的情形下，被拆散的一对苦命鸳鸯。他同情他们，就离婚了。他的第二段婚姻则起源于半路上的搭车事件。有个女人带着生病的孩子，他帮助了她们。后来他们建立了固定的联系，再后来，他们结婚了，感情非常好。

我恍惚还记得那个小说是第一人称写的，就看过那一遍，就算已经忘记了其中的很多细节（比如男主角为什么会跑新疆去？带孩子搭车的女人原来的丈夫干吗去了？），但对故事整体框架印象极深，也许是因为在同类故事中它第一个占据了我童年时代的记忆。从此我大概下意识地觉得漫长的公路旅途中往往也隐藏着浪漫的色彩，虽然我始终不曾遇见过。我后来甚至回避看根据那篇小说拍摄的同名电影，免得破坏它给我留下的美好感觉。

在那之后，被类型化地进行评点的好莱坞公路片在一定程度上强化了我对公路旅行的好感。很多人，也许能够忘记那些在公路上的追逐和厮杀、引诱与陷害，也许能够忘记《亡命天涯》、《亡命鸳鸯》之类的大路货类型片，但是真正能对《末路狂花》（又名《路易斯与塞尔玛》）这么精彩的电影完全无动于衷的人，又有几个呢？

实际上纳博科夫的著名小说《洛丽塔》改编成电影之后（这片子在有些地方被译成《一树梨花压海棠》），从某种角度上也具备了公路片的特点，这里就不说了。还是回忆《末路狂花》吧。那绝对能让人震撼的美丽故事。我不记得具体哪一年看的了。电影里布拉德·皮特正处在完美的 30 多岁。电影中除了震撼人心的风光还有非常少儿不宜的动作场景。我还记得某个很限制级的镜头结束之后，我的后脖梗上接收到一口大概憋了很久才大力吐出来的闷热、沉重而浑浊的气息，它带给我一种猥亵不洁的感觉，这使得我恼怒地回头注视后排那个在这么一种场面结束之后把浊气喷射到我肉体上的人。不过，在发现这个狼狈的同性是一名最多比我大一两岁的、满脸通红的家伙之后，我立刻在心里谅解了他，虽然还是很有原则地瞪了他一眼。

这些年来，我在外面旅行的经历不能说不丰富了。尽管经常在似乎漫长到没有尽头的公路上坐车奔波，尽管跑过的地方涉及这个幅员辽阔的国家的东南西北，在沿途的新鲜美景之外，我从来没有亲身体验过那些公路小说或公路电影讲述的动人故事。

这不表示我挖空心思想要寻求一场艳遇或者别的什么。应该说这是我们这些普通人，在陌生化场景中对一种陌生化情节的心理需要。再美好的旅途，如果足够漫长，如果没有人情冷暖作为陪衬的话，都会不由自主地显得孤寂和呆板。也正因为非常清楚自己的各种乱七八糟想法或感觉的来龙去脉，我从来不觉得受了某个具体的公路小说或公路电影的欺骗。

漫长，甚至偶尔显得单调的公路旅行，纵然隐含着对我来说几乎可以被称之为痛苦的一些麻烦，还是对我充满吸引力。

这是一段虽然漫长和曲折，但仍然算得上令人回味的公路旅行。甚至在中途河滩上面出现的一辆新近翻下公路的倒扣着的小车，也没有让我感到兔死狐悲的紧张或焦虑，我只记住了它那不吉利的白色和它的悲剧命运。

起点 | 高原和云
从拉萨去加都

我相信没有人能够真正地见过这一段路上的云的全貌，更谈不上穷形尽相地描摹或表达它。这太难了。

汽车出了城区，沿着近郊公路跑了一阵子，很快穿越河滩，以及一些长着浅草的湿地，在和拉萨到日喀则路段相似的丘陵或低山环境中，一直奔跑到中午才停下来。那时候阳光猛烈，司机在那个镇子上的一家小餐馆门口停下来。人们都下了车，在屋子里或屋檐下活动。在街道上奔跑或散步的主要是狗，它们互相摩擦或者厮打，又一起追逐从别的地方闯入它们地盘的家伙。

我坐在餐馆隔壁的门槛上发呆。这屋子里有个老头,他的孙子看起来非常小,不怎么说话,也在我旁边坐下来。有个人摸进来,跑去舀了一瓢凉水喝。后来有个20岁穿粉红衣服黑长裙的藏族女人也在旁边坐下,她拖着一个口袋。她腰带上戴着褪色银饰扣,看起来比我的巴掌还大。她的脸上和那些儿童一样,有鲜艳的高原红。

我们等了好久。我没胃口不想吃饭,始终只是不停地喝水和吃我自己买的各种零食。但当人们都吃了饭后,我们的车还是不能出发,原来是车胎爆了。所以我在那个门槛上坐着看街道上不同颜色、长相和个头的狗以及它们的活动,偶尔打瞌睡,更偶尔上厕所和抽烟,这样度过了接近两个小时。

然后,我们的车离开那个镇子,往前继续跑。才走没多远,迎面一座雪峰,在阳光下灿然生辉,周边绕着几朵轻灵柔软的云。有人说,这是珠峰啊。有人说不是。他们为此打赌和争论。

这辆车继续跑了不知道多久之后,在某个小溪边停下来,看来司机很明白流水不腐的道理。他豪放地对众人说:下去拉屎撒尿!于是男人们纷纷下车,旁若无人地放水,阳光下有很多条水流的抛物线,这是城市里常见的草坪喷水装置才能制造出来的景象。

那一次集体放水之后,我们面对面遇到了高原上的云……

一开始这些云是在远处闲散地飘着,等着我们过去,但是却永远不能足够接近。随着高原地势的起伏变化,我们被汽车带着在辽阔的大地上,以公路为基准,直行或迂回。那些云有时候在地平线上面的空中,遮天蔽日但不觉得阴暗,反倒在阳光下的土地上投射出浅淡飘忽的影子,我们经常从这些影子里穿行过去。

有时候它们在地平线以下的深谷里，诡异莫测地涌动，似乎在构思一种奇特玄妙的风景，车窗旁边时不时闪过它们当中逃逸出来的丝丝缕缕。有时候就在正前方的地平线上看见巨大的云朵，连结成厚实柔软的一大片，对着所有的人一字排开，掩映着一半天和地，好像标志着尘世的终点线和仙境的入口一样。

　　这只是2008年7月5日下午3点钟至5点钟之间，驽钝而漫不经心的我，在打瞌睡和聊天和吃零食和看书的间隙，坐在长途公交车的后排右侧窗边，偶尔看见的那些高原云朵的破碎印象。那是夏天一个阳光灿烂的日子。谁知道如果是阴天，这里的云彩又是什么样子。以及别的季节千变万化的天气中，它们又是哪种状态？一个观察力比我敏锐、心灵比我敏感的人来认真地注视同样的场景，他又会捕捉到什么记忆？光不同的位置也会影响到他的视觉印象吧，更不用说多变的心情和其他外部因素。

而有时候我们在某座悬崖下的一段公路上奔驰之际，半山上那些流动的云则像在把山峰当道具耍把戏给人看一样，一会儿徐徐舒卷，一会儿快速奔流，一会儿全部烟消云散，一会儿蒙得严严实实。

　　这一大片高原上，一路邂逅的这些流云，极富变化且大气磅礴，仅仅通过视觉就留下很有质感又充满灵性的印象。它们饱满、润泽、温柔、轻逸，都是蕴含着丰富层次和变化的、看上去却又很纯净的白色。

　　这是一些陌生又复杂的自由云朵，它们有自己的生命。它们和高原的蓝天一起，用最简单的元素组合出千变万化的风景，几乎每一次变化都震撼人心。看到它们，我回忆起从前在别处看到过的蓝天白云，觉得后者像是蓝底撒小白花的布匹，作为装饰而安静地存在。

　　高原的黄昏渐渐被微茫的暮色取代，夜晚的来临在这里呈现出一种节奏分明的过程。不像我在内地常见的快速变黑，而是夕阳的残照渐渐从明亮的橘红变成冷调，依次是紫、蓝、灰、黑，每一个阶段都有丰富而清晰的渐变。

所以这里的夜晚是在七彩斑斓的过程中降临的。

汽车在山谷中的一个小镇子上停了一会儿,下去几个人,又有人让司机捎点儿蔬菜给樟木的亲戚。然后汽车就开着车灯,照射出灰白的公路,在雾气和夜色中并不减速地奔跑,直到进入聂拉木县城。在这里,所有乘客都下车,被要求出示边防证或护照。

一群中学生在聂拉木县城上车。他们大说大笑,又从 MP3 之类的东西里面放歌,后来跟着唱,又互相起哄鼓掌,显示出一种活泼热烈的稚嫩青春。他们唱的藏语歌还挺好听的。闹了一阵,有个人很淘气地说:"东方明珠樟木就快到了,大家放松一下,跳跳舞,唱唱歌,爱干吗干吗。"车里的一些人哄笑了一会儿。外面开始下很大的雨,像有扫帚在刷着汽车的顶篷。

车上的人在夜幕降临之后就不怎么说话了。我也一样,天色变暗我就容易犯困,尤其是在这种颠簸的、开了十几个小时的长途汽车里。我们在这热闹的黑暗里沉默地听着少年奔放的歌声,都没有再说话。

汽车冒雨开到樟木车站的时候,已经深夜了。一些人抱怨说,浑身都麻了。人们三三两两地下车,每个人都有不同的方向。

修行 OR 越修越不行
7月6日 星期日 加都

DAY 1

今天中午11点半左右出门，沿着樟木镇上那条唯一的街道，或者说主街，走了10分钟左右，进了中国海关。看护照和检查行李都是例行公事。这里的工作人员友好亲切，表现出强烈的聊天欲望，也许他们的工作确实太单调了。

一名在街上碰到的人问清楚我要过友谊桥进尼泊尔，电话叫来一小姑娘领路去坐她们家的车。她要的车费是10元，这基本上是行价。据说从前主要是一些尼泊尔人拉这条线，但是经常容易几十美金或几十人民币地乱要。现在大概竞争多了，内地的中国人有不少到樟木来，价格就下来了。从前主要是尼泊尔人从事的换汇业务现在也几乎被中国人垄断了市场。

同车有一名中年妇女，上穿水红衬衣，下穿黑长裙，打扮亦汉亦藏。她说她以前在北京混过6个月，大概是在秀水街那边的某个餐馆当厨师；在樟木这一带她混的时间更长，有10多年了，业务包括但不限于换汇。我和她简单地商讨了一下，以1:10.35的价格，用人民币和她换了一些尼泊尔卢比（货币叫卢比的国家至少还有巴基斯坦和印度），她们这些人称之为尼币。不过跟我同车去尼泊尔的人认为换得低了，这是后话。

实际上我很希望有机会和当地人一起坐那种长途公交车去尼泊尔首都加德满都市。但是我碰到一名30多岁的中国男人说，他包车过去五六百卢比一个人，又对我说："也就省一二十块钱，你干吗呀。"我不想和他解释。

他又说:"现在班车没点儿,而且特别挤,特别热,一般都受不了。"这三个理由中的后两个对一名在路上坐了两天车的人确实极具说服力,我立刻放弃了一入境就和当地人打成一片的妄想,和他去包车了。很快我们又遇到另一个中国男人,他说他还有两名同伴在前面的路上等着,和我们一起包车。

艰难地穿过那条狭窄、拥挤的街道之后,司机终于带着我们上了一条貌似略微宽敞的泥土公路。我们五个中国男人都齐了。谈话中发现那4个都是商人,他们彼此至少是很面善,个别的认识其他3个。首先招呼我包车的男人原来是加都泰米尔区凤凰宾馆的老板,旁人称他老江(或是老姜?至今不清楚),原籍广东;另外三个人中似乎有至少一名浙江人和一名湖南人。

老江很熟练地坐在第二排靠窗的位置,和他一起的是另外两个年龄较大同时相对更胖的男人。我和一个相对瘦的小伙子在前排也就是驾驶室里。或者追求安全性,或者试图看到更多风景,两拨人各取所需,非常和谐地出发了。车开了一阵手机还有信号,之前在友谊桥我都有些惊讶,原本以为到这里就没辙了。他们说,用中国卡的手机在离开友谊桥去尼泊尔大概8公里的地方都还能和国内的人通话。

但是那条山路比较恶心。烂不要紧,不是柏油的也不要紧,有很多上坡下坡或者面临悬崖峭壁无底深渊都不要紧,它最大的毛病是有无数的拐弯,有时候不到一百米的距离就恨不得拐10个弯,而且经常碰到非常险恶的发夹弯。

那个尼泊尔司机又比较愣,在山路上飙车,还不爱按喇叭,结果才开出不到5公里就差点儿出车祸,和劈面来的一辆车非常近距离地擦过去。那之后他老实了许多,拐弯和下坡的时候对速度有所控制了,不过偶尔还是干点儿双手放开方向盘点烟一类的事。

这一路上有无数的警察拦路，有的查验护照，有的直接找司机说话，至少有一次还向他要钱了。每次停车，凤凰宾馆那个江老板就会追问他干什么或者要求他直接往前开。司机一般解释说：都是朋友，也不是检查，只是例行公事地问问，或者干脆是和他打招呼等等。

　　有一次停车，他的解释是罢工，并且说："死了个人，就罢工了。"然后他们就议论起尼泊尔的罢工故事来。坐我旁边那个人说有次他去加都，路上碰到罢工，原因是有个人的一棵树被人砍了。另外几人纷纷说：他们罢工也没人管，随便几个人一凑合，就开始了。老江后来说："反正我那里存储了两吨柴油和够半年吃的大米，罢工我也不怕。"他说他存柴油主要是因为改用了柴油灶，以前是煤气的。我问是否有污染，他说不。在进入加都市区之后，碰到又一起罢工，很多辆车密密匝匝地挤在一百米左右的前方，远处看起来像一块集成电路，让人对能否通行感到绝望。老江在加都呆了好几年，对道路也比较熟悉，就和司机商量着倒车换路。

　　从樟木到加都一路的风景，开始时颇有可观之处，汽车紧靠着峭壁，底下是一条跌宕的河，这样走了好久。司机说那条浑浊的河叫 sufde，但是不知道具体什么含义。到后来景象变幻，和中国南方的山野风光相差不大，只是植物中同时出现玉米、高粱和棕榈、芭蕉，温带和亚热带的标志站在一起，在物候上有点儿混杂。看那些房屋多半有倾斜度较大的屋檐，屋顶比较锐利，这意味着降水量不小；但是却少见水田，多是旱地，这是另一点费解之处。道旁的花卉至少有美人蕉、石榴、吊钟和牵牛。树木中至少有松树、槐树、柳树、黄桷树和枇杷等等，其他记不住的不用说都是我不认识的。

　　路上唯一出现竹子的地方是在一个半山腰，只有两三棵，那是一蓬孤零零的、巨大的草。

　　沿途看到的一个细节是：几乎所有尼泊尔男人着装都现代化了，无非是衬衫、T恤、长裤、短裤等；几乎所有尼泊尔女人着装都很传统，到处都看见纱丽（尼泊尔的传统服饰）。我只看见一名妇女穿着男式衬衫和一名男人走在一起，距离近得很像是夫妻。我认为她比较勇敢，胆小的人很难不从众。

我们5个中国男人在车上八卦了一路，有的说这里风景好那里风景不好，有的说他在边境这么多年还没去过印度，以后一定要去看，有的说印度最好的城市是孟买，有的说孟加拉也好做生意，有的说中国真是富强了，有的说今年到尼泊尔的人真是少太多了，反正海阔天空，打发时间。

后来大家就说起汇率来。因为他们大概都在不同程度地做换汇生意，一开始说到这个问题时，都比较含糊。老江说我换的价格不好，但是也没太吃亏，现在价格都是乱开，没有官价，只有多比较等等。后来说话多了，他说："人民币对尼币，现在应该在1:10.48左右，起码10.45，不过尼币似乎有升值的趋势。"坐我旁边的人也说，现在的价格在10.4至10.5之间比较合理。说起来是很小的事，不过这个信息逐步吐露的演变过程很有趣。

中途在某个小镇上，在老江的带领下，我们找了间餐馆吃饭，是尼泊尔民族餐。这馆子提供的主菜羊肉几乎咬不动，但是米饭还可以，米的质量较好。配菜有烂炖空心菜、土豆烧豆子等。

顺便说一下，很多人记忆里尼泊尔菜中神秘的Dal，就是豆子而已。南亚人疯狂地热爱豆子，烧汤用它，炒菜用它，零食也用它。他们能用豆子做出的花样，几乎和中国人用豆腐做出的花样一样多。这个地区的豆子品种丰富到让学外语的人痛恨，光是豆子就要派生出一大捆单词，诸如鹰嘴豆、扁豆之类还算很简单的。

这个餐馆里的西红柿汤和绿豆粥里都加了辣椒，前者酸辣，后者香辣，都是我可以接受的味道。所有的饭和菜都可以连续添。这样一堆东西外加一瓶尼泊尔自产矿泉水，最后收费每个人130尼币（不到13元），和拉萨的餐厅比较起来就非常便宜。

沿路碰到数不清的来自印度塔塔（TATA）集团制造的车，很多都打扮得非常花哨，这大概是南亚的一种流行方式，在巴基斯坦和印度也多见这种花车，除了车厢里挤满人，顶篷上往往也坐一堆人。又有好多用柴油燃料的车，冒着浓黑的烟，魔鬼似的。司机一看见柴油车就超过去，但有时候对面开过来一辆这种魔鬼车，就只能忍着了。

进加都后，车辆越来越多，看见的魔鬼车也更多了。这时候天上乌云滚滚，同时又有阳光，很矛盾的样子，让人不禁认为太阳神阿波罗的金马车也是烧柴油的，虽然它在印度教里的名字叫苏里耶并且拥有一些别称……

我们在加都城里还经过一道围墙，据老江说里面是国王的新宫。随即又到一个地方，他说是老王宫改建成博物馆了。这两处紧挨着，我又没听清楚，就以为现在的王宫又是博物馆，不免觉得啼笑皆非，后来他解释之后才知道不是。

到凤凰宾馆后，每个人给了司机600卢比，比传说中的500尼币多了一点。据说这和油价有关。我是到了这里之后才终于决定住老江的宾馆。理由至少有：1. 不贵；2. 有中国人但又不像别的中国人开的饭店或旅馆那样中国人过分扎堆；3. 知道某位叫凤凰的同学；4. 编的某个故事女主角是凤凰。这个决策过程表明，现实和想象等多种因素同时对我发生了作用。

现在凤凰宾馆的价格是单人间300尼币，双人间500尼币，免税。我没有问是否淡季价。

基本上我住的单人间是旅馆的样子。房间很小，有独立卫生间，不提供洗漱用品，没有开水，也没有写字台。这个房间的插孔让我再次感到尼泊尔受英国影响之大：车走马路左侧；这个宾馆的 1 楼是在第二层，底下的 1 层不用说是所谓 ground floor；插孔是英式圆孔，需要买插板转换才能用电脑和别的电器。当然我们也可以继续联想到它这里乃至整个南亚都盛行的英语，和英国至今差不多每年都向尼泊尔招募的廓尔喀士兵。

洗澡之后我出去转路。凤凰宾馆所在的泰米尔街区大概类似于北京的秀水街、雅宝路之类，老外很多，店铺也很多。对尼泊尔人来说，我也是老外。作为以汉语为母语的人，每次置身在几乎看不见中文招牌的街道上，我都有走进电影场景的感觉并且不免矫情地想：中文真是全世界最美的文字啊。

这次出发前我集中看了一点儿关于印度文化、宗教、历史等方面的书，尼泊尔受印度影响很大，并曾是地球上唯一一个以印度教为国教的国家（2006 年废除印度教的国教地位），看这些书对来这里玩有所帮助。不过更有趣和更有针对性的两本书分别是《尼泊尔民族志》和《尼泊尔诗选》。我希望尽可能地问遇到的人都是什么民族。

送我们来的司机是一个爱流鼻涕、皮肤黝黑、总体来说沉默寡言的夏尔巴（Sherpa）人。他们也被有些人或资料称为谢尔巴人、雪巴人。中学或大学用过《新概念英语》或《剑桥英语》的人对夏尔巴人估计会有印象。两种教材都谈到，他们中的一个人陪同英国登山队在世界上首次登顶珠峰。著名的《国家地理》电视频道也曾经有一集专门讲述夏尔巴人的故事，这次和他们一起登山并帮助他们改变生活的大概是新西兰人还是澳大利亚人，不记得了。

登山在很大程度上影响了夏尔巴人的生活方式。他们中的很多人现在不屑于从事古老的贸易，那需要跋山涉水且收入微薄，和给登山的外国人当导游的收入比起来不值一哂。至今夏尔巴人仍是游客在尼泊尔登山或徒步旅行时最愿意选择的导游。他们被认为具有吃苦耐劳、登山如履平地和诚实等优点。

根据《尼泊尔民族志》，尼泊尔的夏尔巴人和中国的夏尔巴人同出一脉。他们最早是党项羌族（曾建立西夏王国）的一支。蒙古灭西夏后，党项羌族中的这一支南迁至西康木雅地区，称木雅巴人。其后忽必烈南征大理，木雅巴人又逃离西康，迁居后藏，逐渐成为夏尔巴人；其中一部分继续往南，翻越喜马拉雅山口，成为尼泊尔的夏尔巴族。可以这么说，党项羌族、蒙古、南迁，是中尼两国夏尔巴人历史上的三个关键词。

出宾馆后，我碰到的第一个尼泊尔人是在近旁的一名小伙子，很精神。我们八卦了一会儿。他猜我来自北京还是上海，我问他是哪个民族的。他开口说了个很复杂的名词：巴拉高莱（Baragaules）族。实际上我是根据他说来自北部山区才确定他说的是这个词。

巴拉高莱族被认为是尼国北部喜马拉雅山区人数少影响也比较小的民族。一出门就碰到这么个宝贝，真是好运气。

"巴拉"（Bara）在南亚大多数印欧语言中都是"十二"的意思，巴拉高莱族被认为起源自一片聚集了12个村庄的地方，总体历史还比较含糊。但是根据资料的说法，该族人具有蒙古人特征，而这个小伙子在某些方面像雅利安人。我猜他或者他的先辈中有人混血，他承认之后，骄傲地说自己是印度教徒，然后恼怒地走开了。

泰米尔街区的书店可以说99%都卖英文书，其他语言诸如中文、印地文、法、意、西之类印成的书，除了极个别的称得上是作品，往往就是与尼泊尔语进行对照学习的工具书。这里的书和中国出版的书在价格上比起来非常贵。从尼泊尔人的视角来看，一本英文书动不动就是几百卢比或者说他们的几百块钱，这也许是他们中的工薪阶层至少半个月的工资，几乎要算奢侈品。或许书价高昂这个事实在一定程度上会导致尼泊尔的文盲越来越多。即使经过汇率修饰，这些书对中国人来说也不算便宜。这样的价格出现在这个国家，堪称超英赶美。

我进的第一家店离宾馆很近，在那里发现一些不错的书。比如著名的印度《欲经》（Kama Sutra，梵文词，Kama＝爱，欲；Sutra 在不同情况下分别为经、典、书等等）英文版，国内是难以见到的。其他一些诸如纪实类的《加都生死》、言情类的《深宫绝恋》等，看内容简介和目录都还可以。当然也有《查泰莱夫人的情人》一类的书，具体到《查》这本书，它无疑也是质量很不错的小说，D.H. 劳伦斯的全集在几家书店里都可以看到，大概他和他的作品中流露的某些气质迎合了一些到尼泊尔来的人的心理。

这里的书店同时也卖旧书。我看见有一本书是中国的外语教学与研究出版社的产品，是卢梭的《忏悔录》。翻了一下，版权页上赫然盖着一个紫色的椭圆戳：喀什新华书店。

正在看书的时候，有几个女人进来，翻来覆去看尼泊尔风光挂历。她们说的汉语让我轻率地产生了一种亲切感，不免多事地建议她们别买这种在家上网就能扒拉出来然后直接打印装订的东西，更好的选择也许是历史、文化、宗教类书籍或者以本地风物为背景的小说。结果其中一个女人说："你是台湾人吗？"

我真是纳闷啊。虽然我小时候是南方人，虽然我不像大学同宿舍的另一个南方人那样才到北京一学期就把普通话说得毫无瑕疵，但是我说的普通话显然和台湾省的人们差别很大。在北京呆久了的人，要捏着鼻子才能说出他们那种既娇且嗲的国语腔调，偏偏一些这样学说台式普通话的人往往觉得自己很时髦。

随后其中一个比较年轻的女人说:"你来尼泊尔修行吗?你喜欢冥想?"我立刻无语,直接就不理她了。我不想评论别的什么打着"修行"、"冥想"或"思考"旗号到尼泊尔的人。我只知道,除了极个别也许真的颇有积累的人之外,大多数来尼泊尔"修行"、"冥想"或"思考"的,既不了解印度教也谈不上了解佛教。

我出发之前,看过的关于印度文化、历史、印度教、佛教、尼泊尔等方面的书也颇有几本,但始终觉得对这地方了解不够。我不能想象自己找棵树往下盘腿一坐,装模作样地"修行"或"冥想",那样只怕越修越不行,越想越糊涂。对我来说,有什么事在哪里想都是一样的,躺在自己的床上最舒服。尼泊尔虽然不算富裕强大,好歹也是一个远方的国家,所以我不免感到有些惭愧,实在不知道自己言谈举止的哪些地方喜剧到让同胞竟然认为我也会不远万里跑过来"修行"……

那几个女人走后,书店的小老板和我聊天。我问了半天,他始终不清楚我要问的是他属于尼泊尔几十个民族中的哪一个,而是大谈他的种姓。我不知道是刚才巴拉高莱族那个小伙子理解能力超强还是自己的英语烂到没边儿,反正他死活说自己是尼泊尔族——这是一个和"中华民族"一样具有强烈包容感与亲和力但是不够具体的名词。不过他解释说他是印度教徒,种姓是首陀罗。

在印度教4大种姓里,传统上,首陀罗被很不人道地对待,他们地位最低,尽干粗活,没有资格学习作为印度教经典的四大《吠陀》和《薄伽梵歌》等,甚至也不算再生族。《摩奴法典》里有很多与他们有关的残酷且不公平的条文。在种姓方面,他们唯一值得骄傲的是,对包括他们在内的印度教徒来说,还存在一群所谓的无种姓"贱民"(不可接触者)。

即使对印度和尼泊尔的情形有所了解，我也觉得这些地方的人名字通常都很难记忆，所以我不再主动问他们的姓名，更倾向于问民族。买转换用的插座时，那个老板告诉他我他是尼瓦尔（Newar）人。

他是佛教徒，但是有种姓。这几乎是尼泊尔佛教徒的一个最大的特点。也许印度的某些从印度教转投佛教的"新佛教徒"会具有种姓特征，但不会像尼瓦尔人这样天然地作为佛教徒就具有自己的种姓。尼瓦尔人的这种特点实际上浓缩和暗示了印度教和佛教在尼泊尔的一段斗争与融合的历史。

尼瓦尔人被认为有三个特点：善于经商，加都乃至整个尼泊尔的大多数商人都是尼瓦尔人；擅长工艺，尼泊尔的艺术史中充斥着尼瓦尔族高手大匠的名字，北京的白塔寺据说就是尼瓦尔人阿尼哥在中国元朝时赴华主持修建的；脾气温和，善于和人打交道，大概人们公认的加都那些脾气温和的商人，往往很可能是尼瓦尔人，这一特点也和他们以经商为主的职业特性彼此呼应。

电器店老板边做生意边在那里看印度电视台的频道，我问他是否印地语对他来说非常容易，他说是。他笑得很和蔼，但是卖插座坚决不少一文。我说这是我们中国货，它会认老乡，难道你都不肯顺着它心意打个折。他笑着说现在它在尼泊尔。

他教我用尼泊尔语说"175卢比"。在说这个词组时，尤其是说到"一百"，他发的元音很小，和印地语的元音比起来相当于音位只发到三分之二。尼泊尔卢比和印度卢比的价值比较几乎也是三分之二（从汇率上看是 1.6:1）。我私下认为这是语言学对金融业的神秘影响。

买了一些东西之后，转到一家餐馆前面，它的招牌是 Nepalese Kitchen，如果用花哨的中文说就是"尼国名厨"或"尼国风味"，老实地翻译就是"尼泊尔厨房"。

餐桌和铁椅子都放在一个空旷幽静的小院子里，我更多地喜欢那里安静的环境。但是这个馆子卖的东西分量很少。70尼币的Momo其实就是8个没有发育成熟的蒸饺，味道还行，但是身量未足，形容尚小，而且是死面，中看不中吃。30尼币一杯的热巧克力也不浓，有兑水过度的嫌疑。

Momo这个名字，大概就是尼泊尔人借鉴的中文词"馍馍"吧。在中国北方的一些区域，馍馍也许专指某种无馅儿也不贴芝麻的面饼，但是在南方的某些区域，馍馍可以被用来统称一切不属于流食、不带汤水、手工制作的、新鲜的面食。也就是说，南方的某些地区，人们说到馍馍，必然不是说面条、饺子、馄饨、抄手、饼干、面包之类的东西，但可以是馒头、包子、蒸饺、锅贴、麻花、面饼中的某一种。我还记得上中学的时候，一名从别处转校来的同学说去买馍回来一起吃，结果他分给我的是锅贴。

如果这种推测合理的话，尼泊尔人在指代的道路上走得不算遥远。他们也许，至少从阿尼哥的时代开始，受到中国面食文化的影响，用"馍馍"这个悦耳且发音简单又没有音调变化的叠词来概括他们心目中花样繁多的中国面食。

在类似的心理机制下，喜欢奢华装饰的西方人干脆用瓷器来指代中国这个国家，都叫china；喜欢甜食的印度人则用他们生活中离不开的白糖来称呼中国，都叫做chin，当然也有人说这是因为他们最早接触我们那些祖先的时候是在中国的秦朝。

餐馆隔壁就是卖报章杂志和一些书的小店。卖报纸那哥们儿爽快地说："得了，3卢比而已，给啥钱呀。" 当时还有别的人来，天色渐晚，我也没和他多白话，只说：没准儿以后我天天买，不给钱多不合适。后来他就把报纸的版面按顺序理好，又数了一下，很认真地叠起来给我；然后找钱，给了我一个两卢比的、也许是铜制的硬币。这个黄色硬币上的图案引起了我对不同面值尼币上的图案的兴趣,我猜这里面很可能有一堆故事。

  这一次逛街,以消耗掉几个小时、千余卢比和收获一些书、一个插座、一张《喜马拉雅时报》、认识 10 来个人结束。

印度来的小莫
7月7日 星期一 加都 **DAY 2**

由于我昨天入住凤凰宾馆时前台没有提供房间钥匙，今天要求之下他们给弄了一把，不知是配的还是找出来的，孤零零的一把小钥匙系在一块沉沉的铜牌上，有点儿滑稽。老江证实说这里不给每个房间单独提供饮用的热水，需要自己去厨房打开水。

昨晚写字和看书耽误到深夜，醒来时已经是北京时间11点多，当地时间9点多，错过了早餐。还好逛街时买了一个25卢比的面包，可以暂时充饥。我拿着电脑去大堂里上网，旁边一个家伙说，这家宾馆中午和晚上也提供中餐，需要自己去点，但是（就当地物价体系而言）非常贵。他要了一碗面条，收费100卢比。另一个女人说，素菜+米饭也是价格100卢比，荤菜更贵，具体价钱要看点什么。

翻检昨天买的书，其中一本《尼泊尔语教程》看了两章，现学现卖，和前台的一名尼泊尔人接待小姐说了两句，她居然听明白了。我们说了一会儿话，我问起几件事，她分别用尼泊尔语和英语回答一遍，涉及到地址，就用尼泊尔语写在纸上给我看。这个语言看起来确实很像印地语或乌尔都语的方言形式，只是发音多了一些梵文式的词尾小元音和一些明显的鼻化音，有的地方元音又发得不够充分。

根据前台姑娘们提供的消息，去印度使馆办签证需要在早上8点左右去，从这里打车过去的价格是100卢比左右。方便买电器且质量有保证价格又低的地方是在新马路（New Road），出租车40卢比的样子。她们又说，租自行车在加都骑行也是不错的主意，每天租金在200~300卢比。

带着笔记本就可以在大堂里无线上网，但是网速不稳定，有时候打开国际网页很慢，有时候打开中国的网页很慢。几天没上网，邮箱里一堆email等着回。QQ上好多留言。有人看了日喀则到樟木那一段行程的记录，说是非常彪悍，又觉得很好玩。真是复杂的感受啊。但是大堂里的插孔都有人在用，电池支撑不了太久，等它报警时就关机了，出去转悠。

这里超市卖的东西总的来说和中国相比不算便宜，我买了袜子、洗发水等，价格和中国境内大概差不多吧。但是啤酒很贵，动不动100多卢比一瓶，大多数都超过150卢比。尼泊尔关税比中国低，所以欧美产品在这里价格显得比在中国卖的低一些。看来看去不知道该买什么，只好凭感觉拿了几样。

在又一家书店里，看见它那里陈列着《欲经》的很多个英文版本，都带有丰富的插图，最低价格也在1000卢比左右，好几本是1000多。老板娘神秘地说：你可以都打开看看。我把每一本都翻了翻，觉得文字没什么变化，终究是固定的文本。那些插图固然有非常美的，但总的说来，不过是发挥文字含义的春宫画罢了；这些画印度风味是够足，经常以蓝皮肤牧童克里什那（印度教大神毗湿奴的化身之一）的形象为男主角，但是不能说比中国传统的春宫图更有创造力。我虽然喜欢精彩的印度画，但对这种没有实际特点、说不上高明的春宫却没有好感，翻半天就只记住了两幅中国春宫里少见的内容。其中一幅描绘的是丛林背景下，一名印度男人和一名女人在马背上做爱的同时，手里还张弓搭箭，瞄准一群很像鹿的动物准备射击；另一幅的内容不予以描述。

这间书店的老板娘是一名中年妇女，盘着头发，穿一件米黄底撒黑豌豆图案的纱丽，眉心点一团朱砂，脸上微微泛着油光，很是富态精明的样子，说英语不太带当地人惯有的颤音。我问她：这本书是印度古典名著，在尼泊尔也算经典吗？她说：我不知道，但是这个书很好卖。随即她把每一个版本的《欲经》都取一册给我，要我好歹买一本。我敷衍了几句，正在想买一本送给某个以研究印度为生的熟人是否合适，她有些急，而且得寸进尺，话里话外咄咄逼人，说得就像我该买她的书一样。我干脆走了。

　　回头去买报纸的时候，店主说《喜马拉雅时报》（The Himalayan Times）是当地最风行的英文报纸，销量较大，比《尼泊尔时报》（Nepal Times）之类的英文报纸好卖一些。不过我碰到的一个中国人抱怨说，他有天去买英文报纸，不记得叫什么名字了，卖报人张口就要200多卢比，他就没买。他说，国内的报纸最贵的也不过两三块钱，20多块钱一份的报纸简直是杀人价。我怀疑那是某种美国报纸，3美元很容易折算成200多卢比。

　　这个中国男人大概二十四五，粗看显老，细看很年轻。我们坐在大堂的沙发上，边看各自的电脑边聊天。我背后的墙上有一些照片，是一些旅游到这里的人留下的，大致是表达了"到此一游"的意思。他见我看那些照片，笑了一下。之后我们就一起出去找吃饭的地方。

　　在几条街道上走了好一阵，在比比皆是的小餐馆中看到一个比较顺眼的，走进去一看，这里的东西真是很便宜。尼泊尔人的菜单上，炒面写成Chowmien，他要了一盘，大概40卢比的样子，抱怨说实在很难吃。我要的一盘套餐叫Bhat，两种菜加一堆米饭，50卢比，味道还可以。另外要的一杯茶，老板说没奶了，做不了奶茶（White Tea或Milk Tea），只能做素茶（Black Tea）或柠檬茶。不过煮出来的红茶过分浓了，虽然南亚人喜欢往茶里狂放糖，喝起来还是有些涩。这杯茶的唯一长处就是便宜，7卢比。我本来是想起一位朋友的煮茶手艺临时要的，此时就不光想念他煮的好茶，更多地想念他本人了。要是有他在侧，我就可以喝到很不错的奶茶，我自己煮掉的立顿有很多盒，永远也达不到他的水准。接着又想起，甚至另一个向我学煮红茶的人，出手第一杯就比我煮的好喝。想到这里，再看老板，不免有点儿同病相怜或惺惺相惜的感觉。

这时候整个泰米尔区都停电了，我和一起吃饭的这个人就在餐馆的烛光下聊了会儿天。他说他姓莫。

这位小莫同学是今天刚从尼泊尔人开的一家旅馆搬过来的，都不记得那旅馆叫什么名字了。他说他在外面跑了好几个月，想听听中国话。他显然如愿了，这里别的不说，大堂里成天都是拿着手机大喊大叫地讨论着生意的商人，他们似乎不肯在自己的房间里打电话。

小莫不觉得这么多人在大堂里乱叫是一种妨碍，自有他的道理。他已经在外国语环境里，用他自己的话说，流浪了4个多月。

他在北京办签证用了一个多月时间，涉及到的国家有希腊、土耳其、伊朗、巴基斯坦和印度。其中希腊和土耳其这对冤家不约而同以对方先签为条件，才肯给他签，这耽误了一些时间。他在2月底出发，飞往雅典，从那里开始骑车穿行这些国家，和他一起的有另外7个人。他们的自行车都是拆散打包托运过去的，他生长于机械师家庭，从小动手能力就很强，拆装自行车对他来说很容易，沿途他还是所有人的修车工。

他们一行人从雅典开始骑车，去看了奥林匹亚神庙，然后奔向伊斯坦布尔。在这个土耳其人城市，他说他们受到了高度的关注。不过有个别人也还是比较友好，比如有一名土耳其人送了他一条小狗；它跟着他跑了很多地方，但是在伊朗未获入境。

他们从里海边进入伊朗西北部，在那里遇见一名流浪的老人。此人家境殷实，长期在外漂泊，给他们一个地址，嘱咐说一定要去他家。他的妻子和女儿果然接待了小莫等人。她们的生活就是整理家务和照顾果园，似乎非常悠闲宁静。

到德黑兰之后，小莫一行人受到伊朗电视台一名记者的注意。他邀请他们接受采访。但由于签证期限，他们的时间周转不过来，就放弃了。小莫说他对伊斯法罕的印象最深，在那里待了三天。此后一行人到达南部的名城设拉子，从那里坐火车到巴基斯坦的俾路支省，从这里坐车去了卡拉奇。

在卡拉奇，小莫的旅行小分队出现了分化。有的人直接飞回国，有两个人飞到印度。他一个人从卡拉奇斜穿巴基斯坦。途中他应邀去很多巴基斯坦人家里做客。他说，巴基斯坦给人印象很好，因为有感情。他好几天在著名的塔尔沙漠边缘骑行，当地警察一路护送他，让他觉得非常过意不去。根据他的经历，巴基斯坦警察至少在他这个中国人面前显得清廉无比。他们对中国的人民币很感兴趣，想看看什么样。正好他身上还有几张一元纸币，想送给他们，都被谢绝了。

小莫试图直接穿越印巴边境的想法被印度的法规改变了。根据印度的相关规定，他不能步行或骑车穿越边境，只能坐车过去。那时候他在拉合尔，边境离这个城市只有25公里，最后只能返回坐车，到印度的第一站就下车骑行。

这第一站就是阿姆利则，历史上著名的"阿姆利则惨案"就发生在这里。他在锡克金庙的宿舍里待了3天，免费吃住，遇到很多不同国家和种族的人。他说，翻看登记册之后，他发现去过那里的中国人非常少。

从阿姆利则出发，他本来想直接横穿北印度，但是接受途中一个人建议，绕了一大圈，去了印控克什米尔和西姆拉等地区。这个过程耗费了十多天，但是他觉得很值。他还在卡朱拉霍（印度著名性庙景点）附近一个著名的雕刻作坊当了3天学徒，没有收入但是免费吃住，这一小段经历给他的印象很深。那些工人都是早8点工作到晚8点，只是12点左右吃饭和休息一会儿，有的还会在8点之后略事休息，继续干活到10点多钟，几乎天天如此。他们的作品销往世界各地。

但是小莫对印度也有不好的印象。他在那个国家遇到了几个骗子。他第一次受骗是碰到一个卖菩提珠的。那人说三眼菩提珠最贵，四眼的次之，也值2000卢比，非要送他一串。他觉得白拿人的东西不合适，就掏出钱包，让对方随便拿。当时他所有的印度卢比都在钱包里，大概750卢比左右，那个人抽了一张250的卢比。后来他到瓦纳那西，碰到一个卖三眼菩提珠的，砍价一直砍到10卢比。到这时候他才知道受骗了。之后他还被人骗走了MP3。那个人也骑车，在路上碰到他骑着车听MP3，就说也想听听看，结果趁他不注意，跑得没法追了。还有一次他买水，对方索要30卢比，他给了3张10卢比钞票，但那人接过去之后，卷在手里看起来就像两张，始终说还少10卢比，又不肯把钱还给他看。他生气地抽回来，发现还是3张，那个人连忙说是自己看错了之类，但是他已经不可能再去买这样的家伙的水了。

小莫在印度生了病，因为他大概不清楚印度不太分上下水，不是从小在当地长大的人，喝生水多半会生病。他从那里抱病进入尼泊尔，支撑到加德满都，胡乱在泰米尔区找个旅馆就住下了。躺了几天，他晚上出来时碰到一个卖唱的中国人，听说有一个中国人开的、主要是中国人住的凤凰宾馆，他就搬了过来。

从北京出发的时候，他们的原计划是从雅典骑车回到北京，但是现在他改变了主意。他在途中听说了四川地震。他决定从西藏直接去四川。

小莫的病至今还没有好，偶尔发烧。我们一起吃饭的时候，他没什么胃口。他说，比前几天已经好多了，起码能四处走走，只是不能太累，所以还得再养几天才敢骑车出发，正好可以看看加德满都。他的计划是从这里到樟木，然后骑向拉萨，经川藏线去四川。最后这一段路他不算陌生，大学二年级暑假他骑车走过。

小莫老家是广西，在武汉上大学，毕业不到一年，在深圳上班，辞职之后开始了这次旅行。他说，他以后要好好工作，或者出国留学。他和大多数中国学生一样，大学的公共外语是英语，自己选学过半年法语，这次在外旅行全是用英语。他希望去美国或者法国留学。

我们回去之后，突然来电了。在大堂里碰到小莫的两名室友，都是中国人。他住6人间，但是空着3个床位，所以他那个房间的人都聚齐了。其中一个就是他碰到的那个卖唱小伙。此人头发极短，接近光头，花尖很高，露出大半个额头；左边耳朵上戴着一个白晃晃的小耳环，不知是银的还是白金的；下巴上留一撮胡须，穿一件黑T恤。我记得大概1999年前后，这种在下巴上留胡须的风潮曾经在一些城市的年轻男人中流行得很疯狂；同时配套的一种方式是都穿方领T恤，不系扣子，展示自己的一部分胸毛。那之后留这种胡须的年轻人似乎不多见了，这个小伙子让我想起当时的一些拥有同样毛茸茸下巴的朋友。

这个名叫彬子的小伙是北京人，他从成都出发，骑车到拉萨，又经樟木到了加都。据说他沿途在一些地方卖唱。我刚坐下，他向我要了一根烟。我带的云烟都抽完了，和小莫吃完饭回来时，在路边小店买了一包白色滤嘴的清淡型万宝路。尼泊尔的低关税导致这种美国烟也很便宜，只要80个卢比，还有论支卖的。小莫说印度也这样。

我一直以为男人之间要烟抽是天经地义的事。但是小莫的另一个室友，同时也是彬子的室友，之前还在和彬子聊天，听见他要烟，就取笑说："你怎么见人就要烟呀,你都快成职业乞丐了。"这个人二十七八岁,穿得很平整,说话不平整。彬子问我去哪里,我说也许会去北印度看看,然后回来。他的室友说:"还回来干吗呀,费劲!"

彬子说他今天刚递了签证申请表,之后要怎么怎么……接下来他把大概要经过的一个过程说了一遍。这些信息网上可以找到很完整的,但是他的复述传达出一种善意。他的室友说:"你看你看!我今天刚教给你的东西,你马上就贩卖给别人了。"我问这个人:"你也去印度吗?签证在办了没有?"他说:"都拿到手了,明天都该出发了,还办呢!"然后他像唱歌一样说起了他的行程,大概是从哪到哪,分别在各处呆几天之类。我对他能花那么多时间记忆这么多网上找来的信息感到佩服,对印度历史、文化、宗教、语言等不熟悉的人,要凭空记住那么些名字,是困难的。他也向我展示了他买的一本旅行指南,说是最新版的,原价1500印度卢比,砍到900卢比,相当于150块人民币。在这过程中,小莫偶尔看看他,微笑。

后来彬子说,我们出去喝水吧。我想把今天的报纸看完,就回了房间。他们三个人一起去了。

皇家广场的神祇视角
7月8日 星期二 加都　　**DAY 3**

算上刚到这里的 6 号下午,今天这是正经待的第三天了,我决定去皇家广场(Durbar Square)。这个广场的名字又根据音译,被叫做杜巴广场。其中 Durbar（王庭,皇宫）这个词不是梵文词也不是印地语词,是从乌尔都语里借来的,乌尔都语的这个词则借自波斯语。

我一直希望坐一下当地的公交车。前台说广场比较近,不值得去为它找公交车,打车大概 40 卢比。我就步行过去了,丈量一下 40 个尼泊尔卢比的出租车距离大概可以走多远,事实证明需要不到 20 分钟。它的右边就通往专卖电器的新马路（New Road）。

出凤凰宾馆所在的巷子向右转,沿着街道走到头,会看见一个牌子上画着一幅大地图。根据这幅地图指示的路,找过去毫无差错,走到底就是皇家广场。路上会发现从加都直达德里的长途汽车、各种手工艺品专卖店、修电视机的商店、一座幽暗破败的神庙和几个零食摊。有一头小牛犊趴在一片阴影里乘凉,造成了小型的交通堵塞。我摸了摸它,它用食草动物粗糙的舌头舔了舔我的手。

路上还有很多、很多条不同花色的狗,躺在屋檐下或太阳底下,睡得很死。加都的狗似乎都不爱叫,也很温顺,或者默默地看着人,或者专心睡觉。凤凰老板老江养的一条大黑狗,个头接近藏獒,店里的中国人谁都可以踹它一下。它连委屈的表情都没有,似乎逆来顺受惯了,摸它一下它就感激而深情地看你。

一进皇家广场就碰到一个售票点，买了一张票 200 卢比，附送一张广场略图，上面标记有值得细看的重点建筑。卖票的人并不主动告知外国游客可以凭票办理不限次数的游客通票（Visitor Pass），直到我问起来才说有这回事，因为皇家广场被收入世界遗产保护名录，得去找遗址办公室（Site Office）。这个遗址办就在广场上，距离我遇到的售票点极近。

离开售票点没走几步，旁边一座极为破旧的小楼底下挂着一个招牌，叫做大钟（Big Bell）饭馆。大钟本来是皇家广场众多景点之一，在地图上也被作为重点标出来，这个小餐馆看来很善于借用品牌。它的营业场所在名义上的一楼，即第二层。上去之后发现外面在打扫和粉刷，里间还能坐人和吃饭。就是几张放在地毯上的小方桌，扔了一些坐垫，需要直接坐在地面上就餐。

这个店卖的东西不算贵，味道非常好。很多人抱怨尼泊尔饭馆做饭要用太长时间，我想这是可以理解的。一来或许南亚人时间观念不强，动作慢；二来他们用料不算少。说是牛肉炒饭，除了大米和牛肉，至少还加了花菜、胡萝卜、辣椒、洋葱，火候都刚刚好。调料除了油盐，应该还有真正的印度咖喱（地道的印度咖喱是 masala 不是 curry）、胡椒粉和葱花，上桌的时候附带常规的番茄酱。这当中的一些成分是必须现场洗和切的，这种天气热的地方不大可能像寒带温带那样什么东西都提前准备好，小馆子也用不起能把很多配料一起装下的大冰箱，加都的电对当地人来说很不便宜。他们做的蒸饺也很好，当然还是叫 Momo（馍馍）。稀酸奶（Lassi）有好几种口味。饭、馍馍和酸奶的价格分别是 60、50、45，总共 155 卢比。

店里有很多苍蝇，让我想起成都著名的苍蝇馆子。等着吃饭的时候，我看完了路上买的《喜马拉雅时报》。这中间，来了一对青年男女，聊得热火朝天，看样子是在谈恋爱。我等饭的时候他们在聊，我吃饭的时候他们在聊，我离开的时候他们还在聊，放在跟前的盘子几乎都没怎么动。大概某一种类型的恋人是不分种族和国籍的，他们受荷尔蒙影响会比别人更厉害，兴奋起来不知道冷热和饥饱。这样的人容易有更多的幸福感。

去遗址办索要游客通票很顺利。只要出具护照和提供一张照片，他们就给办理。首先问明你想呆多久，我说一个月，他们就在通票上注明有效期为一个月。然后就是盖章，结束。整个过程不超过3分钟。

但是售票点给的地图绘制有错误，方位指示有颠倒的地方，导致我想按图索骥找景点的想法不能顺利实现。茫然看了半天，听到有个地方有男女两人对唱。摸过去一看，在一个开放式的庙宇底层的公共空间（中国寺庙常见的大殿或殿堂在这里的庙宇中非常少见），就算一个平台吧，坐了一大堆人。一个穿橘黄色袍子的男人在那里唱，另一个跟他面对面坐着的女人也跟着唱，四面不光围坐好多人，还有些人在台下站着听。我也听了一阵，勉强听出来大概是在唱印度教的史诗《摩诃婆罗多》中间的段子。再看那个庙的样式，就和地图上的标注对上了，这才确定了南北方位。地图上其实标反了。后来发现有些建筑的东西位置也标得不准确。

不过只要能根据一两个建筑在这个因为有太多古迹而显得混乱的皇家广场上确定南北西东，找景点就很容易了。真正对游客造成干扰的是三类人，一类是自告奋勇来当导游的，怎么谢绝都是谢而不绝；一类是在古建筑中的某个小房间里开店卖东西的，锲而不舍地要你去看他卖的纱丽、T恤、零食或者手工艺品；还有一类是传说中的苦行僧，也邀人去给他照相，当然照完要收费。

印度教神话传说中著名的大颌神猴。据认为也是《西游记》中孙悟空原型的哈奴曼，被一堆红色丝绸包裹着，旁边的一块石碑说明它是哈奴曼。根据印度史诗《摩诃婆罗多》和《罗摩衍那》，哈奴曼是风神之子，尤其是在

《罗摩衍那》中大显神威,为罗摩攻打妖王罗波那的岛屿立下汗马功劳。它也曾为罗摩传递悉达的消息,在一定程度上具有信使的原型特征。所以后世一些人认为,古典梵语大家迦梨陀娑的名诗《云使》,在某种意义上可以被认为是对哈奴曼传信这一作为原型的情节和典故的巧妙化用。

我这次看得比较粗略,没有看到毗湿奴的塑像或雕刻,但是见到了湿婆的两个塑像。

一个是在湿婆-雪山神女庙中,那座庙是砖砌的,但是湿婆和雪山神女夫妻二人的神像却是用木头做的,刷了白色的油彩,面部的样子和戏剧中的打扮一样。实际上在很多印度电影里都可以看见湿婆的这个形象,包括2007年的一部《我的父亲甘地》(Gandi My Father),中间也出现了几个这样的镜头。

这一对神仙从窗口俯视下来,带有神祇的视角,站在地上的人不由自主就成了抬头对他们景仰,位置的高低和视角的俯仰之间同时暗含着大神与凡人的区别,又给这夫妻俩增加了一点儿旁观尘世生活的态度。表面上似乎游客在看窗户里的他们;又可以说他们在空中打开通向下界的一面窗口,看生活在窗户里的我们这些凡人,这样就同时出现双向的"看与被看"。不说这座庙的其他细节,单是这一扇窗开得,就可算用心巧妙。

湿婆和雪山神女出现在一起,往往都带有修行者和爱情的味道,所以表情安详。但是到了他的另一种状态,成为毁灭者湿婆的时候,他就显得面目

狰狞。这就是 Kal Bhairav 石雕所显示的样子。人们很容易在这尊雕像和佛教密宗、藏传佛教的一些神像之间找到多种相似点。因为佛教本来就是以印度教为基础发展出来的。据说毁灭者湿婆令人极度敬畏，所以这张导游图上称，这尊雕像甚至被政府用来作为发誓地点，让人在它跟前宣誓说的是真话，它因此具有一定的法制功能。可以想象，这个雕像的样子、毁灭者湿婆在宗教里的象征性和这种仪式加在一起，对试图说假话的人会产生一定的震慑作用，如果他是虔诚的印度教徒的话。

但是大神湿婆具有多重身份。他还有青项湿婆、舞王湿婆、兽主湿婆等身份和相应的形象。有时候他的形象被简化为一个林伽（湿婆的阴茎），这也有一个著名的传说，后来就变成局部代整体的象征表现了；林伽在尼泊尔和印度这种印度教盛行地区，是普遍被供奉的东西。这些不同的形象，很可能在这个广场的不同建筑里能找到，只有改天去看。

在广场上粗略地转了两圈，地方不大，古迹太多，游人和其他各色人等也非常多，确实一次没有办法细看到多少东西。但是不知不觉中时间就过去了。那时候我正好来到酷玛丽阁楼（活女神所居的神庙；Kumari Ghar；Ghar=家）前面。这个建筑的名字表面上看很世俗化，不大容易让人产生所谓的神性感觉。

酷玛丽阁楼的入口，有几个女人在卖酷玛丽照片还是明信片，我没有细看。她们要 20 卢比一张，很便宜。但是我以后还会来，这次就没有买。进去之后，是很狭窄拘束的一转回廊，里面是一个小小的天井，当门放着一个募捐箱。不高的楼分为三层，花纹雕刻极为繁复美丽。一层右侧的一个小门开着，里面大概可以住人。有穿着尼泊尔士兵还是警察制服的人在里面。还有个穿黄色T恤的小伙子，大概算这个院落的工人，也在那里进出。

才从酷玛丽阁楼出来，又被一个尼泊尔男人缠住了。他戴着一顶帽子，大概不到30岁,非要当导游。他说他会说汉语。我说我不需要导游,自己能看就行。但是没用,走到哪他跟到哪。他说他能讲出很多我不知道的东西。后来总算摆脱了。

酷玛丽露面据说一般是下午四点或以后。那时候我看了下时间,果然不早了,就找路回去。但是因为在广场转太久,随便找了个方向就出去,结果走迷路了,在一些巷子一样狭窄的街道上穿来穿去。中间经过一个叫做爱商路(Ason Road)的地方,沿街都是各种铺子,像是泰米尔区的翻版。不过这里不是旅游区,卖的东西多半会更便宜。随后来到一个十字路口,其中一条路边竖着个牌子叫甘迪路(Kanti Path)。这个路口的交警看起来很精神的样子,穿着制服,骑在马背上指挥交通。我很奇怪他的马为什么那么有耐心,可以安静地在闹哄哄的街头原地站好久。

甘迪路边有不少卖菜的人。有很水嫩的茄子、菠菜和萝卜,也有些菜不认识。从这里继续向前走了很长一段,看见一个教育书店,里面的书价格比泰米尔区的便宜太多了,主要是英文书,也有尼泊尔文的书,印地文书很少,其他语种更少。有一本英文畅销书,是以印度莫卧儿王朝为背景的、1000多页的一本小说《白莫卧儿人》,价格才700多卢比。帕慕克的《我的名字叫红》300多卢比。最新版的牛津高级英语词典400多卢比,这个辞典的英汉版本在中国似乎接近100元。我在这个书店待了一个多小时,翻开不少书的目录和提要看了看,有两本小薄册子直接扫完了。

从书店往前,路边是个卖榨果汁的。他的价目表上写着卢比数,出售单位分别是BG,SG。我想了想,应该是大杯和小杯,就要了两样尝试。果然,一大杯橙汁30卢比,一小杯柠檬汁20卢比。不过味道总是不如想象的好。

在果汁店坐了一会儿,就接着往前茫然地乱走。过了好几个街区,前面突然出现大量的广告牌,都是什么"博卡拉2日游"、"全世界最好的徒步路线"、"户外装备大全"之类。拐弯一看，在绕着加德乱走一大圈之后，泰米尔区总算到了。这一端的入口虽然我不熟悉，但是这个环境和氛围却比其他地区显得更亲切一些，毕竟我住在这里面。

　　正在走路的时候，迎面走过来一个中年妇女，盯着我看。仔细辨认，原来是昨天卖《欲经》那个书店老板娘。今天她换了件桃红纱丽，陡然间让人认不出来了。她斩钉截铁地说了句："Namestey！"（印地语：你好）就走过去了。我在这个街区里又绕了几段路，才找到住处。走了太多路，一躺下就睡着了，恍惚听见有人敲门，也没精神去开。

醒来的时候大概是当地时间晚上 10 点过,想起没吃饭,就出去走走。这时候泰米尔区好多店铺都关门了,虽然处处还亮着灯光。面包店从 8 点之后开始打五折,不过也么那回事,大概价格本身就标得高吧,不能说比中国卖得便宜。拿着一个面包晃荡了一会儿,也没瞧见还有开门营业的饭馆。

咂酒罐
7月9日 星期三 加都　　**DAY 4**

中午我去新马路买电器，据说这地方就在皇家广场附近，就还是走了昨天那条路去。

来过一次的地方果然多了些熟悉感，但是穿过广场到路口时，就不知道该往何处走，问了几个人也不明白。广场上卖票的一个人看见，跑过来给我指了下方向，算是解决了问题。

街边有一个杏仁酒吧，看起来不错的样子，去那里吃午饭。看完路上买的报纸，东西才端出来。但是他们的厨艺实在不怎么样。米粒跟子弹似的，蔬菜放置得倒是好看。就这么个手艺不精的地方，还在菜单上明晃晃地写着：加收 10% 服务费。最后从我这里掠夺了 77 卢比。

据说尼泊尔因为关税比中国低很多，卖的欧美日电器价格明显比中国低。但是我在新马路的几家佳能专卖店看了一阵，他们报价都非常高，无论如何便宜不下来。如果不是我太不会砍价，就是他们太黑了。他们单独卖一个相机的价格，就比我在中关村买同样的相机外加一套附件还要贵好几百人民币。我暂时放弃了在这里买相机的念头。

从爱商路回到皇家广场，准备返回泰米尔区，这时候天色转阴，要下雨了。一辆三轮车停在旁边，但是车夫很年轻，似乎不认识我住的地方，旁边一个中年人对他解释了几句，帮他接活，开口要 100 卢比。我还价 40，中年人抱怨说太少，一次10卢比地从100往下减。我发现我有时候确实没有耐心。一方面我觉得砍价过分刻薄实在不太好，另一方面对这种没完没了的砍价也很厌恶。这样耽误双方时间，交易成本实在太高。后来我说我知道出租车跑这段路才40卢比，你不去拉倒。他立刻同意了，叫那个年轻人蹬车走路。

加都的路坑坑洼洼，看别人坐这种位置很高的三轮车似乎很好玩，自己坐上去发现颠得厉害，不是很愉快的经历。那车夫背影瘦削秀气，越看越像个正在长身体的小孩儿。没走多远下起雨来，路上又有个坑。他蹬车蹬不动，跳下来使劲推过去了。他的两条干瘦的小黑胳膊跟麻秆儿似的。雨下得很大，他的车龙头上没有像很多三轮车夫那样接上一把伞，我从包里拿出雨伞打在两人头上。到了地头，他气喘吁吁，直说谢谢，又在车篷上拉扯了几下，原来还是有块塑料布的，途中他大概着急，忘记拉开来遮雨。

下车以后，看起来这个小孩还挺不错的样子，小脸大眼睛，轮廓非常鲜明，肤色微黑，有一点儿害羞。真是花朵般清秀入骨的少年，不知道是什么人种和民族。看他累成那样，又要接着拉车，我也不好多八卦了，只问了句："你多大？"他说："16岁。"这个年纪，对很多人来说，还是读书、玩耍和向父母撒娇的时候，可惜他生错了人家，得在这样糟糕的天气出来干活。

在住处放下东西，我去旁边的超市买了点儿烟。尼泊尔本地的烟这里能看见的至少有三种，一种是"太阳牌"香烟（原名Surya，是印度教太阳神的名字，其Logo就是太阳标志），发展出了黑、金、白等系列，最贵的是黑色正方形包装20支的修长卷烟，比另一种同一公司制造的"宝刀牌"（原名Kkukuri，廓尔喀刀名，图案也是两把交叉的廓尔喀小刀）香烟长了一倍。另外有一种叫"大山牌"（原名Shikar，"山峦"，类似于英文的mountain），也是这个公司出品。这家公司叫做太阳烟草公司（Surya），也许在尼泊尔颇具规模。这三种烟，只有"太阳牌"不标尼泊尔文字，一切说明都是英文，烟盒正反两面上方还搞了个欧洲式样的纹章，让人联想起三五、云斯顿之类的香烟品牌。这种设计显示该公司是把这个烟作为外销产品对待的，目标顾客是全世界认识英文的人；不出现尼泊尔文字大概是免得让人觉得不够高档和有太多地方气息。从这些细节看，对行销考虑得可谓面面俱到。

回住处大堂上网的时候，碰到快两天没见面的小莫，他的病还没好。他告诉我他刚起床，说是睡了一天，因为夜里熬到5点多。我说你病都没好还熬夜啊。他说，幸亏昨天敲门你不在，我被室友拉去赌场了，本来也要叫你一起去玩的。

小莫之前的两名室友我见过，彬子和另一个人，都是要去印度的，据说他们都走了，新来了两个人。根据小莫的说法，他们仨一起去了赌场，起先是打算吃点儿免费东西就走，结果其中一个人，和他年龄差不多，大概叫做小胡，也要参赌。都是不太熟悉的人，他和另一个人也不好太劝阻，就看小胡以大概人民币16元左右一个的价格买筹码，买了500元，开始赌博。很快小胡输光了，小莫说，真觉得他是输红眼了的感觉。但是小胡又买了500元，想要捞回本钱。玩了好一阵，只差一点儿就能达到财务平衡了，他们拉他也拉不走，只好继续看。结果之后又是一路狂输，到凌晨5点多的时候，小胡输了人民币2500元。在国内也许不算什么，在尼泊尔这是很多人一年的收入，加都的工薪阶层据说收入不错的大概也就是每月2000来卢比的样子。这次赌博，对小胡的代价就是丧失了去印度的机会，他为去印度准备的一点儿钱留在赌场里了。小莫说，真是不可思议，我们越看越困，他还越来越有精神。

后来他又问我打算什么时候去印度，我说去了两趟加都的皇家广场之后，现在不清楚还有没有时间去印度了。尼泊尔可看的东西其实很多，我希望好好看看。然后我们出去吃饭。

我发现他很善于寻找合适的吃饭地点。这次我们又摸到一个从没去过的新地方，做的东西也还是味道不错，而且很便宜。这地方除了我们俩，全是本地人在吃饭。好几个男人抱着一个木罐子，里面插一根吸管，津津有味地喝。店小二端上罐子的同时，就把一个暖瓶放在旁边。喝的人不时往里面加点儿开水。表面看跟喝茶没什么区别，也是泡了又泡，但看着那些人喝得面上泛红，我开始认为这个是带酒精的饮料，而且联想到了从前在中国南方见过的一种类似的酒。

　　在贵州某些地方，大概是一个瓷罐子里放上酒糟，插进去很多根吸管，每个人拿着自己的吸管喝；在四川，大概是每个人自己喝自己的罐子，也有的是一群人围着一个罐子轮流喝一口。我记得以前喝过，都要经常添开水泡这罐子里的酒糟，这样喝进嘴里的开水都带上了酒味儿，实际上就是一种酒。

　　吃完饭要走的时候，突然看见旁边有个穿黑衣服的女人在那里吃汤面。小莫一看，兴奋了，说他好久没吃过汤面了，一直都吃炒面，可是这菜单上没有面条啊。他跑去向老板一问，原来这里虽然有的菜单把面条写作noodles，但也有的像这个馆子一样写成尼泊尔文的拉丁字母转写形式，就成了Thukpa，但还是面条。小莫就要了一碗。

　　我闲着没事，就要了一罐那些男人喝的东西，店小二果然说是有酒精的，如法端上那样一个木头罐子，也拎来一个装满热水的暖瓶。罐子里面全是酒糟，模样像高粱做的，但似乎比中国的高粱米粒小了两圈儿，喝起来那个味道也不怎么样。但是这个东西从形式到内容，几乎就和中国南方的那种酒罐子的喝法没什么区别。印度、巴基斯坦乃至南亚其他国家和地区，都从来没见过这种玩意儿，多半也是从中国学过来的吧。小莫也认为很有这个可能，他随便看了看暖瓶和桌上的碗碟筷子，发现全是中国货。

我们付账出门的时候，问了问店小二这个酒罐子的名字，他说这个叫"冻吧"（Tongba）。小莫还给"冻吧"拍了几张照片。两个人正说着话回去，一个矮胖的寸头男人笑嘻嘻地跑过来，清晰地说："要烟吗？"我们都谢绝，他还是跟着，直到小莫冷淡地说我们从不抽烟，他才停下了。

闲散的味道
7月10日 星期四 加都 **DAY 5**

　　昨天晚上喝了小饭馆那个类似于中国南方的酒罐子"冻吧"（Tongba）之后，非但不觉得冻，反而有些发热和迷糊，回到住处就睡着了。但也没睡太久，很快醒过来，下楼去大堂上网。看了一会儿新闻，又从网上找了一本突然很想看的小说来看，结束之后就到了当地时间半夜，今天白天一直睡到当地时间大概下午3点才醒过来。这一觉，几乎把之前几天的疲劳和缺觉都一扫而空。

　　外面是阴天，头上一片灰蒙蒙，空气却不算凉爽。我出去在街上胡乱走了一阵。到处都有人打招呼，要求看看他们卖的东西。然而刚睡完长觉的人，不免有些神情呆滞和反应迟钝，对这些吆喝或邀请的人，都只能抱歉地摇摇头。虽然当地人是点头不算摇头算，看到这种表示也还都能明白。这大概就是所谓文化的包容与融合。

　　这个时候街上居然开始堵车。泰米尔区的街道比较窄小，碰上高峰期，诸如孩子放学和上下班，很容易堵塞。路旁的交警都戴着口罩。我在一条没走过的路上逡巡了一会儿，看见一个报摊，买了份儿《喜马拉雅时报》，接着往前走。

　　路上看见两拨中学生。一拨冲我迎面走来，上身穿淡蓝色制服，下身是蓝黑色长裤，运动鞋，双肩包。另一拨从我背后走过来，擦肩而过，走到前面去了。上衣和刚过去那一拨的颜色款式都一样，裤子改成砖红色的，也是运动鞋和双肩包。两拨中学生都是 3 个男孩,走在中间的搂着两边的肩膀,嘻嘻哈哈地边走边说。他们都显得活泼快乐,看起来很幸福的样子。

我想找个地方吃饭,但是面前的路都不熟悉,就下意识地跟着前面的几个红裤子中学生在路上拐弯,走进一条小巷。这是一条肮脏的巷子,干燥,有很多尘土,地面上散布着各种垃圾,偶尔还有一股一股的污水。就在这条巷子里绕来绕去,又拐进另一条巷子,远远地看见巷口通向仿佛有些熟悉的泰米尔区的街道。在这个巷子里,有理发馆、洗衣店、按摩房、换汇店、杂货店,一一走过去之后,终于出现了一家门脸很小、空间狭窄却玩儿命放了很多张椅子和桌子的小餐馆。看起来生意还不错。

作为唯一的一名外国人,我一进去就被几张桌子上的当地人反复打量。说真的我不喜欢这种直愣愣看人或被人看的方式。如果确实感兴趣,那就找借口搭讪,趁机看两眼,也比这样不加修饰地死盯着看要容易接受一些。投向陌生人的、太直接的目光总是显得犀利,这是不礼貌的,不是合适的待人之道。

从昨天晚上吃饭到这时候,我已经饿了快 20 个小时,所以要的东西略多一点。一份过油薄饼(菜单上写着 Butter Chapati,Chapati 是印度、巴基斯坦和这里常见的一种薄饼,如果做得好,吃起来就是薄脆香酥,非常不错;如果做得不好,就会比不上中国人做得哪怕是最不好的面饼),一盘牛肉炒饭,一杯白咖啡。这个店的人还算手脚伶俐,片刻之后用一种通常用来倒啤酒的玻璃杯盛出来一杯温吞的咖啡,放了太多奶,都起了奶皮子,喝在嘴里更像是以咖啡当点缀的牛奶。

很快他家的过油薄饼也上来了。之所以说是过油薄饼而不是油煎薄饼,原因在于虽是薄饼,但没什么温度,只怕是现成的薄饼简单在油锅里蹭了两下,表面上带着一点儿黄油,但缺乏香味。人们当然不能指望这里的普通饭馆能提供中国人习惯用的筷子，但是我在路上走了好一阵，手上不可避免地沾染了灰尘，不愿意直接用手抓着吃；他这里又没有洗手的地方，只好要求提供餐叉。为这个叉子，沟通了至少五分钟。店小二死活听不明白什么是餐叉；旁边有人在用，我指给他看了，还是不明白。他甚至热心地叫了一个正在吃饭的当地人来帮着问，仍然不能明白。真是很打击人啊。我似乎在别的地方能和人聊很多乱七八糟的内容，怎么到这个地方，连餐叉也不能让人听明白呢。

在饥饿和沟通失败导致的沮丧中，我甚至莫名其妙地想起很多年前的一段无聊事。当时是几名男女一起玩儿，其中有两个非常不好看但是非常矫情的姑娘在那里装模作样。我们大概是在北京的某条街道上吃饭，她们忽然想起要用叉子。那家餐厅是中餐馆，只有筷子，没有刀叉，她们把店小二训孙子一样训了半天，那家伙比她们还大一点儿，多半以前没有见识过这么凶悍狠泼的女人，窘得都快哭出来了。但是她们还在不依不饶地说你这什么鬼地方，居然不提供刀叉？！我认为当时我们这些在场而且勉强算认识她们的男人很可能都以和她们在一起为耻，带她们来的那两个家伙一定已经感到非常惭愧。我低声说了一句，坐我身边的哥们儿是个大嗓门儿，重复了一声，几乎整个餐馆的人都听见了："没有刀叉，只有夜叉。"这句听起来不那么悦耳的话似乎帮助她们完成了身份确认，她们的言谈举止变得更加彪悍无畏。那天中午我们这帮大小伙子几乎都没了胃口，眼睁睁地看着这两个女人演出一场闹剧之后狼吞虎咽。对我们这些难得有机会挨饿的人来说，这样一次对着满桌子饭菜却饥肠辘辘的经验，很有理由产生某种印记。据八卦传闻，后来那两个男的分别和她们拜拜了。

不过对八卦的回忆无助于解决眼前的问题。最后我在纸上画出了一把全世界最丑陋的叉子，店小二立刻看明白了，不光拿来了叉，还额外提供了刀。也许他认为我能通过杀戮一块已经变成饼的死面找到某种乐趣。

但是他们做出来的炒饭软硬程度是我这几天吃过的炒饭中最适合我的，微微湿润，而且口感不错；不像大多数饭馆做的那样米粒坚硬且闪着油光，一看就让人为牙齿担心。

吃过饭，在接下来的闲逛中，我去问了很多家旅馆、宾馆和饭店代订机票的价格。有一位朋友大概过一阵要来这里玩，听说回程的机票因为是在8月初，接近奥运会开幕的日期，有可能会比较紧张，要我在这边先打听着。询问和比较之后，得到了4点粗略的答案：第一，回程的机票不算紧张，几乎每一家机构都说提前两三天就能订到票；第二，报价高的代理机构几乎都是中国人开的，报价低的代理机构老板都是尼泊尔人；第三，最高价格和最低价格相差大约25美金，约为总价的6%，直接看不值什么，换算成尼泊尔卢比之后可以发现，这个数字接近当地一些人此时一个月的薪水；第四，香港国泰航空公司的机票比国航和南航的贵出几十美金，但可以让人在香港中转和停留。

回到住处时天色近黑。我正在和朋友交流我的咨询结果，网络突然断掉。这地方停电和断网都是无法预测到的。也许这是出门在外的代价，没什么好抱怨的。在等着上网的时候，正好小莫抱着电脑下来，我们就一起看他在路上拍的无数张照片和两段视频。他用数码相机摄影的年头不算短了，拍出来的照片大都很不错的样子，那些风景也实在是好。有些照片如果直接印刷成画册，或者作为书的插画，估计也会让人喜欢。

小莫一边给我看他的照片，一边随口讲其中某些照片的拍摄经过和一段段见闻，真是很难得的经历。之前他告诉过我的一些片段，有的可以和照片上的画面对应起来，变得清晰具体。我也看见了他的狗。有一张照片上，这只小狗被装在包里，挂在自行车左侧，只勉强露出小半张脸，眼睛眯着，模样柔顺，看起来很可爱，又让人同情。还有一张照片上，这只小狗跟着他的自行车跑。

我们看照片和聊天时，住在这个宾馆的另一些人也来看了看。这里确实商人居多，但也有诸如我和小莫这种不事生产只会花钱的人。有两个商人拎着他们的笔记本，过来盯着小莫的电脑屏幕看，又看我的电脑。另一个大概和这两名商人同时到大堂来的小伙子坐在一边，远远地瞟了一眼，和小莫说了两句闲话。突然他蹦出一句："我看你很像巴西人。"

小莫诧异道："我一路过来，有说我像阿富汗人的，有说我像韩国人的，也有说像日本人的，就是没听谁说我像巴西人！"然而他实在太像巴西人了。虽然我之前没这么觉得，被人这么评论之后，就越看越像。在路上这么过来，他刚到希腊时的寸头，已经改变了不少，头发较长且向四周放射，很有巴西足球队员那种虽然瘦削但是活力四射的感觉。

当地时间快 10 点的时候，我们出去吃饭。他在我的印象中很善于找小饭馆，至少很对我的口味。也许这一方面和他旅行经验丰富有关，另一方面则与我们都是南方人而且家乡所在的地域相隔不远有关。他说他下午被同屋的小胡拉着出去逛街，没多久，那家伙又非要去赌场，他也只好陪着去，但是只呆了两三个小时，吃过饭就走了，剩下小胡继续赌。他说：我自控力不算强，所以不想在那地方待太久。

这次小莫为我们找到的一个小饭馆是西藏人开的。本来路上有一间他说他一个人去过的地方，觉得很不错，但我们找到的时候，正好碰上打烊，于是继续找，就找到了这家西藏餐馆。站在门口的前台兼收银台边的藏族小伙子看起来年轻且文静，我看不出他和内地南方的年轻人在模样和打扮上有什么区别，虽然他刻意留着点儿小髭须，企图显得更老成。

这个藏族小伙说话温和、轻软、低沉，语气和腔调练达得超过他的年纪，给人一种安静沉稳的感觉。然而我怀疑他不超过 20 岁。

我后来问了下他的年龄，他说 19 岁，随即又补充说就要到 20 了。我们吃饭的时候，他在那里低声说了好长时间电话，直到我们离开还没结束。在这个时间打这么久的电话，很可能是和喜欢的人。

遇见生活的细节
7月11日 星期五 加都　　DAY 6

　　据说凤凰宾馆提供的早餐，有粥、馒头和咸菜，这对在泰米尔区街道上几乎不能找到这些东西的中国房客来说，颇有诱惑力。但是我很遗憾至今没有吃到过这样中国味的早餐。我的阳台边就挂着宾馆的白底红字大牌子，站在阳台上，略微伸手就可以摸到凤凰的"凰"字。我是在对面操场的孩子们的嬉闹声中醒过来的。既是悠闲的生活，但也让我深觉自己的麻木和懈怠。不知道什么时候起，我似乎在任何地方都可以坦然地睡懒觉。

　　我不记得小莫住哪个房间了，可能一开始就没问，去前台才查出来。他们似乎也对他的巴西爆炸头印象颇深，我都不说名字，只描述样子，他们就会心一笑。

　　小莫的房间敞着门，他正在上网。我住在二楼，但是我的房间信号似乎不如他的好，大概和位置有关。他屋里有个家伙还赖在床上，刚从被窝里伸出头来，笑嘻嘻地两眼乱溜。我们说了几句话，后来知道这就是小胡，头天他在赌场从下午待到半夜两点多，大概10多个小时。小胡说："那天我输了500，昨天输了3000。"根据他的说法，看来小莫的转述并不都是准确的，只有当事人自己更了解。不过他接着说："我去不了印度了，我的预算没了。"

　　小胡是湖北人，在武汉上了大学，留在那里上班。辞职旅游之前他的工作是卖手机。他今年24岁，个子比较高挑，皮肤在男人里白得少见，眼睛黑而细长，眉毛形状很好看，鼻子挺挺，笑起来两边腮上各现出一个酒窝。他看起来精力旺盛，而且顽皮。他是一个正当好年龄的、几乎说得上俊秀的家伙。

我们三个人一起出去逛街，本来说先吃饭，但是约定明天结伴去博卡拉，就先找人问从加都到博卡拉的车票价格。起先小胡找了家旅行社砍价。他真是一个热情好动的家伙，很爱找事做，非常积极。在第一家旅行社我们问到的最低车价是380卢比一个人，这还是3人一起走才拿到的折扣价。但是我对比以前见过的价码，知道有便宜一些的，就拉他们离开了。在第二家旅社，价格更高，而且那个经理拼命向我们兜售他的各种旅游项目和产品，希望可以来个打包。他也不肯降价，不能接受3个人1000卢比的价格。

到外面之后，旁边的一个小伙子来和我们说价格，小胡直接说到1000卢比，他爽快同意。我和小胡认为这就可以接受了。小莫认为必然有更便宜的，从我带着的资料中，他也看见了更低的价格；他是长期骑车旅行的人，我想他的见识会比我们俩更丰富一些，就听了他的建议。后来有个三轮车夫告诉我们，从新车站(New Station)坐车，每个人是250卢比，也许还可以砍价。我们就不再咨询旅行社了，直接去吃饭。

这次到了一家泰国人开的餐厅，位置临街，价格比巷子里那些小馆子贵几倍。我判断一家餐馆好坏只有三个赤裸裸的肉体感官标准：食物自身的色、香、味。做出来的饭菜对口味，贵也有理由，不贵就是省钱了，大略如此。至于它的环境、装潢、路段、人工都不是我作为食客考虑的范畴，这些障眼法似的东西只好用来炫耀或显摆，与味蕾和肠胃无关。但是这个泰餐馆做的饭菜实在不好吃，虽然我看见了在这个城市别的地方难得见到的真正的猪肉，该餐馆做出来的样子让人一见就无法下咽，为避免浪费，就问他们是否需要。小莫大喜说他三个半月没吃过真正的猪肉了。我不认为自己能坚持这么久，于是再一次佩服他。

我们边吃饭边聊天。小胡说他家在神农架。父亲本来是湖北丹江口人，因为母亲是神农架人，他父亲就随着过去了。我说其中一定有很浪漫的故事，他微笑说是。他在武汉上完学，工作了一小阵，大概 2008 年 2 月份辞职，去了北京、上海、哈尔滨、新疆、西藏等地。西藏 4 月份他第一次去。后来他回了趟家，这次又经过西藏到尼泊尔来了。我问他为什么出来玩，他说就是想多看看外面的世界，多了解一些人和事，所以，趁着年轻，就到处跑一跑。他说他喜欢哪里就要在哪里多待，在新疆大概待了一个月，其中在喀什 15 天。他再次到拉萨是 6 月 29 号，比我早一天，离开拉萨去樟木是在 7 月 3 号下午，那天他刚拿到签证。我比他晚大概一小时拿到签证。我们在拉萨没有碰到，但是在加都碰面了。

这两个差不多大的家伙，小莫和小胡，是完全不同的两个类型。小莫非常沉静，坚韧，偶尔甚至有点儿忧郁的样子。从他之前的描述中，我只知道小胡是个喜欢赌博的小伙子。这次见面，我对小胡才有了直观具体的认识。他更活泼和热情，也许还有点儿贪玩和爱闹，这是另一种同样可爱的性格。这时候我发现自己很容易对陌生人产生好感的性格仍然还存在，我以为我已经彻底摒弃了它。也许江山易改本性难移这句话，对我比较适合。

我问起小胡赌博的情况，他兴高采烈，就像讲一个有趣的故事。讲完他那确实有趣的赌场经历后，他说："这次我心满意足了，我再也不去了；如果昨天没有去，就会始终挂念着。"小莫笑着说："我才不信！你昨天连拉带推地非要我一起去，现在这么说，不过是钱输光了。"小胡笑着说："把去印度的旅费输没了，不去就是啦。"说话过程中，他蹦出一个南腔北调的词，把肚子说成"赌子"。这个词让我想起一个几乎忘记的人。这个人从前常说这样的话："我赌子疼。我读抽中（初中）的时候怎么怎么。""外面风大，我去把仓子（窗子）关上。"当小胡说到"赌子"时，外面阴郁的天空终于开始下雨了。这是一种巧合。我肯定会记住加德满都这个潮湿黯淡的黄昏，它让我产生片刻迷离恍惚的回忆。

从泰国餐厅出来，小莫看见一家自行车店，想去买备用的车轴。我们在那里和尼泊尔店主聊了将近一个小时。那个人几乎算得上是个侃爷。他只去过中国的西藏，但是对拉萨和西藏的其他很多地区都比较了解。他说他11月份可能去成都，北京奥运结束之后，也打算晚些时候去看看。

旁观这几次砍价和聊天，我发现小莫的英语口语不算太好，基本上和我差不多烂吧。小胡的英语和小莫比起来还有一些差距。对我们这些不以英语为母语且不曾长期在英语国家工作或生活过的人来说，有一个对我们的口语的评论是准确的：没有最烂，只有更烂。但这不构成拒绝或畏惧交流的理由。

我这是第一次认真看小胡和人聊天，而且觉得是很有趣的过程。他掌握的词汇非常有限，却能在不顾时态、单复数的情况下语速流利地和人聊得热火朝天，双方都很高兴，而且最终都能明白彼此的意思。比如说，就算他不能准确地用 second-hand 表达 "二手"这个意思，起码他会拐弯说 used "用过的"。

在他那里，语言或许不是一种优美而精确的艺术，却是一些充满弹性和可能性的、亮晶晶的小碎片。我想，纵使他并不能从理论上总结人与人交流的方法、目的和要旨，但是他通过表情和手势的配合，实际上在进行很好的交流实践。在与背景、文化、国籍和种族都有所差异的这些陌生人的肆无忌惮的交流中，他表现出来的随意、开朗、热情和感染力是一种素质。我相信他说他在尼泊尔交了几个好朋友是真的。至于小莫，他顺利地骑车穿过那些国家、在这4个多月里结识很多朋友，已经足以说明很多问题了。他们所具备的勇气和自信，是很多其实语言比他们好但仍然不太有信心出去走的人们暂时还欠缺的。实际上存在一些几乎什么外语都不会的人，也到处旅游得有滋有味。他们拎着计算器满世界跑，砍价的时候直接和卖主互相按数字；

点菜时见旁边人吃的什么觉得卖相不错就指给店小二看。他们照样玩得高高兴兴。

　　后来我说我需要一个包，小莫说一起去买吧，小胡说："我对包很了解咱们帮你选去。"他们确实了解很多。对我这种什么都胡乱凑合的人来说，小莫和小胡在那么多卖户外用品的商店里表现出来的识货感觉和分辨能力，让我觉得高山仰止并深感自己很无知。泰米尔区的某两条街上的户外用品店我们几乎转遍了，凡是卖包的地方都去看。有卖仿制品的，也有名牌专卖店，也有地方卖不太知名的品牌。在这些地方，小胡和小莫频繁地和人砍价。破破烂烂的英语配合微笑和生动的表情，同样产生不影响理解的效果。

　　最后在一家尼泊尔女人开的店里面，我们发现了适合的包。那个女人似乎以前见过小胡，一见他就用汉语说：我爱你！然后我们开始砍价。现在在泰米尔砍价似乎不像很多传说中讲的那么容易了，这是我这些天来的感受。小胡和包括店主在内的几个女人磨了一阵，也只能砍去六分之一，这还是她们犹豫再犹豫之后成交的。

　　回来之后，小胡和小莫叫我去他们房间聊天。我上了会儿网，在房间里收拾好行李，就去找他们了。小莫坐在楼梯口的台阶上看新闻，说是房间里网络信号又不好了。他们的房门开着，小胡穿得很少，站在卫生间里对着镜子慢慢地刮脸。过了好一会儿，他穿上衣服出来。我说你脸上好像很干净，怎么刮这么久。他微笑说："就是弄了一下，还修了修眉毛。"

　　这时小莫回屋，大概开始整理东西了，翻他的行李，随手抖搂出一件花花绿绿的T恤，说是30元左右在印度买的，问我好看不。这T恤正反面图案相同，都是浓墨重彩的鲜艳背景，上面挤着4个人，我摸了一下，大概是纯棉的。也许看见我略显惊讶的目光，小莫说："我拿回去也不穿，就是把它挂起来。"然后他问："他们是谁？"我说左边这个男的是印度教大神湿婆，你看他有三只眼，第三只眼在眉间；他脖子上还缠着一条眼镜蛇；这都是他的标志。右边是他老婆雪山神女，象头人是他儿子甘内侍。但是第四个我一时想不起来了。浙江人看着象头神甘内侍说："他是湿婆的儿子啊。"我说是。

　　这时候时间不早了，明天要早起，我和小莫要下楼提前退房，就一起出了这个房间。这时候我想起了第四个人的名字，他是湿婆的另一个儿子，名字叫做鸠摩罗（或称库玛尔），也许有地方称塞健陀。他是阿修罗之劫时天人三（界）中唯一能拯救世界的希望，众天神为了促成他早日出世，想了好多花样让湿婆和雪山神女结婚，还连累爱神卡玛（Kama，《欲经》原文 Kama Sutra 的第一个词就是他的名字）被湿婆的第三只眼烧成灰烬。基于这个故事，古代印度杰出的梵语诗人迦梨陀娑写了一首名诗，叫做《鸠摩罗出世》。

DAY 7　这是一场暴烈的雨
7月12日 星期六 博卡拉

　　我仍然没有能够吃到凤凰宾馆传说中非常不错的稀粥和馒头，尤其是被小莫和小胡盛赞的腌咸菜。今天其实起得很早了，更准确地说几乎没有睡觉。先是收拾东西到比较晚，然后无意中发现房间里居然破天荒地有了网络信号，就躺在床上东看西看，到小莫来敲我的门时，已经是我们预定出发的时间了。

　　这是当地时间6点半左右。我们一起上顶楼的厨房+餐厅里吃饭，但是只看见冷锅冷灶，也无人迹。他俩做惊诧状。根据他们的回忆，这个地方似乎在相对宽泛的时段都可以吃到早饭，宾馆官方发布的就餐时间是早上7点半至8点，但是他们的经历至少包括6点50至8点40。不过这只是小事一桩，我们还是先出发去坐车了。

　　小胡对坐车的地方相对熟悉。这是在泰米尔区的北京饭店后面的一条胡同旁边，那里有个小旅馆叫乔达摩旅馆。走过这地方，就看见一条马路，很多车辆停在路边。传说去博卡拉的长途车一般都停在这里，价格是250卢比左右，但通常要在7点半之前去，车次大概还不少。根据这些说法，7点半之后就没车了。

　　我们到那条路边的时候刚过7点，问了几辆车都不去博卡拉。有路人说可能因为今年旅客少，有些车不开了。我们三人又问了几个人，似乎当地人对这些车辆信息都不太熟悉。此时我们放弃这个较近的车站，决定去新车站坐车，但是除了一个要价非常黑的出租车司机，一些人甚至连新车站（New

Station；又叫中央车站 Central Station）都没听说过。这样不熟悉情况的还包括马路边的出租车司机，我们问了几个，他们都不清楚。其中一人甚至拿着小胡的加都地图跑去到处问，好久都没影了；直到一辆载客去中央车站的中巴车在路边停下，我们都要搭车出发时，他才慢慢从远处一个小店里跑过来。

这个中巴车和前几年在很多城市常见的那类中巴车没什么区别，大小、外观都差不多，里面人倒没几个。一般情况下尼泊尔这样的车收费会比城市公交车贵一倍，这个中巴车收费 12 卢比每个人，所以有计划穷游到极限的人很可能在泰米尔（区）附近坐 6 卢比去新车站的车。这段路走了大概半小时的样子，进了一个很大的车站，里面停了很多辆各色各样的车，以大巴士为主，不知道我们要乘坐的车停在哪里。

我们询问哪辆车去博卡拉，当地人指了指，立刻围过来好几个人。感觉他们是把车票价格当个正经生意来做的，一砍就摆出很大的阵势。小胡是一个非常热情和爱砍价的家伙。他立刻代表我们前去迎战，我们在相距不算近的地方就能听见他爽朗的笑声和高亢的英语。他的性格实在是很可爱。但是第一回合他得到的结果不能算好，对方给出的最低价格是 900 卢比。他觉得可以接受。我和小莫都不赞成。我不接受的理由很简单：对于从加都去博卡拉这段需要 6 小时左右车程的距离来说，虽然 3 个人 900 卢比这个价格确实不贵，但这不是真正合适的价格；一方面我们既然身在这个国家，就要适当地用这个国家的人的视角来看待物价问题，另一方面，考虑到那么多曾经去过的人给我们留下了合适的经验和价格标准，就算我们不能幸运到与其中那些最彪悍的砍价大神相比，为什么不可以更接近一点儿呢，毕竟去那里的车票最低价格曾经有过 150 卢比一个人，即使考虑到油价上涨因素，900 也是个比较夸张的数字。小莫不赞成的理由更简洁：太贵；他需要节省一切能省下来的钱。对于一个在路上旅行了 4 个多月的人来说，这个理由是非常实在和正确的。

但是这个车站的砍价不能算轻松工作。在这地方，似乎那些去博卡拉的司机都有点儿拉帮结伙的意思，互相当托儿，一个开的价格比一个高。有的直接说最少1100卢比3个人，少一个卢比都不可以。这些人真是非常狠心啊。要不是旁边来了个戴帽子的老大爷说远处有车去博卡拉价格便宜，他们多半还能坚持下去。我们正要过去时，一名司机接受了800卢比的价格，实际上这已经比我们听说的每人250卢比的正式票价多了，何况我们是团体票。这种冗长拖拉的砍价在尼泊尔几乎是很常见的现象，有时候想起来很麻烦，而且非常浪费时间，但是除了应战你简直无法可想，否则只能接受漫天要价。

刚坐到车上的时候，只有我们三人。这辆车号称当地时间8点20出发，一开始我们并不指望司机能守时，南亚人的不守时和南亚时间的弹性是很著名的。不过后来几乎是按时开车了，如果说有出入的话也仅仅延迟了不到10分钟，对当地人来说这表现堪称优异。一名十来岁的少年在我们之后不久就上车了。我问他是否去博卡拉，他说是。我很好奇他作为本地人多少钱买到一张票，问了好几次，他当然听明白了，但就是微笑不说。小胡悍然认定该少年是在害羞。

这是我第一次乘坐有大量本地人在车上的长途车，他们叫 Local Bus。在出发之前，至少来了两拨要钱的和三拨卖货的。

第一个来要钱的是个三十来岁的聋哑人，他很瘦，穿一件褐色衣服，手里捧着一张类似于证书的东西，在车上给人看，然后向人要钱。我们三人坐同一排，小胡坐在左侧，一个人占据两个座位，当然有行李；小莫和我坐了右侧的两个座位。那个聋哑人无视离他更近的小莫和我，直奔小胡，对着他伸手。小胡乐呵呵地笑着给了。

或许这个人要钱太有经验，凭直觉知道最好哄的人是谁。小莫和我，前者天生一张"哪个欠了我的钱怎么这么久都不还再耽误一天我杀他全家"式的讨债脸，后者无意识地露出"我都不认识你陌生人授受不亲你怎么好意思来向我要东西尤其是要钱这种私密敏感玩意儿"式的腼腆表情，小莫不向他要钱已是不错，我是否会给恐怕要看最后那一刹那的念头怎么个转法，这样的两个人对他来说都不是十拿九稳的，付出不见得必然有回报。但是小胡天生长了一张"谁来要钱我只要心情好就算没有钱卖身也要给他一点儿"式的亲和面孔，并且还鼓励地看着他笑了一下，我想如果我是乞丐也会毫不犹豫地直接伸手过去。

第二个来要钱的是一个用粉色纱丽裹头、戴金色鼻饰的女人，看起来不超过 30 岁。当地女人虽然大多数穿纱丽，但是很少裹头，她这样打扮显得似乎有些拘谨，也许是制造某种庄重感。她手里拿着大叠卡片，见人就给，

上面用尼泊尔文和错误百出的英文写着大意为"我们监护的孤儿们需要帮助，请伸出援助之手慷慨解囊，哪怕5卢比10卢比也有助于缓解他们面临的基本生活需求"之类的话。也许为了节约成本，卡片上提示道：请在赞助时还回卡片。这种化缘方式真是很低成本。那女人当然不会放过笑得满脸都长卢比的小胡，随即甚至也克服心理压力，垂着眼帘，往阴沉凶狠的小莫和好奇地打量她的我手里各塞一张卡片。这一趟化缘对她来说大概不能算失望之旅，就我所见到的情况来看，我认为几乎人人都给钱了。

那之后来的三拨小贩拿的东西都差不多，无非是电子表、手镯、项链之类花哨可疑的廉价饰物。似乎也没什么人理睬他们，他们在车上兜了一圈儿就下去了。直到开车之前，有个卖报纸的又上来看了一眼，我正琢磨不知道去博卡拉能否买到《喜马拉雅时报》，就要了一份儿今天的。

加德满都虽然不大，但堵车的阵势比起北京这种地方毫不逊色，这时候旁边会看见好多黑色烟雾，因为不少车烧柴油。至少在市区堵了半个小时，我们可怜的大巴车才缓慢地挪动到了郊外的康庄大道上，速度上来了。这条路主要是在山上蜿蜒盘绕，这时候窗外的风景也多了一些可看之处，大略上仍然和中国南方的山区相差无几。

开了大概一个小时光景，车停了片刻，恍惚听见前面说"都去放水吧"。这个时候才能体会到女性在这个国家坐长途车的诸多不便。在这地方，路边上黑压压站了一排男人，仿佛突然冒出无数水龙头似的"哗啦啦"放水，别说人家不好意思，就算好意思，你让她下来往哪儿去？

不过这个司机停车的位置还不错，一边是山崖，另一边是陡峭山坡边的葱茏树林。站在一棵大树底下，看见一丛丛树木顺着斜坡往下铺排下去，几缕云气在林木间兜兜转转，仿佛是活物。

回到车上后，我因为夜里休息不够，加上外面景致并无太多新意，在汽车的起起伏伏中就慢慢瞌睡了。坐我后面的一个尼人大概是个多动症患者，他在不停地把窗户玻璃推过来又拉回去，我在一个短暂的梦中都看见他仍然在这样做，仿佛有某种强迫症。

　　这样走了可能有很久。模糊听见一个非常好听的叫卖声：Nari-iyal！nari-iyal！nari-iyal！南亚人基本上都是见了r都发颤音，他这个ri发得特别长和起伏，声音清脆婉转，想象中就是ri-i这样的音节。我知道这个词是椰子，但第一次见人把"椰子"说得这么悦耳，仿佛卖的椰子都格外不同似的。本来困得眼皮滞重，这时候费劲睁眼一看，卖椰子的人和托盘里切成瓣的椰子一样平淡无奇，先前为想象中格外清甜美好的椰子产生的大量口水"嗖"地缩了回去，立刻没有胃口了。真是百闻不如一见啊。

　　接着又颠簸了好一阵，小莫推我一下说：吃薯片。我闭着眼，接过一块薯片，在强烈的睡眠欲望中淡而无味地嚼了两下，听见他和小胡聊了几句天。一个说我买的是麻辣味的，一个说我买的是番茄味的。一个说这里薯片真贵啊。一个说他妈的怎么停车吃午饭了，都白买了。这时候睁眼一看，果然在一个餐馆边停车了，地方很简陋，还算干净。

　　车上的人都下来，或者进去吃饭，或者坐在旁边等着司机开车。通常这样的饭馆和跑长途的司机之间都存在一点儿熟悉度，这是常识。我们三个人坐在靠门的一张桌子边，看了一下菜单，就知道是尼餐为主。我吃炒饭吃得够了，现在觉得尼餐比什么都好，一方面它的配菜不管好不好吃，起码给的米饭是非常清爽的白米饭，不会混合大量的调料进去；另一方面我还非常接受这里的菜和汤的口味。我最愿意吃的当然是粥，在这里也就只当是妄想罢了。

　　小莫说这地方比印度的路边餐馆好多了。他说他在印度见到很多餐馆，门前往往遍地垃圾和污水沟，让人看了恶心半天，还吃什么呀。不过他是个忠实的炒面爱好者，我不记得看见他吃了多少次炒面和面条了，就像他不记得见我吃了多少次米饭一样。我们吃饭的时候，身后传来比较大的咀嚼之声，扭头发现背后并肩坐着两名模样可爱的尼泊尔少年，吃的饭和我的一样，但是都用手搅拌和抓起来往口里送，手上、唇边和腮边都是饭粒和汤汁儿。他们边大口吃饭边兴高采烈地说话，看起来真是生龙活虎。我希望以后我的小孩也这样野蛮精壮和彪悍无畏。

　　这段时间在路上奔波，让我逐渐减少了对鸡肉的憎恶。这里的牛肉和羊肉，除了个别时候，对我来说几乎没法吃，大都烧得太过，放在嘴里像在吃木乃伊身上的肉，又老又绵又韧，难道这些牛和羊都活了上千年吗？我也不指望能在随便碰到的尼泊尔餐厅吃到不错的鱼肉，这已经有过教训了。最后不得不偶尔吃一点儿的就只有鸡肉。今天中午的饭也是这样。虽然我看见鸡肉还是有轻微的排斥和反感，但还是在自我欺骗中吃了两口，因为身体需要能量。生活对人的改变，总是在人预期之外的。和我一样吃尼餐的小胡大概对鸡肉有同样的反感。他比我好的一点是牛羊肉烧成什么样他都可以嚼两口咕嘟吞下去，所以他这次就坚持没有吃饭菜里的鸡肉。

　　下午接着晃荡了又是很久，在当地时间三点多，我们到了博卡拉，由于堵车等原因，实际在路上耗了超过7个小时。

　　一下车就有很多人来拉客，说是给我们提供非常好的住处。小胡跑过去和一个黑皮肤蓝T恤的小伙子说了一会儿，讲好是住湖边，三人间，价格300卢比。那小伙子说到湖边走路非常近，能看见湖水，三人住一间没问题。路上他非常热情地和我们聊天，小胡和小莫都跟他对答得很高兴。

　　但是到他的院子里时我们就觉得不合适了。他的地方离湖边比较远，坐在车上也走了超过10分钟。小莫和我在院子里的树下等着，小胡去看了房间，在楼上喊话说看不见湖水，而且他这里不能提供三人间，只说是可以再便宜点儿。

我们商量了一下，给出了意见；一，不能看见湖景；二、离湖边太远；三、没有三人间。这个房子实际上和蓝T恤小伙子在车站对我们描述的情形相差太远。鉴于这种情况，我们不打算在这里住了。这时候出现了某种戏剧化场景。

蓝T恤小伙子突然翻脸说，不住可以，要给车费，司机是他请的，汽油不能白烧。至于车费，需要300卢比。他这个条件提出来之后，我问他说："你总是这么干吗？先把你的房子说得和事实相差很大，然后让人来了之后就找借口，你习惯这么赚钱？"他说："你以为我在骗你们？"我说："那你觉得这是什么？善意的谎言还是美丽的童话？你如何解释你的房子和你描述的相差这么多？你的车要收费在车站怎么不讲清楚？"他说："随便你们怎么想，这个地区真正在湖边能看见湖景的房子只有一处。"——这个细节，后来他又改口说两处了。

他和他的那个司机不允许我们去取放在车里的行李，说必须给出租车费。我和小莫还在拒绝，小胡妥协说算了给点儿钱吧，就这样了。但是他也无法接受这几步路就给300卢比，即使在加都，这个距离一般乱宰人的司机也只好意思开口要50卢比，到底给多少还要看如何砍价。然而司机简洁地回答说：这是在博卡拉。他这样回答的时候，笑嘻嘻的，显然对这次即将到手的收入比较满意。小胡生气了，跑出去打电话，说是要给他在加都泰米尔区北京饭店的一个朋友说一声，让他想想办法等等。

小胡大概去了好长一段时间，那个蓝T恤小伙子和司机待不住了，他们跑过来问我："你的朋友去干什么去了？"小莫恼怒地说："他去找你们的政府抱怨去了。"蓝T恤说："他抱怨什么？难道我们骗了你们？"然后又问我:"你知道他什么时候回来?"我说:"等着吧。"他被噎了一下,说:"那我们就等着。"不过他马上拉着司机出了院子,大概找小胡去了。

这期间,我看了一下周边的情况。这个院子是在一条简陋的小巷深处,门口的牌子叫做 Peace Hotel,这个名字在此时看起来真是讽刺。我顺带把司机的车牌号记了下来,我希望有机会要想办法去投诉这个小旅馆和司机。也许在中国这是没什么人管的事情,但我推测在尼泊尔大概情况会好一些,无论如何要试一试。对这个把旅游收入看得非常重要、排名第一的英文报纸的经济版面几乎天天讨论旅游的国家来说,如果我们有理有据地进行投诉,说不定可以有积极的反馈。

后来小胡打完电话过来,似乎他的沟通结果没有太大帮助。那个蓝T恤小伙子和司机也一起跟着他来了。他说,那个小伙子给了他 50 卢比,叫他再加上 100 卢比,一起给司机 150 卢比就成了。我说给可以,要带有起止地点的收据或发票。他把钱递过去,接着向司机要收据,司机还在争辩,蓝T恤冲他吼了一声,他急忙钻进车里,一道烟开走了。小胡说:"这个人还不错,就那司机最坏了。"

我们拿好行李,走出这个院子。蓝T恤硬邦邦地说:"祝你们过得愉快。"我说:"谢谢,我们会的,而且我相信会有更多人像我们一样给你带来大笔收入。这样做生意比开旅馆赚钱容易多了。我都遗憾我没生在你们这个伟大的国家呢。"他黑着脸说:"谢谢,再见。"

这时候开始下雨,而且越下越大。我和小莫在巷口的一棵菩提树下避雨和等小胡。他在旁边的一个小店里打电话。作为外国人,他在这里打市话被收费一分钟 10 卢比,那个店老板在旁边笑眯眯地看时间。小胡是给之前他认识的两个中国人打电话,据说他们先到这里两天了。他们告诉他,他们住的一家旅馆在湖边,看得见湖水,离湖非常近,价格在 200 卢比左右,但是正在和他说话的小伙子说的英文地址小胡始终听不清楚。他认为是对方口音太重，我猜这是因为雨声干扰。后来他让我听，我也没听明白。

  我们到路边的时候，另一个人走过来，向我们介绍他的旅馆。这个时候我更希望大家慢慢去沿途找，人人都知道此时是旅游淡季，博卡拉闲置房间很多，此前看各种介绍时也见过人们说有一些很不错的地方。不过这个叫做科萨（Keshav）的尼泊尔人在我沉吟的片刻已经说服了小胡和小莫。小莫说3个人300卢比也还成，且从这里到他的旅馆只需要两分钟，在楼顶能看见湖水，就去看看好了。我想他这次决定得如此痛快，与正在下雨有关。

  我们到达这家名叫 Mera Peak Hotel 的旅馆时已经快五点了。刚进院子雨就停了，沿着一条石板路走进去，迎面是一个不大的花园，中间是一座小凉亭，里面有两张桌子。周围是小小的草坪和几丛不认识的树木，有的开着小小的红花。最高大的反倒是貌似认识的，我以为是芭蕉。不过带我们来的这个旅馆经理告诉我们那是香蕉树。小莫说他生长在广西，随时随地可以看见大片的香蕉和芭蕉，但是却分不清楚这两种植物。

旅店老板
科萨

这家旅馆总共两层，顶楼上还有一个螺旋铁梯，爬上去可以看见一小角湖水，视角非常一般。他的三人间是在双人间里塞进一张床现场炮制出来的。小胡和小莫说就这里吧，300卢比3个人，还可以。我们就在这里安顿下来。那时候刚刚的一阵急雨倏然停止，北面的天空中蓦地划过一痕淡淡的彩虹。

科萨上来和我们聊了好一阵。他今年36岁，有3个儿女，最大的孩子15岁。他说中国人做的饭菜全世界第一，所以人们喜欢中国饮食、日本老婆、美国生活之类。他问我们，是否7月就是中国的新年，并说以前有好多中国人到这里来玩，甚至来过新年，经常自己做吃的，而且互相说"干杯"，说一声喝光一杯酒。他曾经在德国的中餐馆干过，那里的饭菜也不错，但是他收入太低，整天有刷不完的盘子碟子，最后他就离开了；他觉得那里的中国人太聪明太会赚钱。

在这次礼仪性的、具有认识功能的聊天过程中，我们对科萨有了些许了解。他虽然是印度教徒但并不喜欢任何宗教，他之所以是印度教徒乃是因为他出生在一个印度教家庭，不过他始终说不清楚他自己所属的具体民族和种姓。他更喜欢现在没有国王统治的尼泊尔，认为这样虽然还存在许多麻烦和苦难，但起码更民主了。他很讨厌印度，认为他们时时刻刻都在给他的国家找事。

正好当天的《喜马拉雅时报》上还有一则关于某个印度社团向政府提出应宣布尼泊尔为印度的一个邦的消息，我告诉了他，他听了露出鄙视的表情。我说："你们既然这么不喜欢印度，何不建议政府废除尼泊尔语的印地文拼写方式，从书写和文字上斩断和他们的文化心理联系，这样干脆利落，为以后省多少政治是非，他们想找借口来惹事都不那么容易了。"他给吓了一跳，说："你真狠，也许这是一个好法子，但这样做需要时间。"

我们在房间歇息了一阵，就出去逛街和找饭吃。沿着一条斜斜下行的马路走下去，大概几分钟，就到了一条东西向的马路，街心有两棵非常粗大的菩提树，不知有多少年了。旁边有块牌子写着：通向翡娥湖（Feeva Lake）。从前看过的照片上，这个翡娥湖碧波荡漾，既妩媚又清幽，此时天色渐暗，看不清湖的真面目，只见远处微茫的天光中仍然层次清晰的群山。一大群鸟吵闹着从我们头顶飞过去，栖息在路左侧的一个院子中的大蓬竹林里，院门口有士兵守卫，不知是什么机构。

翡娥湖入口的牌子上写着游湖须知一类的条文。诸如，过湖看庙的人头费是 25 卢比；租船每小时 250 卢比，雇佣船夫价格翻倍；自己租船玩一整天 500 卢比等等。那时码头已经没什么人，唯见一些小船横斜在水边，远处还有淡淡的船影，正朝着码头这边缓缓过来。只有一个不知哪里来的孩子，正在船夫帮助下刚刚上船，多半他们也划不了多大工夫。

仅此倏然一瞥，这个湖不能说给我留下了深刻印象，需要看到它的更多部分才能有所判断。但是湖面上一丛丛水浮莲触目惊心，显示这个湖的污染程度已经不容小觑。仔细看时，码头边也有水浮莲的尸体堆积如山，想是管理部门召集船工打捞上来的。基本上，湖泊池塘一旦招惹上水浮莲，若不尽快救治，它的好日子就没多少了。此前我没有看见过翡娥湖和水浮莲之间有所牵连的消息，不知道今后它会变成什么样子。

天黑时我们从翡娥湖的码头出来，说好明天划一天船，就去逛街。博卡拉作为一个小镇，街道很简单，路边除了饭馆、书店、工艺品店之类，其他主要是发登山财的，不是旅行社就是卖户外用品的店。这里既有二手装备，也有假冒伪劣，能买到什么东西，真得看各人的眼光和手段。小胡和小莫在这些店里看了大概两个小时，对那些鞋子研究了又研究，他们都想买一双既便宜又能防水和透气的好鞋子。我对跑这么远来买鞋子不能说很热心，跟在旁边倒是能听到衍生出来的一些八卦。

吃饭的时候，小胡说他看好了一个地方，楼上挂着大大的招牌。我们跟着他去了。那是在二楼，果然位置不错。不过价格也相对较高，是加都泰米尔区普通餐馆的三倍。小莫看完菜单几乎要拔腿就走，到底是忍住了。他就在心疼中吃完了他那盘大概 150 卢比的炒面，并且抱怨说在加都某个卖"冻吧"的小破饭馆里，味道比这个好不少价格才 30 卢比。我和小胡的口味相似的时候比较多，这次我们仍然还是吃了一样的，大概湖北人和四川人对米饭的爱好程度比较接近。

那之后我们到旁边的超市里买了一些被小莫认为都是杀人价的食品（相对于加都物价而言），因为第二天打算划船。小胡也惊叹说："方便面 70 卢比！"后来结算时发现，我觉得烟盒看起来很不错的一包烟 160 卢比，这个价格让已经逐渐熟悉尼泊尔物价的我不禁觉得抽烟是让人惭愧的事。

躺到床上时，大概当地时间 10 点过，由于头天夜里几乎没有睡觉，我眼皮沉重，勉强翻了一本关于尼泊尔蝴蝶的书当作催眠。醒来的时候是当地时间凌晨 4 点，我是和衣躺在床上。小莫在剧烈地咳嗽，听得人心脏收缩。我想，或许在印度直接喝凉水给他带来的伤害，严重程度超出他自己的估计。他说过，他在那里拉肚子很多天，有时候几乎虚脱，但还是不得不骑车赶路，直到一头从边境扑进尼泊尔，在加都的一家旅馆躺了几天才好。现在看起来，他的身体状况与真正的康复之间尚有距离。

此时外面雨声大作。这是一场暴烈的雨。我认为它是我来尼泊尔之后所知的最大的雨。雨声极为响亮和猛烈，旁边熟睡的小胡在梦中都翻身了，我则是被这场豪雨叫醒了。我记得自己长期以来是一个睡觉非常死的人，这样就能醒来，只能说睡够了。

小莫边咳嗽边说：你才翻了几下书就睡着了，几乎没几分钟。他说着这些，又嘟囔了几句别的什么话，起来上了一趟厕所，又上床继续睡觉。我已经睡了 6 个小时，觉得神智还算清醒，就到外面的走廊上呆了一会儿。这个暴雨中的水淋淋的夜晚，一个人坐在木制的楼梯间，外面虽然响声大作，其实更显得安静。

花园里的植物在雨水中也发出各种作为回应的声音。我走到一楼的门厅里坐下，看着几米外的花园，希望可以碰到一条在雨幕中往室内爬的蛇或壁虎之类的小动物。这个国家的热带地区盛产这些东西，下午刚到不久，小胡就指给我看了一下某棵树底下一只打盹儿的壁虎。但是在昏黄的灯光下，除了雨水和草木，别的什么也看不见，活着的只有我自己。

我看了这场雨将近半个小时，其间抽了两支烟，喝了半杯水。博卡拉是个比加都还湿润的地方，我睡醒之后一点儿也不觉得嘴唇干燥，就像在成都一样。不过对我来说，没事就喝水已经成了根深蒂固的习惯，这是长期在北京生活形成的。

　　这大概是一件时空错乱的事。在博卡拉这个豪放得惊人的雨夜,我重新上床睡觉的时候,心里不期而至的却是自己发生在中国的往事。这些念头是自己扑过来的,所以,我其实只是被动地想:作为一个在南方出生和长大、直到十几岁才离开的人,我确实被北京严重地、不可逆转地改变了。

梦或梦的余韵
7月13日 星期日 博卡拉

DAY 8

我梦见自己是孙悟空,在一片很广阔的天空里横向地飞。我看见了很多东西。有一朵白云非常悠闲和散漫,它简直可以说是美丽动人。一只小鸟儿说:"你真的很可爱啊,又很漂亮,又很高兴,我爱你。"那朵云懒洋洋地说:"大家都是一样的,可是,如果你看不懂我内心的悲伤,怎么敢说懂得我的快乐。"我笑了一声,说:"你真的很装逼啊。"那朵白云看也不看,伸手就给了我一记响亮的耳光。我恼怒地看着它,想到它全身没有受力之处,只好飞走了。

在飞的过程中,我有时不免有些担心。我认为自己是有恐高症的。但是想到自己是孙悟空,觉得不应该有恐高症,即使有也不能好意思说出来。这样想的时候,居然不害怕那样的高度了。但我无法飞得再高,甚至按了几下横贯在空中的电线借力,增加高度的效果也不那么明显。这情形很像那种飞在天空中的气球。不是那种饱满圆润的气球,而是有所泄气的、不那么朝气蓬勃的气球。也许它们还可以散漫地飞,但是无法预计它能飞多高、多远和多久。尽管有那么多不确定性,但它的一切前景似乎更多地被它的外观和状态间接地暗示出来了……

实际上这个梦漫长而且多姿多彩,但是我醒来之后还能记得的,大概就这些片段。我不知道这是否算得上是一个隐喻或寓言。也许相信梦的人会立刻去找人圆梦或解梦,我自己是不会为它费心,有空或许记下来,没空就不管了。

这一天直睡到上午十点多才醒，那两个家伙还在"呼呼"大睡。透过窗户看外面，有一点儿阳光，水洗后的园子看起来很清澈。不过可能因为我自己睡眼惺忪，又隔着玻璃，那些植物看起来也懒懒的，尤其是花朵，香艳里带着娇慵，似乎大家都在梦或梦的余韵中流连。所有这些人和物，都在诱惑我继续高卧，充分享受这一段难得的闲暇时光。

考虑到已经 12 个小时没吃东西，我翻出昨天在超市买的零食，为下一阶段的睡眠补充点儿什么，免得在梦中挨饿。

我在超市里马马虎虎当作花生买回来的某种零食，当时被小胡认作是微微炒过的玉米粒，打开仔细一看，其实是裹了一点儿面的鹰嘴豆，口感细腻，断面光滑，和玉米这种淀粉多的粮食在触觉上差别比较大，由于饥饿的缘故，它的香味被味蕾夸大了。但是这鹰嘴豆的味道，即使打八折也还是好的，虽不能和怪味豆相比，也还保留着纯正的香、淡淡的甜、外加调料所赋予的一点点辣。它让我对别的零食的偏好大大降低。

我怀疑是食物的香气把小莫和小胡唤醒的。他们先后坐起来，用初醒的人特有的呆滞目光和麻木神情看着我，尤其是我吃的东西。然后他们的目光都渐渐变得活泛，不到一分钟，他们都迅速地跑去洗漱，接着找出包里的各种食品。房间里很快充斥着三张嘴巴咀嚼零食发出来的不同节奏和力度的声音。带着睡眠的欲望吃东西，对我来说就是越吃越困；趴在床上，眼睛和嘴巴都闭着，只有牙齿还醒着，在那里下意识地活动，像偷吃似的。他们俩兴高采烈地边吃边聊天，10 句中我大概能听进去一两句。

后来又进入一种朦胧状态，恍惚听见小胡说："别睡了去划船了。"我知道这话是同时对我和小莫说的，随口说："不去。"小莫说："你们去我就去。"小胡大概沉默了片刻，无奈道："那就都不去了，睡觉睡觉。"

这是非常懒散的一天。我似乎一直没有进入深度睡眠，永远处在一种半梦半醒的状态，一方面模模糊糊地做梦，一方面半睁半闭的眼睛还能看见（也许更多地是感知）到他们俩的动静。小胡说是睡觉，只躺了一会儿，就开了电视，音量调得很小，看了好久电影，他似乎对 HBO 电视台情有独钟，我至少看见了该台播放的《十二罗汉》的一点儿片段。还有个什么台的印地语卡通片，他一样看得津津有味。小莫有时候看电脑，有时候在他的小本子上写写画画，有时候蒙头睡觉。

下午五点的样子，三个人几乎不约而同地坐起来，大概都是神清气爽＋精力充沛＋饥饿导致眼冒绿光的感觉。我怀疑再饿下去我能直接啃手指头。我们彼此看看，不约而同说了一句虚伪的话：出去转转吧。实际上都知道是要去找食物，毕竟不能每顿都吃零食应付。

这次我们直接走到湖滨那条主路上，往东走了一小段，凭直觉进了一家餐馆。博卡拉的小馆子和加都一样地慢，在平时这是悠闲，在饥饿的时候会让人微觉不耐。在等饭吃的时候，循声摸到隔壁，看见某家人临街搭了个很大的棚子，一帮人坐在里面，主要是女人和孩子，齐声鼓掌和唱歌，有几名成年人在那里唱和跳。看样子这是在举行某种仪式，不知道是为了结婚还是庆生。

饭后我们接着去那边看，发现人更多了，一如既往地唱和跳，在幽暗的夜色中，显出一点热烈和欢乐的气氛来。过了一会儿，一辆装饰得很花哨的大巴车开到棚子跟前，引发一阵非常响亮、毫不敷衍的掌声。车上一堆半大小子，对着下面的人吹口哨和大叫大笑。我问了一名中年妇人，她微微有些羞涩，侧着脸回答说：这是迎亲的花车来了。再一看，棚子里除了唱的和跳的，又冒出几名乐手，开始摆弄他们的乐器。小莫拍了一段视频，我们看了一会儿，始终不见新娘新郎露面，就继续往东，大大地散一下步。

这个步比一般的散文还要散，基本上是逛了好大一圈儿，回到主街上，天色尽黑。天上有璀璨星光，地上有人间烟火，在这样错落的照明中，踢着路上的石子走路，摸回到住处。在凉亭里才小坐片刻，几名20岁左右的欧洲男女过来，生气勃勃地微笑。从他们的招呼我知道他们是欧洲的；他们说Hello，还带着一点口音。我发现我暂时没有心思和陌生人聊天，正好凉亭里座位有限，就理直气壮地径自回房。

大概一个小时之后，小莫和小胡也回来。我已经洗漱，躺在床上看闲书，奇怪他们这么快就回来，外面夜色其实不错。他们说："时间够久了。"我说："本来以为你们会聊得更久一点儿。"小胡微笑说："我其实不爱说话的。"小莫撇撇嘴说："丹麦人的英语也不好。"原来他们刚才是在看那几个人拿扑克来玩，拿了半天，又看了一阵，彼此都不大明白怎么玩，就没有继续待下去。

　　然后大家各忙各的。我边用电脑写字边断断续续听几句那些热情的电视剧对白；小莫在专心致志地看电脑，他的表情在阳光下容易显得阴沉和凶狠，在灯光下却又貌似忧伤和宁静。这些大概都是人的错觉吧。小胡用被子裹着，屋里3张床，他睡在我们之间。他脚蹬着窗户那一头，趴在床上看电视，边看边乐，发出各种各样的笑声，并且很无辜地回应我和小莫投过去的好笑的目光。很快他在灯光直射和电视开着的情况下就睡着了，很可能和我昨天入睡的情况一样。他偶尔翻身。昨天半夜我醒来的时候，看见他肆无忌惮地睡成一个大字，一只42或43码的光脚丫子伸到我的床上；我最大只穿39码的鞋，我自己的脚占我的床比他占得还少。我想今天他还这样的话我会保留给他踹回去的权利。

最重要的是和谁一起玩
7月14日 星期一 博卡拉

DAY 9

我是在梦中被小胡叫醒的。他很小心地碰了碰我的手,说:"划船了划船了。"之前他已经叫醒了小莫。我们三个人这样住在一起,昨天他很早入睡,今天按计划我们应该去划船,所以他就把大家逐个叫起来。

我大概又做了很多梦,但是不记得一点儿内容了。可能这地方的湿度和温度都太接近我从小生长的环境,所以会很放松地做很多梦,好像我已经有一阵没有这么连续和痛快地做梦了。小莫说他刚来那天听到我说了很久的梦话,当时在半梦半醒间记在心里,说是天明告诉我,结果天明就都忘记了。

在小胡倡导下,我们在住的那家旅馆吃了早餐,无非奶茶、煎鸡蛋和几片面包,收了每个人 100 卢比。小莫说贵啊贵啊,真他妈贵啊。不过这个价格确实不便宜,放到中国的早餐也没有贵成这样的。随后我们去超市买点儿中午可能在湖面上吃的东西,因为今天打算在湖上玩一天。

去了翡娥湖售票处,小胡和卖票的砍价,把 500 卢比的游湖一天的船价砍到 450。我们到的时间是上午 10 点的样子,船票上写着下午 7 点 25 之前还船,有足够长的时间。这之后我们三个人都上船,先向距离码头最近的一个小岛划过去,这地方大概在百米开外,划过去的过程就是一个调试和磨合的过程。一共两支船桨,我划得很不好,他们一人拿过去一支桨,从这时候直到下午回码头,我都没有再划船。

翡娥湖基本上是东西走向的一个狭长的湖。南北距离不大，但是东西两岸看起来似乎距离遥远。正对着码头那个小岛距离东边大概 500 米的样子，西边则一时看不到尽头，只有一条天际线。我们先从小岛慢慢向东过去，这时候小莫和小胡的状态也还没调整好，划得比较慢，配合也还不算熟练，小船在不时打转和后退等小波折中勉强地走了一段。

后来小胡扒掉上衣，用一种很卖力的架势和小莫用力划。感觉正比较顺利的时候，远处一帮当地的小孩儿在水里噗通噗通地扑腾，有的一次一次地跳水。原来那些小孩子是在东边一个小码头那里下水游泳，一起嬉闹玩耍。他们老远看见我们的船，纷纷游过来，攀着船舷，翻上来，滑溜得跟小泥鳅似的。我们仨都很喜欢这几个小孩子，觉得真是非常可爱。刚开始他们只有三个人，很快又向远处打招呼，召集来了他们的小伙伴，船上最多的时候达到了大概7个小孩，不过他们发现船舱狭小，就轮番在水里游动和在船上待着。

他们跳水的动作非常灵巧和轻捷，不过也有很滑稽的镜头。小莫在船尾边看我和他们说话，趁便拍了一堆照片。小胡在船头边划边笑。

这些小孩一开始还显得很朴实憨厚的样子，才厮混了一小会儿，就开始要东西。有的指着我们放在船上的食品袋说要饼干，我给了他们每人一块。他们接过去，直接放在嘴里就吃。真是让人难以想象。我觉得翡娥湖的水还是很脏的。

过了一会儿，他们又开始要吃爆米花。吃了之后又接着要。我说不可以，这是那两个叔叔要吃的东西，我们要在湖上呆一整天，他们需要吃东西才能坚持划船。然后又有个孩子直接向我要50卢比。他们一边提出各种要求，一边用目光在船上放置的物品上溜来溜去。小胡和小莫因为在两头，没太听清楚我们之间轻轻的对话，还在微笑。这些孩子忽然对着远处码头上出现的另一拨孩子叫唤，大概是召集他们来的意思。

也许这是旅游发展之后，与外来游客交往在翡娥湖本地居民中造成的变化，我猜测这些小孩不大可能只是他们的表面样子上那么单纯了。我不希望他们召集来更多孩子哄抢一气，失去点儿吃的事小，到时候我们的游湖计划就会白费；万一拿走包里的护照、相机之类，大家就傻了。为了避免出现这种情况，我把船上这几个小孩对我说的话都告诉了小莫和小胡，并叫他们不要再接近那些孩子聚集的码头。他们听了也开始反感，直接轰那几个孩子："快走，赶紧离开我们的船。"但是这些小孩纷纷指着其中一个看似文静的，试图撒谎说："他不会游水。你们得把他送到那个码头那里。"

这种同时掺杂着狡诈与笨拙的谎言让我对他们失去了一切好感。小胡直接把他们往水里轰，同时掉头向西，离他们的码头越来越远；小莫则忙着拍他们的照片，我把所有东西聚拢在手边，让这些小孩子无机可乘。他们看了片刻，知道不大可能有什么收获，纷纷跳水走了。剩下那个号称不会水的，停留了稍长一会儿，自然也像之前凫水而来一样凫水而去，他在水里灵活得像一尾鱼。

这一群小孩，不用说在我们心中留下了负面印象，甚至也可以说破坏了翡娥湖的整体感觉。在湖中划船时四处眺望，可以发现这个湖的周边缺乏经营设计，建筑比较散乱，随意性太强。四周小山上的林木或可称葱茏苍翠，但缺乏点睛之笔，虽有某座山顶的一个白塔，但位置并不算好，只是像栽树一样胡乱找了个位置立起来，完全不具有结构上的重要性。

翡娥湖（Feeva Lake）里的水是灰绿色，虽然在风吹日照之际有点儿碧浪滚滚、波光粼粼的感觉，仔细一看便知湖水很有些浑浊。我觉得它目前的状况配不上我给它翻译的中文名字。那些漂浮的水浮莲，那些四散的垃圾，这一切都让这个湖显得肮脏和猥琐。只要在这里看过一眼，人们便会立刻知道，它不是很多人想象中那种清绝幽绝的凝碧湖水。

那时候太阳慢慢出来，时间接近正午。我们把船靠在近岸的一片树荫里，吃了点儿零食，说了一阵闲话，大概休息了半小时光景，继续向西。小胡希望可以划到整个翡娥湖的极西之处，再划回到码头。他先停下来抽了一根香

烟，说是这样有助于他找到划船的感觉。也许他是对的。那之后他把船桨挥舞得虎虎生风，小船以比之前快很多的速度直向西疾驰。

在一片拐弯处，我们见到一条隐蔽安静的小船，一名当地人模样打扮的人不声不响坐在船上。我们打过招呼之后，见他神情安闲，我问："你在干吗？"他微笑说："在钓鱼。"小莫羡慕地说在这里钓鱼大概是很幸福的事。

从这个略微幽静的拐弯进入更开阔的湖面上，太阳直晒下来，即使打着伞，也觉炎热和一阵阵气闷，身上也火辣辣的。小胡早已打着伞划船了。小莫似乎更皮实一些，他长期在外奔波，也不用点儿防晒霜，真是强悍和耐磨损。他说他从小到大晒惯了。我想他一定拥有千锤百炼的皮肤。

早在从加都出发到博卡拉的时候，小胡就说要到翡娥湖游泳。那时候小莫还觉得很诧异，说那里能游泳吗？小胡说管他可不可以，去了再说。结果到湖上没多久，小莫先就嘀咕起游泳的事来。从上午划船开始没多久，他就念叨这事。后来一条一条的小船在旁边游弋，他总是找到新的借口不往水里跳。不过上午和中午在我们的船附近确实有一些别的小船，或者载着几个小伙子，或者载着一男一女，看样子像是朋友或恋人，也有的就是一名赤膊的本地船夫给一名欧美女人划船。

中午之后，太阳越发厉害，在船上确实热得难受。小莫不知道第几次说起要下水游泳的事。他问过我和小胡，发现我们基本上都还不算旱鸭子，立刻放心地说："那还好，如果翻船，不会出现我一个人救两个人的情况。"我说连我游得最烂，起码也可以仰泳，或者在水面上漂着不至于下沉，再说我们还有这条船。他哈哈一笑。

小船继续向西滑行，小莫说我真跳了啊。我看着他慢慢脱掉上衣和长裤，正在作势要跳，忽听"噗通"一声，回头一看，是小胡下水了。

不过小胡一直攀着船帮，静静地泡在水里，笑嘻嘻的，也不游泳。他说这样泡着感觉非常好。看起来他也喜欢潜水，直接往下扎了好几个猛子，又冒出来。我问他："这个水不脏吗？"他说："还好，不过确实非常浑浊。"我趴在船帮上凑近水面细看，也能看见缓缓的水流挟带的那些细微灰白的小颗粒，不知道都是什么东西。附近也有一小群鱼苗天真无畏地游动，大概它们还没有学会害怕人。大点儿的鱼就躲得远远的，在离我们十米二十米的地方，偶尔会有一条鱼跃出水面，溅起一道小小的浪花。好像除了天黑飞鸟归巢的时候，平时这个湖面上的水鸟都不成群结队，却是东一只西一只地冒出来，散漫地在水边飞一段，又落到水面，滑翔一下，然后就不见了。极少数时候有两只水鸟一前一后地结伴飞行，夫妻似的。

小莫在船头早已跳了很多次水。他每次都"噗通"跳下去，在水底游一段，"哗啦"冒出水面，游回船头，接着再次跳水。他说他就是喜欢在这个湖里跳水。在他这样上上下下很多次的过程中，小胡始终不吭声地贴着船身，两手搭着船帮，像一条寄生的鱼类一样沉默地泡在水中。他在水里似乎猛然变得格外沉静和斯文了，一点儿不像在船上和陆地上那样活泼好动。不知道他究竟会不会游泳。

我在船上半躺着，看他们两人在水里泡得热火朝天，被头顶上太阳晒着，更觉得热和闷。翡娥湖上确实没什么特别的风光，这个季节在这样一片水面上，也不过是玩玩水罢了。周围的一圈儿青山绿树也是寻常景致，不见丝毫出奇之处。这个时候回想起看过的一些人写的游记和回忆，他们把翡娥湖夸得跟朵花似的，不知道是以前没有见过别的湖，还是天性善于夸奖和夸张。

也有一些人把翡娥湖描绘成所谓静修的天堂。在这种情况下，常常会见到类似的记述说："你在翡娥湖边找个安静之处，盘腿坐下，在雪山的拥抱和湖水的呢喃中开始冥想和修行，这将是一次非常难得的经历……"诸如此类。这几句话是我对见过的这种话的模拟，我当然不可能记住原文。我不善于记住过于煽情和异想天开的文字。不过待到自己身临其境之后，回想起这样的东西，尤其觉得荒唐可笑。

根据一些资料的介绍，确实有人在翡娥湖边开设冥想、修行之类的中心，和一些教授瑜伽的场所。鉴于这个湖在很大程度上接近游乐场所，它在某种程度上确实比较适合这些听起来很时髦很现代的表面化的活动。这个翡娥湖，若论自然天成，和九寨的海子、和西藏的湖泊比起来，只看水本身的感觉，那就什么也不是。如果从整个湖的美感和设计意识来看，它甚至连中国很多公园里的寻常易见的人工湖也比不上，更别提西湖、瘦西湖之类的地方。名气大的不见得真的就能名副其实，这是翡娥湖作为实例证明的一条朴素的判断。

但我不会因此说这次游翡娥湖的经历是毫无趣味的。实际上，很多时候，只要是跟人有关的事情，最重要的从来就不是玩什么和怎么玩，而是和谁一起玩。我很高兴这次游翡娥湖是和小莫、小胡两个人在一起。他们都是很有趣的人，各有各的活泼和开朗，大家在一起，在这一片平凡开阔的水面上，终于玩得很尽兴。

两个家伙在水里玩闹了好长时间，爬上来晒了一阵太阳。小胡说我们一定要划到西岸去，于是继续往前。划船到翡娥湖正中间的时候，大概就是接近东西两岸的中点位置，在我们附近的船已经越来越少。忽然有一条载着四个尼泊尔小伙子的船驶过来，绕着我们转了大半圈儿，上面的几个家伙老远就和我们打招呼。其中有个花卷头戴墨镜的家伙向我们要烟抽。小莫扔了一根儿过去，对方没有接着，就又扔了一次。那根烟被递到一个平头小伙子手里，只见他点着之后，使劲吸了一口。我说来一张照片吧，他们就停下船，摆 pose。

这几个人大概也就是 20 来岁的样子，英语破破烂烂，但是很爱说话。他们大概想了好久才算想起了一句中文，所以两船隔着很远的时候，才听他们忽然冒出一句："你好。"小胡见他们会说你好，就很高兴，我告诉他这时候可以和他们说 Nameskar，他立刻冲着越来越远的那条小船吼过去一声，那几个家伙非常高兴的样子，也跟着大喊大叫。

那时候大概是当地时间下午三点半的样子，热得让人受不了。小莫、小胡划了一会儿船，我们又在一起把带上船的那些点心和小食消灭了绝大部分。小莫吃完一只鱼罐头，说是这只小船终究是有点儿漏水，虽然无伤大雅，但他看着不爽，就用那只罐头盒子往外舀水，东一下西一下，舀了好一阵，终于把一只手指头划破了个血口子，立刻踏实了。船上也没什么药，只有小胡带的一种糖果里含有较多的薄荷可以杀菌，我就给了小莫一块糖，他含在嘴里，过一会儿就舔一下他的指头，看起来很逗。

长期以来，我非常不喜欢耳朵里进水的感觉，这是从前中耳炎留下的后遗症。每次游泳必须戴耳塞，不然就觉得很不舒服。所以这次面对大片湖水忍了很久，最后终于找了一点儿很柔软的纸，搓成两个小塞子塞住耳朵，才跳下水。我不记得上一次游泳是在什么时候了。对于懒惰的人来说，运动总是很稀罕的事。

但是一下水就发觉湖水比想象的还要肮脏，甚至可以感觉到水里那些颗粒从皮肤上滑过去的感觉。水质远远说不上细腻，成分很是可疑。即使脑袋完全不沾水，因为离水面很近，也能闻到微微的腐臭味道，臭熏熏的，似乎还带一点儿苦涩的感觉。鉴于它起码让人感觉凉爽，反正我也不喝这个水，所以就只好无视这些小小的不利之点。

小莫和小胡在上面划船向西，同时晒太阳。我就趴在水里，让船拖着我这么过去。刚开始比较笨，因为不想被水溅到脸上，手脚都抱着船头，只让身体浸到水中，保持头部在水面之上。我当然不指望这种造型会有多好看，虽然我不喜欢拍照，也听见小莫在上面乱按快门，这个时候也只得什么都不管不顾了，只能闭眼听着水声，偶尔阳光暂时转暗，就看一眼上面的天空和云彩。

尽管在水中非常省力，久了之后也觉得有些累，我就改为抓住船头的铁链，一头挎在肩膀上，双手拽住铁链，跟在船后，就像学习蛙泳一样，只需要偶尔蹬腿，就可以保持平稳地前进，而且脖子以上都在水面，不必去品尝这恶臭腥膻的湖水的真实味道。

我们的小船一直向西划到翡娥湖的西边尽头，前面劈头出现一大片密集的水浮莲，在水面上联结成一片密不透风的网。这东西虽然外观不难看，叶子鲜翠光润，开的花也有几分明艳，却实在是一种祸害。它所在之处，就掠夺掉所有的氧气，别的动植物不离开就只有死路一条。被它笼罩的水体往往腐臭难闻。

　　我们的船在这一片水浮莲中几乎无法前进。小胡跳下水，和我一起推船，一直推到前面水浮莲的尽头处，那里是另一种乍看上去很像秧苗的水草。它们生长在一片清澈的水洼中，乍看起来碧绿可爱。从这片水洼再看过去，大概几十米之外的地方，就是尼泊尔农民的稻田。有一块田里正有几个人在干活，好奇地看着我们。

　　但是在那片水草丛中，小胡和我都吃了苦头。那种草看起来柔软秀气，却有几分锋利，像生锈的刀子一样在我们腿上割出一道道血痕，每一道血痕都是只差一点点儿就皮破血流。而且那个水看似清澈无害，却格外腐臭恶心，不知道包含什么成分，我们两个人走过那片水洼之后，各自的腿从膝盖以下，都红肿胀疼，即使泡在冷水里也热辣辣的不见缓解。那一带的淤泥也格外厚，底下各种水草纠结缠绕，走起来比较吃力，好在没什么锋利的东西扎破脚底，不然会是麻烦事。

小莫在上面掌控方向，小船在翡娥湖西岸掉转头来，被小胡和我推着，有几分艰难地越过那一片水草和水浮莲蔓生之地，慢慢到了水深的地方。小胡赶紧跃上船去，和小莫一起划船离开。我继续趴在水中，任由他们时快时慢地开船，反正就让船头的铁链拖着漂浮，几乎不费什么力气。就这样一直从翡娥湖西岸拖到湖心，总共在水里泡了两个多小时的样子。偶尔一闪念地想，在这么臭熏熏的水里泡这么久，只怕从里到外都臭得可以了。

　　小船在湖心偏东的地方停下来。小莫再次频繁地跳水和扎猛子。小胡还是溜下水，贴着船帮一动不动。我拖着铁链趴在水里，像浮尸。我们三个人都在水中，几乎是弃船不顾了。因为有风，小船不但不往东去，反倒悄悄向西后退了一小段距离。

　　慢慢地阳光转弱，大概五点半光景，我们都上了船。但是此时离还船的时间还有整整两个小时，我们也都不急着回去，就在这里多停了一会儿。小莫穿得很少，背着他在瓦纳那西买的一只印度布包，在船头摆 pose，我给他照了几张照片。小胡又不吭声地低头摆弄他的烟草包儿。他也是个非常利索的小伙子，很快就卷了一支烟草，边听音乐边抽。

　　在水里泡久了，上船懒洋洋地靠一会儿，人都有些犯困了。阳光慢慢变得温和了不少，湖面的风吹在身上不觉得凉，有一些湿润和温暖，虽然仔细闻起来还是有些发臭。我们说了一会儿话，小莫忽然感慨说：这就是生活啊！要是可以一直这样多好啊。大家都有些疲乏，慢慢地不说话了。小胡抽完他的烟草，一直背靠着船舷坐在那里，头依着一支桨，不出声。

　　大概过了一个小时或者半个小时，我发现自己刚才睡着了。睁眼看见小莫慢慢从船头坐起来，很可能也是睡了一小觉。小胡保持着刚才的姿势，双眼紧闭，一动不动。小莫说我们大概在这里睡了半个小时，船又退回去了一段路。他摇了一下小胡，小胡说刚才他抽到 High 了，闭眼能看见上空的云层，里面全是一些很可爱的小动物。

那时候天光逐渐开始黯淡，但是太阳还没有完全落山。我们看了一下时间，离还船的时间还有一个半小时，但是船已在湖心偏东地带，距离出发的码头不算遥远，所以就慢慢地划船过去。

小胡干劲极高，划起船来节奏分明。他甚至要求小莫停手，让他一个人划。于是小莫就坐在船尾，和坐在船头的我远远地聊天。小胡一个人稳稳地站在船板上，一支桨左划几下，右划几下，把船划得很快。有时候他故意两腿轮流用力踩一边，把小船弄得颠簸不已，然后得意地问我们是否有点儿在大海上经历大风大浪的感觉。

他正在精神焕发之际，离我们不远处出现一条小船，以一种很快的速度前进。那只船只有一支桨，掌握在一个光着上身的小伙子手里。另外三个男孩，都十四五岁的样子，一个爬在船头，双手持着一双拖鞋奋力划水，其余两个则在船舷上一边趴了一个，也用拖鞋飞快地划动。在我看来，这是一支奇异的水手组合。

那条小船很快追到了我们，和我们的船擦身而过。小胡说："不行，咱们得和他们比赛一下，把他们抛到身后。"他快活地说着，脸上露出24岁年轻男人才能显示出的那种顽皮好斗的表情。接着冲刚过去的那首船比画了一下，有点儿邀斗的意思。那边就叫起来，似乎认可了他的邀请。

于是小胡就催促着小莫飞快地划了一阵，两支桨轮番起落，很快就把那条一支桨加上三双拖鞋的小船抛到身后。那条船上的孩子急了，其中一个猛地跳下水，仰面朝天，边蹬腿划水边拉着船头的铁链前进，那个小伙子手中的木桨则和另外两个男孩的拖鞋一起起落翻飞，但终究还是追赶不及。因为就在这个时候，我们已经靠拢码头了。

站在码头上,脚下是我们刚刚在上面游玩了一天的翡娥湖,极目向西眺望,腥臭的湖水还在身边散发着一股一股的味道,但是那些成片的水浮莲和杂草,湖面上的痰涎和垃圾,以及湖水中污浊的颗粒,这时候当然都不会看得清楚。这个视角给人的感觉是一种多少有些诗情画意的场景,似乎翡娥湖果然是人们传说中的那样美丽和吸引人。想到这一点,不得不承认,人的视觉是非常具有欺骗性的。

当然如果就这次游历经验来说,对我而言则是很愉快的一次,我很久没有这样痛快和放松地玩过了。我很庆幸碰到小莫和小胡一起来这里玩。即使这个翡娥湖总体看起来不比中国到处都很常见的公园中的人工湖多多少精彩别致之处,我们还是把它玩了个底朝天。

但是翡娥湖的故事到此还不能说完全结束。等我们回到住处的时候,旅馆经理问起来这一天的经历。我们说:"去翡娥湖啦。"他微笑说:"很不错啊,划船了吧。"小胡得意道:"当然啦,而且我们都下水游泳了。"他脸色微变:"你们竟然去游泳?啊,你们很胆大!"小胡接着道:"而且还跳水了……"他吃惊道:"还跳水?!你们……真的比较莽撞啊。难道没人告诉过你们,这个翡娥湖里有多少死人?"我们诧异道:"可是这个湖不像能淹死人的,而且我们都在一起,还有船。"他严肃地说:"不不不,你们不知道。这个湖淹死太多人了,因为它的淤泥非常厚,很多人一跳下去就陷在那里了;此外又有太多水草,常常会缠住游泳的人的双腿……所以这个湖里每年都有人淹死,里面有很多尸体……"

我们微笑着看了他一眼,歉然道:"啊,那真是……太遗憾了。"但是我们几乎一致决定,以后不会再去翡娥湖玩。

DAY 10　阳光灿烂的后遗症
7月15日　星期二　博卡拉

可能博卡拉这地方实在太悠闲和懒散了，我怀疑在这里待太久容易彻底陷进去。所以即使头一天有所劳累，还是忍不住想找点儿事做，最起码想四处走动一下。

早上在住处吃饭的时候，小莫再次对物价比较抗拒。他认为比外面餐馆卖的还贵。在大街上逛了一阵子，小胡跑卖冷饮的地方去了一趟，小莫在高兴、痛心和愤怒等混合复杂的情绪中吃下去，抱怨说："一个冰淇淋蛋筒75卢比，而国内才5毛钱。"鉴于他从希腊到尼泊尔这一路上千辛万苦过来，我很理解他的心态。他这样的"自游人"，追求的目标是怎么样能尽可能地把旅途延伸得更远，从而提高金钱的使用效率，并不是要惜财。不过我也认为，在这么热的天，冰淇淋的诱惑如果超出了他抵制的能力，是可以被原谅的。

大家在无所事事的状态下，信步逛街，看各种店里卖的东西。根据小莫和小胡的鉴定，满大街卖的名牌户外用品，绝大多数是假货；全新Gortex防水透气鞋约合700多人民币，旧的300多，有人敢买吗？他们为如何辨别真正的Gortex用品热烈地讨论，并且逐个抚摸和揉捏那些看起来几乎可以乱真的鞋子、背包、冲锋衣等等。没错，无论他们本来的职业是什么，在休闲和游玩的时候，他们就是所谓的"Gortex People"，对此类物品有着异乎寻常的热爱，也花很多精力去了解和淘货。

LP（《孤独星球》）尼泊尔卷的作者在某部分景点介绍中自称有"低

原反应"（而不是高原反应），在自豪地描述他纵横驰骋于各种海拔的景区时，同时也表达了对经常遭遇到的"Gortex People"的某种回避乃至厌恶心态，但我想他还是无法摆脱 Gortex 或 The North Face 之类的标签，毕竟户外用品做得好的也就那几家。至于 Gortex 同时也经常被运用到整形之类的手术中，那就是另一个话题了。

中午带着电脑去舞月（Moondance）餐吧吃饭。小胡对它有某种偏爱，一方面是因为它有一个还不错的露台，符合他喜欢在高处吃饭的审美需求；更重要的原因也许在于它是英文旅游手册 LP 推荐的湖区中段比较好的一家餐厅。确实有很多人喜欢 LP 丛书，里面对不同区域的风土人情介绍得非常翔实，出版方和作者的严谨态度都让人佩服。

昨天晚上我们就是在舞月餐吧吃饭的，从湖边到这里很近。划船之后既有些累又饥肠辘辘，饮食美味的程度超过了预期。这次就该算第二次了。我要客观地说，两次加起来的总体感觉算不上好。尤其是做的尼餐，薄饼几乎没有味道，放的调料也比较失衡，就连米饭的火候也出了一点问题。而且，我们觉得有点儿夸张的是，在这里就餐的客人无线上网还要额外收费 60 卢比每个小时，真是算计得事无巨细。大概为了顺利收费，它设置了一个网络密码是 moondance0099，我也顺便记录下来，当作我所经历的一个细节而不是恶意泄漏。我想他们应该会频繁更改，否则同一名客人第二次带电脑去用餐就可以免费上网。

翡娥湖上猛烈的阳光和昨天的划船给我们带来了某种后遗症。回住处之后，胳膊和小腿都有些发红，我抹了些红花油，小莫接受了我的建议，但是小胡说他不喜欢红花油的味道，坚持不抹。今天一天，手臂和双腿上的皮肤都继续保留着一种热辣辣的刺痛。而且它们有些浮肿，一摸一个指印，颜色桃花红。

看起来小莫和小胡的新陈代谢比我快，起码表现在皮肤上是这样的；我的还在红熟和酝酿阶段，他们的皮肤都大面积起一些白色的泡，有的地方自行破裂，开花似的；还有的地方，一片片透明的皮肤自己脱落，猛然看起来，就像患了麻风。小胡的胳膊脱了一大块皮之后，他干脆就坐在床上撕。小莫也撕他手臂上的皮。两个人比赛着和自己的人皮较劲，看起来很恶心的样子。其实我和小胡都准备了防晒霜，划船之前本来要带，只因小莫坚决地认为，只有女人才用这东西，我们就没太坚持，所以出现了这个结果。对我来说，这是一次难忘的晒伤事件，不知道会持续多久才能完全恢复。

头天的运动也导致今天的安睡。正午阳光猛烈的时候，我们都在房间里躺着，应该是各自做各自的梦，起码我又做梦了。博卡拉的这个小园子中的动物和植物，如果能够释梦的话，会偷窥见很多中国式梦境吧，在我们到来之前曾经来过不少中国人，我们离开之后肯定也会有更多中国人来玩。我自己在这里基本上天天，乃至每次睡眠，都看见各种各样的梦，有的睁眼就忘记，有的非常顽固地停留在脑海中。

到半下午，大家又出去遛弯儿。小胡试图绕着博卡拉（当然是镇子而不是整个地区）走完一圈。那时候在下雨，尽管有伞，因为走路走得心不在焉，打伞也打得心不在焉，偶尔还会淋在身上，感觉又暖又湿。走了一阵子，视野中永远是铅灰的天、翠绿的草、蜿蜒的路。有些牛站在路边，或者不吭声吃草，或者旁若无人地在漫步中沿途抛撒草食动物那淡绿且充满纤维的粪便。所有这些东西的共同点是安静和潮湿，只有偶尔疾驰过去的摩托或汽车发出的响声，来给大片的沉默分段。

我们在几乎走到另一片聚居点的时候停下来。已经是晚上，夜幕低垂，因为想起还有事情要做，所以先找地方吃完饭。从到尼泊尔以来，吃饭绝大多数时候是根据直觉找地方。小莫和我一起出去，我就关闭自己的直觉，由他来主导，当然也可以认为这是某种偷懒。现在有了小胡，变成三个人一起，就看他俩谁的直觉更敏锐和坚持，不过大多数时候是小胡取得胜利，或者说小莫和我对他比较纵容。

很多时候，小胡喜欢登高望远地吃饭，有些人或许可以从中推测出某种高调的生活态度，谁知道呢。不过这次他看上一个很粗陋的路边小店，小莫似乎因此微觉诧异。小胡解释说，那个店虽然破点儿，看起来很有味道。

在等着吃饭的时候，他们和店主夫妻欢快地聊天。这是一对中年夫妇，女主人看起来略微年轻一点儿，由于这是印度教盛行的地区，空间又逼仄，不便对她凝视；只看见男主人有一张忠厚的脸膛。他说他的老家在离中国西藏边境步行大概三个小时的地方，后来举家迁徙，到博卡拉做生意来了。他们的孩子就依着门，听我们几个人说话，偶尔借故走近，黑亮的双眼盯着我们三人轮流看一阵，然后又羞涩地微笑着走开。这个店家有一种自酿的酒，主人热情地倒了一些出来，喝起来味道很清淡，非常类似于米酒。

就这么一餐饭，耗去了接近两个小时的样子，之后去联系我们的漂流（Rafting）计划，时间就有些仓促。我们在几个地方比较价格，有一些差异，但不算太大。在其中一家漂流公司谈价格的时候，一个坐在旁边的高个子男人和我们搭话。实际上更准确地说，他是在和小胡小莫两个人说话，我满心想着怎么尽快确定计划，不想节外生枝。他和尼泊尔当地人面相有本质的区别，一看就是蒙古人种，看起来让人觉得眼熟——大概因为他的脸型在中国太常见。尽管他左脸颊上长着大片的疱疹，像一片小小的蜂窝，皮肤黝黑，但是他看起来还是很亲切的样子，没有丑陋之感。他的眼睛非常黑，似乎是婴儿的眼睛长在了这个 40 岁左右的男人脸上。

这个人名叫车旺，自称生长在加尔各答，自称会说包括英语、印地语、德语等在内的 5 种还是 6 种语言，这次来尼泊尔是看亲戚朋友。

HUAYAN CHINESE RESTAURA

花苑茶

不过他似乎觉得我言辞偏于冷峻，所以更多地和小莫小胡说话。他们为某些观点上的不同热情洋溢地讨论或争论，看起来很有意思，好在大家的言论始终停留在友好的范畴。车旺说起他的种种观点时，双眼放光，非常敏锐的样子。他对辩论的这种爱好，让我想起一本书叫做《爱争论的印度人》。我猜测他在很大程度上已经印度化了，他的思维方式也对这种看法有所证实。后来他和我们三个人交换名字，并仔细问每个人名字的含义。

但是车旺找我们，不是为聊天而聊天，中间他顺便推荐我们去雇佣他的一个堂兄弟还是表兄弟（Cousin）的旅行社代理我们的漂流行程。小胡和小莫在这种时候显示出了足够的务实态度：面对高出别处一大截的价格，他们坚定不移地回绝了。车旺微笑说没有关系。我邀请他有空去加德满都找我们玩，我很乐意和他一起喝咖啡。他认真地记下了我们的地址和联系电话。

不幸的是，结束与车旺的谈话之后，尽管我们已经对漂流的价格有了底，却没有一家旅行社能帮助我们联系了，因为时间到了晚上10点，漂流公司已经歇业，只能推迟到明天再说。这也意味着，我们最快也要后天才能漂回加都。小莫和小胡为此互相笑骂，彼此都认为对方对聊天耽误时间负有更多责任。

DAY 11　贝佳妮湖：一片幽静孤绝的水
7月16日 星期三 博卡拉

今天又是到接近中午才出门，外面的太阳很大，令人想念那些清凉的水。刚走到楼下，旅馆小厮就告诉我们说，昨天临睡前托他询问的漂流价格已经确定了，三个人一起的话，每个人20美元可以成行。按原计划今天可以再出去问问，小莫说这个价格完全可以接受，于是我们都没有异议。剩下的事就是如何打发掉这大半天。鉴于我们对翡娥湖已经全无好感，虽然湖畔山上有一座传说是中国、尼泊尔等四国修建的寺庙，也不再有兴趣去观看，因为不想再经过翡娥湖的水面——至少对我来说是这样。

在外出寻找地方吃饭的路上，我提议去这里人说到的另外两个湖：贝佳妮（Begnates）湖和露芭（Rupa）湖。根据当地人闲聊中透露出来的信息，这两个湖比翡娥湖小很多，但是由于位置相对偏远，少有外国人前去造访，相对来说还处在某种自然状态。我把想法说了一下，小胡和小莫都很赞成。我们在路边吃了饭，就出发了。

到贝佳妮湖和露芭湖的路线大体是一致的。贝佳妮湖距离博卡拉10公里的样子，露芭湖在贝佳妮湖之外还有3公里。我们询问了路线之后，发现首先需要去博卡拉的普利提维广场（Pritvi Chauk）坐车。普利提维是尼泊尔马拉王朝一代名王的尊号，以他之名命名的广场（Chauk大致等于Square=广场），在当地几乎尽人皆知。从我们居住的博卡拉湖畔区（Lakeside）到这个广场要走大约3公里的样子。如果你问路人，如何坐车去贝佳妮湖，即使是当地人，也有很多人并不清楚这条路线，但问起普利提维广场，谁都能非常细致地指点给你方位和路程。

在骄阳下打伞走到普利提维广场，是一件并不轻松的事。阳光晒在之前已经晒红的皮肤上，如同针扎。小胡说是牙疼，中间还跑去买了一片止疼片，那个尼泊尔药店的工人收了他7卢比。

不记得问过多少人之后，我们总算幸运地找到了去贝佳妮湖的车站，在那里等一种并无明显标记的中巴车，当地人叫 Macro Bus。先是一名少年帮我们拦车，但是小莫临时需要一瓶水，我们放弃了这趟车。下一趟车到来之后，又因为人太多，撇下我们径自走掉了。

不过，走掉的那趟车的售票员告诉我们：在这同一个车站上，可以坐到去贝佳妮湖和露芭湖的车，去露芭湖的车没有返程的，去了之后就只能走路3公里到贝佳妮湖所在的小镇上，从那里坐车返还。考虑到此时已经是三点钟光景，我们决定先去贝佳妮湖，看情况再决定是否去露芭湖。基本上如果去露芭湖的话，就意味着要在那里过夜了，因为从贝佳妮湖区返回博卡拉的末班车在下午六点发车，如果我们想今天完成往返的话，在贝佳妮湖一带将只能进行较为仓促的、短暂的探访。

有一名四五十岁的中年人大概和我们同路，在等车的时候和我们说了一会儿话。他告诉我，他也坐去贝佳妮湖的车。很快又一辆中巴过来，在阳光下掀起很多烟尘，急促地停在我们跟前。我们已经知道，去露芭湖的车价格是30卢比每个人；这辆去贝佳妮湖的车主告诉我们，收费是每个人20卢比。这个票价非常便宜，和当地人完全一样。

早在等车的时候，小胡就扬言要爬到顶篷上去，像当地人一样坐一次超级巴士。一开始小莫还在笑话他，我也有些不置可否，但是等车到站的时候，问完价格，我们不约而同地从车尾的小梯子上迅速爬到了车顶。三个人互相看了一眼，不禁哈哈大笑。

这车顶上是用铁板围了一圈儿，里面铺着几根铁棍，就像一道栅栏，被太阳晒得很烫，摸起来让人心生犹疑，不禁担心坐上去后会有烤肉效果，何况这些铁棍组成的图案在外观上又格外神似一个巨大的烧烤架。不过那么多当地人都这样坐得坦然泰然，我们坐显然也不会有什么问题。于是我们纷纷把鞋脱下来，垫在车顶坐下。

我们刚安顿好，刚才那个尼泊尔中年人也爬上车顶。小莫和小胡坐在顶

篷最前端，我坐在中部，这个人就坐在我后侧。汽车刚开的时候还不觉得，一旦跑起来，顶篷上的风就非常大，刮得"呼呼"直响，本来打着伞遮太阳，一下子就给吹翻，只得收起来。小胡脱下来顶在头上遮太阳的衣服被风吹着在我脸上拂了一下，鞭子似的。

车速加快的时候，小莫和小胡在前端大说大笑，我猜他们一定非常享受这种兜风或者拉风的感觉。风速有时候会给人带来一种奇怪的感觉。我也感到这样坐在车顶是一种不错的经历。这时候那个尼泊尔中年人看了看我，我们开始聊天。

这名中年人穿一身灰白的衣服，胡子花白，戴一副看起来很好看的、浅灰镜框的宽边眼镜，一双温和的眼睛在镜片后面带着纵欲过度的疲惫频繁而暧昧地眨来眨去。果然，他告诉我他竟然有7个孩子，我的神啊……这对我来说是一个庞大的数字，我不禁沉默了片刻。

过了一会儿，我们又聊起来。在刺耳的风声中，我们说了几句各自的国家并且互相夸了几句，基本上算是比较装的开篇部分，大概来自不同国家的、陌生的成年人之间的聊天容易这样吧。那之后，为了避免无聊，我连续不断地问他问题，他似乎很乐于回答，起码他不用为寻找话题操心了。他说他叫迪洛（Dilo），听到我叫他迪洛萨西布（Sahib，南亚称呼，类似于 Mr，但与 Sir 差距很大），他非常高兴。他自称是切特利人（Cheteri，尼泊尔的一个民族）。他搬迁到博卡拉来大概有 40 年了，以前祖辈都生活在该民族的那一片山区。他们家大多数人都生活在博卡拉一带，但是他的大儿子在国外打工挣美元，过尼泊尔年的时候偶尔会回来看一看。

根据这位迪洛先生的说法，虽然他是印度教徒，但是受到种姓文化的影响已经很小了。他说种姓在一定范围内当然还存在，但是基本上淡出了很多人的生活，虽然不排除在边远或偏僻地区它对一些人的生活影响还是比较大。

他也试图了解我对印度教和印度文化的兴趣如何产生,我说这个几乎可以说没有任何道理,纯属偶然、意外、非理性。他呵呵一笑。他在博卡拉和贝佳妮湖区各有一套房子,很多时候他都去贝佳妮湖一带过周末,或者仅仅是工作累了之后休息;今天他就是去那附近。我问,是否他通常在博卡拉上班,回贝佳妮湖那里住宿,这样每天往来(因为这个时候大概是当地时间将近四点,有些当地人几乎都下班休息了)。他说不是。

我和迪洛乱七八糟地说了一路的话。路过一座铁桥,他说是中国人来援建的。他还问我为什么不赶紧回北京去,做好准备看奥运。我说我不太看体育比赛,虽然我很理解别人对这种活动的浓厚兴趣。他说他也看得不多。在中途他下车了。临下去前,他说他是政府官员,这次是来这一带检查工作。不过他下车还颇费了一点儿周折,因为他的声音很温和微弱,下面的司机简直没法听见,小莫、小胡和我,三个人就像野蛮人一样狂敲顶篷,司机几乎是惊慌失措地停了车,莫名其妙地瞅着我们。于是这位迪洛先生慢条斯理地爬下去,站在车尾的烟尘里,彬彬有礼地对我招手,说:"旅途愉快。"这时候汽车再次开动,在不到一分钟的时间里,他从我的视野里消失了。

从博卡拉的普利提维广场上车,到了终点,由于中途有堵车和一些拐弯,加上和迪洛的聊天,我恍惚觉得时间很长。小莫认为时间不超过 20 分钟,他和小胡一致觉得这段路如果走着,大概也不会超过两小时。

那时候我们已经在一个很小的镇子上下了车。除了一小片空地及其周围的几栋楼房显示出街道的感觉之外,这个小镇更像是公路的某一段突然膨胀的区域,似乎路面在这里突然变宽了很多,然而两端又恢复到原状。它的规模几乎就是一个非常微小的村庄。一道看起来不是那么干净的水流在一座小石桥下穿过去,缓缓流入远处碧青的水田,里面是一些嫩绿的秧苗。考虑到博卡拉地区 850 米左右的海拔,以及这里紧邻肥沃的特莱平原的有利位置,尤其是这一带的暑热和丰沛的雨水,人们自然会明白这里光是水稻就可以幸

运地收获两季。

当地人指了一条更小的岔路，说那是通往贝佳妮湖的方向。这段路比起镇子的主街——如果存在的话——还更热闹几分。起码我们看见了明显的餐馆、旅店和小杂货店。有一家小旅馆名字叫做露芭旅馆。这在一定程度上证明露芭湖离这里确实不远。但是迪洛在路上告诉我，在贝佳妮湖也可以看见3公里之外的露芭湖，这一事实由于我们活动范围太有限，没有能被证实。也许我们应该爬到当地的小山坡上去，只是时间未能允许。

沿着岔路走过去，路上是一棵大香蕉树，上面结着青绿色的香蕉，和一朵倒挂下来的肥硕暗红的花，它的花瓣上隐约闪烁着人类的皮肉才具有的那种独特的光泽。小莫说他小时候总看见他爷爷剪掉香蕉树上的花，具体为什么他也不懂。这条路拐了一个弯，前面是一小片泥土的空地，高处搭着一排房子，也是餐馆旅馆之类，几个人在房前阴凉处围着一张桌子玩一种看不清楚样子的牌。路左侧是一道不高的土坎，下临一片水洼。一小丛荷花就生长在这水洼之中，片片莲叶精神健旺，色泽油绿，质地肥厚，含苞的以及绽放的，全是洁白的荷花。在荷花里面我偏爱这种白色的，虽然红的、粉的也许看起来更娇艳和妩媚。或许可以这么说，当我看见粉色和红色的荷花，我会发自内心地觉得她们是优美动人的，丰姿远胜很多种别的花卉；但是看见洁白的荷花之后，则又觉得更胜一筹。这大概是人性的弱点。

这一小片空地跟前的路也小幅度地拐了个弯，经过一座只有屋顶没有围墙的牛棚，旁边还有几只悠闲的小牛。那之后，前面豁然开朗，现出一片三面环山的安静的水。

这个自成格局的天地主要被三种幽静的颜色占据。汹涌的白云扑面而来，白云间露出天宇的蔚蓝，与水上的几点蓝色船影彼此呼应；还有绿的山和绿的水，中间又有从不同植被的艳绿、青绿、深绿到水面标准湖绿色的组合。

天光云影的变化，给贝佳妮湖带来明与暗、动与静的交替。潮湿的风让清澈的湖面轻轻颤动，水底下还有隐约的潜流。这些微妙的动态让贝佳妮湖显得更静谧。在某种程度上，它具有隐士风度，连入口都暗合曲径通幽的道理。

　　虽然贝佳妮湖在本质上只是一座人工湖，或者说是一个也许算得上中等规模的水库——这一点，根据进入湖区第一眼就能发现的大坝很容易判断——从我的直觉来说，它胜过著名的、比它大很多的、坐落在响当当的博卡拉的翡娥湖实在太多。

　　也许由于交通的便利和声名在外，翡娥湖接待的观光者过分多了，它自己也不由自主地变得过于热闹和嘈杂，虽然它至今不失为一片能够提供相当丰富的游玩乐趣的水域。但它已经在很大程度上丧失了作为一个风景湖应该具备的美感，哪怕它确实曾经美丽过。它的污染程度已经引起很多人关注，它给人的直观感受还有别的缺点：不够安静，周围开发比较混乱、缺乏统筹等等。虽然湖边的空气湿度很浓，但它的景观不能说会让在场的人多么明显地体会到水乡应该具备的足够滋润的意境。

　　实际上，由同一个人用同样的相机、在同样的天气、大致相同的时段下拍出来的一组照片进行对比，翡娥湖的图片也比贝佳妮湖的图片少了一些饱满润泽的感觉。造成这样的结果，首当其冲的是水，也和周边的植被与山岭有关。当然这还只是形态上的差异。对于给人的印象来说，也许翡娥湖和贝佳妮湖最大的差异是气质上的。前者虽然拥有不普通的喧嚣，却只是一片普通乏味的水；后者僻处偏远山林中，幽且美。

　　此时已经四点钟光景，离返回的末班车还有两小时，不能说非常宽松。但贝佳妮湖对我们3人都产生了奇特的吸引力。我们希望可以在这个湖里划船和游泳。那时候正有一些人在湖面上做这一类的事，他们都是当地人，大概这些内容已经是他们生活中的一部分，所以他们举止从容闲散，几乎不发出什么动静,更不用说大呼小叫。

但是小胡的砍价功夫在这里遭到了某种程度上的挫败。渔民的船每小时收费是斩钉截铁的 200 卢比,坚决不肯有任何松动。这让我们都在一定程度上感到困惑。这样拉锯一会儿已然耽误了时间,同时考虑到如果不在这里过夜就必须在六点之前回小镇上坐车,我们犹豫片刻,放弃了划船,沿着大坝走向湖的里侧,那里的风景从入口处看起来显得非常幽静秀美。

阳光依然强烈,走在贝佳妮湖的大坝上,我们都有一种希望立刻跳到水里的想法。实际上大坝边上颇有一些当地人在那里洗澡或洗衣服,更远处的则是在游泳。他们真是幸福啊。我和小胡经不住诱惑,都决定要去水里玩一会儿,小莫说他会给我们看着衣服。

就在这个时候,我们中午吃的饭发生了某种副作用。我和小莫的肚子都有些不舒服,当然他不如我感受明显,暂时觉得没有大碍。我想来想去,把矛头指向中午喝的奶茶上那一层明显且丰厚的油腻,我敢说那家招牌叫做什么 German Bakery 的小破饭馆的锅没洗干净,或者它提供的生食蔬菜有问题。对于我这种脾胃健全到令人发指的人来说,既然不存在暴饮暴食和其他毛病,如果肚子疼就一定是食物本身造成的。

当然这种对责任的追溯在眼前无济于事,从轻重缓急的角度来看,我们都认为最关键的问题是寻找到一处厕所。但是我们失败了。甚至好几个看起来非常时髦新潮的当地年轻帅哥也不能解决这个问题。他们尴尬地笑了一会儿,提供的方案是:合理利用自然地形。小莫奸笑道:"入乡随俗吧。"

后来,我不得不带着非常复杂的心情,于美丽得名副其实的贝佳妮湖畔,在那鸟语花香之处、草深树密之地、水丰土肥之所,行那出恭入敬之事。其时阳光普照,好鸟相鸣,溪流淙淙,隐居树下,放眼四顾,只觉江山如画,

一时多少豪杰。

　　作为一名温柔敦厚、善良无辜、讲文明讲道德的人，置身此情此景，施行大煞风景之事，心中不觉生出一重悲壮、一重心酸、一重惭悔、一重惶恐，所谓奈何天、伤怀日、寂寥时的百般滋味、千种愁绪，也无过于此。随即又想，在某种程度上，这大约也算是一场小范围的、生活化的、尽管比较市井的……跨文化交流，虽然不是拉金溺银，毕竟对牵涉其中的植物也提供了一次颇具异域情调的养分，从此之后；大约彼国草木对我们的水土和矿物也不算全然陌生了。

　　当然人们不能指望我非常粗鲁而仓促地完成这些事情。要知道，这毕竟是在异国他乡，所处的环境是某种湿热而陌生的地带。我即使比现在还要粗心数倍，也一定会事先往看好的植物丛中扔两下石头并找根棍子拨打几下。湿热地带的蛇虫之诡异是很著名的。正常人，在大多数情况下，一般不会希望被毒蛇或蜈蚣在东半球或西半球咬上一口对吧。当然有特殊爱好者除外，据我所知，这样的人也格外喜欢沾了一小片儿锅灰的蒸熟的馒头、削好后带着一个污浊指印儿的苹果之类黑白对比分明的、具有残缺美的东西，所以如果他们追求在臀部增加一道华丽的疤痕，我一点儿也不会觉得奇怪……

去水滨洗手的时候，我趁机仔细闻了一下贝佳妮湖的水的气味，结果很让人愉快。这里的湖水除了一点点儿水草的气息和淡得不易觉察的鱼腥味，再没有别的异味。这是一个健康美丽的湖才有的味道。和它令人愉悦的气息比起来，翡娥湖几乎是一具散发着恶臭的尸体。

我们三人走到大坝下面，沿着湖岸的泥土小路走进一丛丛幽静的小树林。这路和林木都依在一座小山坡上，有石板砌的狭窄小台阶路盘旋上去，顶上露出半截有"餐馆"字样的招牌。不过天气热且时间少，我们都没有往上爬，而是继续往前，顺着曲折的小路前进。

一名10岁出头的男童在钓鱼。我问他："你钓到多少鱼了？"那小孩很高兴地看着我，飞快地扒拉开一个肮脏的小塑料袋给我看：一条泥鳅，和两条拇指大的小鲫鱼，还有一些杂乱的水草和鱼虫之类。然后他一边扔钓钩一边轻声说："巧克力。"这个天真的、小小的要求让我有些抱歉。这么热的天跑到这么偏僻的地方，我们显然不会在身上带易化的巧克力。

顺便说一下，尼泊尔语的"鱼"说法很简单，用英语的发音方式念Macha就可以了。我个人感觉这个词在尼泊尔旅行非常重要，说到著名的"鱼尾峰"（Macha-puchare）要用它，想吃鱼要用它，去有水的地方玩多半也会提到它。

湖岸小路带我们到达的下一个地方是一蓬竹林，穿进去发现两三座紧挨着的、简陋低矮的小房子。土路在这房子的门槛下面变成石板路，有了石砌的小台阶，有的跟前还有一段自来水龙头。台阶有的通向另一段路，有的通向水面，那里往往系着一只非常小的船。两名妇人在某座房檐下坐着聊天，几条半大的土狗不疾不徐地跑来跑去。这是一个规模极小但是看起来真实自然的渔村。

　　我们在这个微型渔村里继续走，直到路的尽头。这是最后一户人家，湖岸小路消失在他家的院子里，此外就只有山壁和水面，不再有路。院子里有一名老人。两名中年男人，一个穿黄，一个穿蓝，都是T恤。他们都悠闲地坐在一个茅草苫的小棚子下面。一名十几岁的少年和一个十来岁的男孩，坐在另一个小棚子下面。

　　小胡和我走在头里。他显然渴坏了，一到就要可乐，这里的价格和加都一样，都是25卢比，大概算官价。我们边喝水边和这里的两名中年男人聊天。问了问船价——虽然此次已经没有时间再划，又说了些别的闲话。后来小莫从后面也慢慢摸到这个院子里来，他是因为拍照片才稍微落后了一点路。

　　他们俩和那两个尼泊尔男人说了一会儿话之后，开始四处打量我们所处的这个小小的院子和周边的境况。这里不用说有好几只小渔船。当然，更有被网拦着养的新鲜活泼的鱼。它们看起来个头都不小。在这个美丽的贝佳妮湖的小小的一隅，这些鱼看起来非常漂亮。它们有各种花色和花纹，不小心看起来就像是一群体型比较大的金鱼。当然它们不是观赏鱼，而是用来饲养人的。

　　小胡和小莫如果说没有同时发现这些美丽的鱼，起码也在差不多的时间发现了。我认为他们很可能都具备敏锐的眼神、敏感的鼻子和贪吃的嘴巴。对于在外游玩的人来说，这在很大程度上是好事，说明身体比较健康，还没有出毛病。我在私下里很是赞赏他们的这些可爱的优点。几乎没有什么犹豫，小莫就说："想吃鱼吗？"胡说："好呀。我们在尼泊尔好像没怎么吃过鱼呢。"

当然我其实在加都吃过一次鱼，但是只尝了一口就对我能看见的那个餐厅的所有人都产生了深刻的鄙视之情；他们的厨艺实在太糟糕了，直接把鱼做得吃在嘴里像变糠了的萝卜。此时这两个家伙说起吃鱼，让我产生了两种可能性推测：其一是这家人是渔村居民，长期和鱼打交道，有可能做得还比较可口；当然也不排除他们会做得非常难吃，就像中国某些海滨城市的居民有本事把海鲜做得让人吃起来味同嚼蜡一样。

我还在胡思乱想的时候，小莫就已经麻利地和穿黄T恤的中年男人谈好了价格：连鱼带米饭，我们三个人，每个人将付费120卢比；细分起来，鱼80，米饭40管饱，大致如此。此外，考虑到我们必须坐六点的汽车返回，他还没忘记提出时间上的要求，把对方预期的50分钟烹饪时间直接压缩到最多30分。这时候黄T恤男人钻进厨房烧饭烧菜，另一个蓝T恤中年男人就离开了院子，于是我们分辨出了院子的真正主人和邻居，虽然他们在外表长相上看起来几乎没什么差异。

这一切妥当之后，我无聊中，迎面瞅了一眼坐在旁边的那个老人；之前我只是偶尔斜视或用眼角余光打量一下他和他手里的一把奇形乐器。谁知他一见我看他，就微笑了一下，拉动琴弦，"咿咿呀呀"唱起来。

我对他的乐器尤其感兴趣。这是一种四弦乐器，外观粗略地看像小提琴；当然差别也比较明显，虽然也用弓在弦上拉。琴体主要分两部分，上半部分像开了瓢的小提琴，下半部分则密封起来，像一面鼓。他主要是在拉琴；有时候他也用弓在琴的下端敲击，则又发出鼓声。琴弓的末端又系着四只小铜铃铛，敲击的时候，也可以起到伴奏的作用。这个乐器看起来简直就是一个四不像。

等他唱完一首歌之后，我用破破烂烂的印地语问他这个乐器叫什么，是否和印度的一种琴，西塔尔，有渊源。他居然听明白了，也用印地语说叫赛加利（Segari），不过这个名字是尼泊尔名字。这个词的发音让我想起曾经看过的一部关于南亚音乐的最好的电影，名字叫《我为歌狂》（Sergam），猛然想起来，还觉得是非常震撼人的一部电影。然后我和他聊了一小会儿天。我也告诉他中国的二胡的样子。他错误地认为是像小提琴一样拉。

这个老人说的印地语有一种大侉子味儿，比如一般人说"我怎么怎么"，他说"俺们怎么怎么"，语法和人称都会变成相应的方式，大致上不出问题；我推测他没有受过多少教育。他说的这种印地语听起来非常质朴悦耳，别具风味。可能受聊天的影响，他唱的第二首歌，就不再是尼泊尔语的了，而是印地语唱的、非常地道的印度抒情诗，但作者不能算出名，所以在他一唱三叹之后，我对歌曲本身印象很深，却没有能够记住他报的那个复杂而闻所未闻的名字。

印度歌曲在很多人听起来，显得有些嘈杂，身为印度裔的奈保尔在《印度三部曲》中甚至指责在伦敦听到的这类歌甜腻艳俗。也许由于这个时候的环境或心境的作用，这首歌的曲调和词在我听起来居然觉得很不错，基本上算是连滚带爬地听明白了。

根据他的略有些苍凉的调子和那些质朴浅近的词，大概合适的对译方式应该是中国的某种民歌体裁，诸如《信天游》或者《花儿》、《少年》之类。按照这种方式，他唱的这首歌大意或可翻译如下：

走哩走了——
小肉肉儿抛闪下哥哥去哩，呀——了
心尖尖儿被你揉成八瓣哩，呀——了

蜜罐罐儿遭你砸成碎片哩,呀——了
泪花花儿把俺泡成醉鬼哩,呀——了

歌唱完之后,这个老人向我们双手合十,表示要钱。我觉得他唱得不错,也费心这一阵,倒也可以理解,就问给多少。他说:"你随便好了。"我身边没有零钱,小胡从口袋里只翻出15卢比,递给他,他点点头——表示拒绝。我说你要多少才合适啊。他从那个琴开瓢的地方摸出一张50卢比,指了指,并且说:"俺们该走了哩。"然后小莫搜遍全身,总算找到一张同样的纸币给了他。他接过去,果然起身就走,几步之间早已拐过弯去,转眼就没影儿了。

正在闲谈的时候,突然下起一阵急雨。小胡说:"看,彩虹。"我们都看过去,果见湖对岸悄然架起一道明丽的七彩虹桥。忽隐忽现,有一种缥缈的美感。很快那彩虹旁边又出现另一道彩虹,彼此之间就像是本体和喻体一样,存在一种虚实、阴阳乃至大小的对比。当然我不会反对别人把它们看成夫妻虹或姐妹虹。在中国古代的传说里,彩虹本来就是有雌雄之分的,甚至还有彩虹嫁人的故事。只是这些传说,被很多人遗忘或疏远了。

那一阵来去匆匆的雨脚刚停息下来，我们的晚饭就好了。其实这个时候刚五点钟，在尼泊尔我们都没有这么早吃过晚饭。不过男主人端出来的饭和菜味道很不错。小胡直接评价说："这是我到这个国家以来吃过的最好的一顿饭。"小莫想了想，略带点儿谨慎地说："我也差不多吧。"他的行动或许更具有说服力。他把自己盘子里的东西吃得一点儿渣也不剩，整个盘子就像水洗过一样光可鉴人。

出了渔村，从堤坝返回那个小镇，走的还是来时路，却多了一种茫然若失之感。

这次贝佳妮湖之行在我们三个人心里同时产生了某种遗憾：由于时间的原因，我们这次没有能够看到据说更为僻静、也许更为幽美的露芭湖。不知道下次是什么时候才有机会再来这里了。三个人感慨了一会儿，到镇子上等着最后一班车。从湖区回博卡拉的路上也还经历了一点儿小小的曲折，因为坐错了车，在中间只好换车了。

在博卡拉的普利提维广场下车之后，在走向我们住的湖区的路上，这次贝佳妮湖之行的又一个影响显示出来。那时天已黄昏，小胡突然说：我明天不能陪你们漂流回加都了，我要留在这里。鉴于我们都知道，他其实也不喜欢博卡拉这地方的人和见了游客往死里宰的方式，我认为他很可能是被贝佳妮湖和未曾谋面的露芭湖迷住了。

小胡承认说是。他说他必须在博卡拉继续待几天，以便重返贝佳妮湖，并且去探访露芭湖。"我也许会坐车去，也许会骑自行车去，无论如何一定得去。"在博卡拉湖畔渐渐浓厚的暮色中，他边走边说。

贴身感受一条奔腾的河流
7月17日 星期四 博卡拉　**DAY 12**

早上六点多钟,小莫叫醒我。他的行李头天晚上已经收拾好了,但是我的还有一些需要整理,所以他等了一会儿。还没有完全收拾停当,旅馆的小厮跑来敲门,说是漂流公司来接人的车已经在门口等着了。

我们出发前,和小胡说了几句话,他居然也还比较清醒,看样子没睡好。昨天晚上他一直抱怨这里有好多小虫子,咬得他睡不着。半夜他起来了两次。我想这或许和小雨有关。我用电脑的时间比较久,睡得比他们都晚,确实也发现小虫子格外多,在人身上乱咬。有一些还往屏幕上直扑。其中有一种带翅膀的蚂蚁,个儿很大,看着就很瘆人。

外面零雨如丝。我们和小胡道别,出了房间。我们都希望他到加都找我们玩。不过他主意变化比较快,之前他说起在博卡拉待几天和我们一起走;临了说其实很想在这里住上20来天。不排除他可能直接从博卡拉去奇特旺野生动物园,再去蓝毗尼,之后直接从樟木回中国。那样的话基本不会再见面了。人在旅途,大概容易有更多随意性。我也不可能因为像喜欢小莫一样喜欢小胡,就硬要他陪我们俩一起玩。

小莫和我被送到一个车站,上了一辆旅游巴士,接我们上车的小伙子指了个位置,我们就过去坐下了。小莫说他听到了广东人说话的声音。我因为夜里睡眠不够,昏昏沉沉,什么也没听见。不过看车里前后左右的人,似乎没有中国面孔。正要睡着的时候,安排我们上车的小伙子又过来说,我们需要换一辆车。另一个小伙子站在车门口,他们两个人就在那里用尼泊尔语大声说话,语速极快,一看就知道是在吵架。我无精打采站在门口,看他们没完没了地吵架,懒得说话,只是看了他们一眼。他们立刻让开路,温和地对我说:请去那辆车。说着,一起指向停在旁边的一辆旅游巴士。

在新的这辆车上,我一坐下就开始神思恍惚,颠来倒去地瞌睡了一路,后来被摇醒。坐同一排但在过道对面的一个美国小伙子看着我,刚被叫醒时我几乎想伸手拧一下他那尖锐得有些锋利的鼻尖来发泄我的起床气。他对我说:叫你们呢。你们是去漂流吗?我微笑了一下。此时小莫坐在靠窗的位置,也睡着了。我叫上他,两人一起下车。

一个头发齐肩、个子矮壮的尼泊尔年轻人迅速走过来，随手接过小莫的行李，和我们打招呼，说是到漂流的地方了。他身边那个大概还是少年，看样子不超过14岁，拿起我的一个包背着就跑。我们跟在这俩人身后，走了一小段距离，大概几百米吧，在公路边的一所小房子那里停下来。另一个戴帽子的年轻人过来迎着，说漂流就从这里开始，让我们等会儿。

根据预订漂流计划时的说法，我们付出的费用当中，包括漂流三个小时、一顿午餐和返回加德满都的车票。才在这个路边的小房子这里坐了不多一会儿工夫，我已经觉得饿了。幸亏早上在旅馆门口碰到一个端着面包沿街叫卖的，我和小莫一人吃了一个，否则这时候不知道会饿成什么样子。

这所小房子的女主人是个大概30多岁、穿洋红裙子、拖着一根又粗又长的麻花辫的尼泊尔女人，她睫毛很长，鼻子有点儿翘，说话听不大明白，无论英语还是别的什么。我和她说话的时候，她总是用看猴子或者别的什么新鲜动物一样的眼神看我。小莫坐在一边，不是在打瞌睡就是在趁机拍照片，我猜。我很想睡觉，但是又睡不着，只好和那个尼泊尔女人没话找话，因为那几个尼泊尔小伙子压根儿没工夫搭理我们。他们又去找了另外几个人来，都在忙前忙后地搬东西，诸如救生衣、头盔、防水包之类。

尼泊尔女人的女儿十二三岁，看起来和她容貌极为相似，两个人穿的衣服颜色都差不多，连辫子的形状都一样。她女儿看起来就像她的缩小版。过了一会儿，又冒出一个七八岁的小男孩，穿一件灰白的背心和一条比裙子还肥大宽阔的蓝底撒白星星的短裤，估计是拣大人穿剩的。他略有些腼腆地从我面前走过去，手指头上还沾着饭粒，大概刚吃了手抓饭。

这家人的墙壁上贴着一些类似于识字课本的纸张，上面写着1—10等数字，颜色还没旧到发黄的地步。我想逗那个小男孩说话，就拉他一起念数字玩。他害羞地跑了。他妈却很有兴趣，和我一起念下去，又说："这小子上学了呢，要走两公里。"我们说了一会儿话，一个小伙子跑进屋里拿什么东西。尼泊尔女人拉着他的胳膊，指着我，说了一大串尼泊尔语，从几个词勉强分辨出来，她大约在说："这个外国人会说印度话。"那个小伙子随即就问："您打哪儿来呀？"听到是中国，他们俩都点点头，笑了一下。小伙子问："你会印地语呀。"我说："非常、非常少，跟不会差不多。"他又笑了一下，走开了。

这时候有个身材非常矮小、皮肤黝黑的人来了。他坐在外面的一张石桌后面，拿了个计算器，在那里按来按去。那几个尼泊尔小伙子都围在他身边。过了片刻，他摸出一张500卢比钞票递给其中一人，那个人就拿着钞票跑过来，交给尼泊尔女人。她从柜子底下摸出一个乌漆麻黑、油光锃亮的小木头箱子，开了锁，把那张钞票塞进去，又给锁上。

看这样子，大概那个给钱的家伙是代表漂流公司来给这几名小伙子付劳务费来了，真正干活的也就是这几个年轻人。我和小莫粗略地算了一下，鉴于我们每个人付出1500卢比，总计3000卢比，到他们手里的才六分之一，看起来漂流公司的佣金实在是占了很大比例。扣除一路上我们两个人的车费大概500卢比，午饭估计200卢比，公司要抽取整个费用的至少60%或更多，刨去设备折旧因素，利润算是可观。怪不得尼泊尔有那么多漂流公司。

后来那些人渐渐走掉了几个，剩下五个人，其中四个是20出头的小伙子，另一个是帮我背包那个少年。他们收拾东西的动作就比先前迅速了。看样子他们将会是陪着我们漂流的真正队伍。小莫说为了我们两人，出动这五个人，也算阵容浩大。

到11点的时候，其中一个人过来，给我们穿上救生衣，戴上头盔，领着我们顺着房子背后的一个斜坡向下面的河滩走去。另外两个人拿过我们的行李，装进一个很大的防水口袋里，把封口折叠之后又夹了几道夹子。小莫

的相机也被要过去，放进一个密封的胶桶里，说是要用的时候再给他。

但是到了河滩上也还不算开始，虽然我们已经看到了将用来乘坐的蓝色皮筏。这5名尼泊尔人围在皮筏跟前，有的打气，有的系绳子，还有的洒水。因为在太阳底下橡胶制的皮筏已经被烤得很烫了；也许还有别的目的。其中一个最瘦削的家伙又跑回去，扛了一只白色塑料壳模样的小船下来，完全是模仿的独木舟（Kayak）形状，还拿了一把两头都带着桨叶的船桨。

在这河滩上又收拾了一阵，直到我用石子在河面上打了好几个水漂之后，他们终于正式和我们说话了。先是分别介绍各自的姓名，但是因为长相差不多，尼泊尔名字的音节很多都比较奇特，也无法一一记住。接着那个领头的戴帽子的家伙就说了一大串类似于"漂流须知"的话。要点大致是：一，上了这个皮筏子，就不能有闲人，大家都要干活；二，一些相关的指令，诸如"向前"（Forward）、"停止"（Stop）、"使劲儿"（Powerful）、"加速"（Faster）、"向后"（Backward）、"保持"（Hold）之类，最后两个指令后来被证明几乎用不到。这些指令的来历我不清楚，也许只是他们发明的简洁用语，当然不一定能经得起精确的词义或语法分析；三，如果不小心掉进水里，要如何抓住别人抛来的救生索，因为水流湍急，很可能几秒钟决定生死。

这样说了一大篇之后，那个扛独木舟的瘦瘦的家伙也跑过来，介绍他的工作。大意是说：基本上他是在前面领航或开路，如果有人落水，他会配合皮筏上的人进行营救。说完这些之后，他们示意小莫和我上了筏子，让我们在最前面，一左一右，侧身坐下，位置几乎是对称的。除了独木舟小子以外的四个人也都上了皮筏，这样筏子上坐了六个人。

我后来又问了一遍，记住了划独木舟的那个人叫克什纳（Kishne），听起来和印度教大神毗湿奴的一个化身克里什那（Krishna）比较接近。克什纳非常瘦，个子在这几个人里面最高，他告诉我他今年 20 岁。也许分派他去划独木舟有不止一条考虑，但我猜至少有一个原因是由于他更为轻巧和灵便。他当先入水，我们的筏子紧跟着，这一场漂流就开始了。

不知道是因为正当雨季山洪较多，还是由于水流本身激荡厉害导致泥沙含量较高，这一路上的河水看起来都比较脏，是一种浑浊的土色，从头到尾没有清澈的河段，始终是浊浪排空的景象。河面的宽度大多数时候大概保持在至少 50 米左右，由于比较空旷，乍看起来很狭窄。水流相对平缓的时候，在皮筏上不觉得颠簸，克什纳坐的独木舟就像一片叶子，随波逐流，似乎毫不着力。他和我们有时候在一条水平线上，身影看起来显得有点儿小，从这个参照来看，河面比较宽阔。

虽然漂流听起来容易显得危险、刺激和劳累，但这一路漂下来的经历表明，如果有熟练的水手跟着，也许危险性并不那么大。实际上小莫和我都没有感觉到危险。就算由于我们坐在筏子的最前端，本身是侧坐，几乎一半身体在筏子外面；每一次划动船桨需要将身体探出更多，有时甚至在一定程度上俯向水面，但也都是没有危险的。因为水流的浮力比较大，足以支撑着人保持平衡，只要坐稳了，重心放低，不大可能摔出去。有时候碰到比较大的浪头迎面打过来，也似乎没有构成太大的冲击，只是人随着皮筏起伏和颠簸。

对我来说，这次漂流也几乎不能算得上刺激。我不知道这是因为河段本身没什么难度，还是因为我自己太麻木。我参加过的冒险活动非常少，以前玩过几次蹦极，大学毕业之前很喜欢的一项活动是几十米的水滑梯，在很长一段时间里一有机会就去玩，大概就这些。印象中似乎第一次玩水滑梯迟疑了几秒，那之后就没什么感觉了。这次漂流当然是很有意思的，至少在烈日曝晒下，在皮筏上御风而行，时不时地有浪花激荡起来，迎面溅上一身，让人很凉爽，虽然那些浪花远远说不上是雪浪花。

湍急的水流本身就推动着皮筏向前急行，有时候比较大的漩涡会拉着我们打转。如果完全不了解河流和水势的人，在这样一段曲折而且不算短的水面上过去，应该会比较累。但是船上还有四名水手跟着我们。小莫和我都是看不懂水势的人。河流对我们来说都很陌生，要看明白这些波浪的力道和势头是困难的。不过那几个尼泊尔人很熟悉这一段河流。在他们的吆喝与共同努力下，大家只是偶尔划几下，大多数时候都是在聊天和看风景。很有可能，对这些熟悉河道与水流的人来说，一切都只是因势利导、借力打力，不会是累人的事。

但是，这是我第一次参加漂流，所以也第一次这么长时间和近距离地看一条河里的水。它们给我的印象因此有些不同寻常。贴身感受一条奔腾的河流与观察一条不动声色的河流，存在很大的差异。这时候想到一条河可以同时拥有这些不同的侧面，或者汹涌澎湃，或者无心自流，是很有趣的事。同一条河流可以具备不同的特性和侧面，不能说不复杂。也许不是河流的复杂，是水本身的复杂。一动一静之间，就似乎有阴阳男女之别；貌似平静无波却在底下暗暗流淌的水，让人联想到思想的微妙难测；大幅度涌动、浪花和波纹来回猛烈撕扯的水流，则像一块块扭曲和伸缩的肌肉。水真是最温柔又最暴烈、最简单又最无法看透的东西，它透明的身体里同时蕴含着一种无以言说的神秘感。

这次漂流总共历时三个多小时，沿途看见了八座索桥和至少六道飞瀑。全程分前后两段，每段一个半小时，中间停下来，去岸上吃了午饭。小莫在这顿午饭中吃到了我认识他以来最少的一盘炒面，我敢说不超过10口。他吃东西本来就很快，那个饭馆里的厨子给他盛得又最少，我的才只吃了一点点，他就看着光溜溜的盘子发呆了。我要求给他再做一些，从筏子上下来陪我们吃饭的一个尼泊尔小伙子说老板交代了，每个人就这么多吃的，再吃得自己掏钱，50卢比一盘。因为小莫和我都没带钱在身上，免得和衣服一样被淋得精湿，他就垫付了。他也借了50卢比给我买烟，让同样和我们一起吃饭的那个少年跑腿，但是后者在街上寻觅将近半小时之后，买回来的只有半包烟。这个烟叫 Shikar（大山牌），如果在加都，整包也不会这么贵。我相信这是因为我们吃饭之处的小卖店和饭馆都是发漂流财的，所以物价在一定程度上偏高。

说到那个穿绛红衫子的尼泊尔少年，他是很可爱的一个小家伙。我一开始比较奇怪他为什么会被允许和我们一起漂流，不过后来发现谈不上危险，就理解了。对这种水边的少年来说，类似的活动几乎只是游戏。他叫什么名字我不记得了，但是从他笨拙而假装熟练地抽烟开始，我就记住了他的样子。也许很多人都从这个阶段过来的吧。在漂流过程中，领头的小伙子每次发出指令，他几乎都要尖声大叫着重复一遍，从他光滑平坦的脖子来看，他的变声期也许还没有真正开始。

此外，我们似乎在完全说不清楚理由的状况下发展出了一段仓促而奇特的友谊。起先我说的每一句话他几乎都听不懂，因为他读书太少，最简单的英文单词都要让他抓耳挠腮半天，然后瞪大黑亮的眼睛，气急败坏地摇头。但是我终于试出他能听懂一些印地语词汇，这样能明白一点儿意思。后来吃饭的时候，乃至去上厕所，他都一直兴高采烈地跟着我，上岸下河两次经过索桥，他也始终寸步不离地守在我旁边，几乎完全不理睬小莫。我叫他去照顾一下小莫，他就假装不明白。有时候我们休息，他会跑过来，要一根儿烟，坐在我身边装模作样地抽，同时腼腆地微笑。偶尔我甚至有些愤愤不平地想，哪怕我的小外甥只分到他的一半安静和懂事，也是一件了不起的事。

这次漂流虽然本身只有三个小时左右，但是我们从清晨出发，几近午夜才到加都。从路线上看，本身是有一些迂回。汽车从博卡拉出发，往加都方向开了很长一段路，把我们放在漂流地点。但是我们漂流是沿河向博卡拉所在的下游方向去，结束之后重新搭车去加都。所以漂流终点到起点之间的路段，我们实际上要坐车经过两次。而这次运气又不算好，正赶上汽车司机罢工，抗议油价上涨，路上的车辆很少，拦下来的车不是客满就是拒载，我们等车恐怕等了至少两个半小时。等车的时候，由于刚结束了多少还算紧张的活动，松弛下来，我在路边那个凉棚里一躺就睡着了。醒来的时候，发现除了那个少年还在马路上站着拦车，别人几乎都在大睡。

大概下午六点光景，我们总算拦下了一辆车。那五名尼泊尔年轻人上了车顶，小莫和我都有些犯困，就坐到车厢里。经过漂流起点那个小房子时，他们都下来，大家微笑作别，我们继续摇晃着，在黑暗中，借着车灯的光芒，向加都去。

小莫和我坐的椅子后面，坐了一名大概有肺结核的尼泊尔男人，黑暗中看不清他的面目。他始终在不停地咳嗽，和向车外吐痰，有时候他发出类似于呕吐的声音。和中国的情况有所不同，肺结核在南亚似乎并没有灭绝，在一些区域还算是常见的疾病。这名疑似结核病人有时候会对着我的后脑勺喘出一口沉甸甸的、似乎带有某种黏性的热气，让我觉得脖子发痒……不过，在接近11点的时候，我们总算是到达了亮着零星灯火的加都。

这时候我们面临的一个问题是，在城市公交已经停止的情况下（这个不是因为罢工，是因为天晚，加都似乎没有夜班车），如何不被人过分敲竹杠地去泰米尔区——这也许是外国游客在加都的夜晚打车所要面临的共同处境。

还在车上的时候，因为要求司机在适合的地方让我们下车，售票员就跑过来自荐说可以为我们预定出租车，价格是一个人200卢比，两个人就要400卢比，同一辆车。小莫和我拒绝了这种富有想象力的收费方式。于是到站下车，一群的哥立马围过来，主动报价，从800到500，花样百出。小莫说过，他刚从印度到加都那天晚上，250卢比打到了车。这个价格为我们提供了某种标准，就算它本身不便宜，也起码构成了一条价格上限。然后我们和那些司机砍价，不理睬他们说什么，只是重复一句话："我们知道这里的价格，200 卢比就是高价了。"有个司机同意了 200 卢比，但是到他车上之后，立刻变卦说价格太低，再加点儿，我们当然立刻下车。这样耗费了大概 10 分钟的样子，终于有一辆车接受了 200 卢比的价格。我们在加都的大街小巷穿行了一刻钟，到了凤凰宾馆，此时绝大多数店铺都已打烊。这一天从早上 7 点离开博卡拉开始，整整 16 个小时之后，结束了一段漂流加坐夜车的经历。

暗夜行路·枪口的闪光
7月18日 星期五 加都

DAY 13

凤凰宾馆的早餐，我总算是吃到了一次。自从听说它这里早上有稀饭、馒头和味道很不错的小咸菜之后，我就惦记上了。从樟木离开中国西藏以来，我就没有再吃到过中餐，所以虽然对尼泊尔饮食并不排斥，但更希望有机会吃到中式饭菜。我想这大概是很多在这边的人把凤凰宾馆的免费早餐当个正经事说的原因。客观地讲，我们这些被中国饮食养大的人，很容易拥有一个怀旧的胃。

记得第一次见到小胡那天，大概是7月11号。当时快接近下午5点，他和小莫和我三个人去吃饭。他说他还不太饿，因为早上吃了五个馒头。我不由得看了他一眼。我早饭吃馒头超过一个的时候是在十六七岁，那时候在部队，每天几乎有八个小时在地上摸爬滚打，也可能和战友互相扭打，那样生猛的年龄和高消耗的生活，把我们都变成了饿狼，谁要是吃馒头少于五个都会被认为是女人。但是我无法想象一个除了逛街和睡觉什么都不干的人早饭吃五个馒头，我差点儿认为他就是一个装饭的小桶。

不过我今天理解了小胡的好胃口，虽然我还是很遗憾他现在没有和我们在一起。他比我早些日子到尼泊尔，所以他的胃对中式饮食的需求也许更为迫切。现在又过了10多天，面对这里提供的稀饭、馒头和很值得一提的小咸菜，我的饭量也失去了节制，当然这和昨天为了漂流折腾大半天却没吃饱饭也有一定关系。

早上七点多我就被饿醒了，跑到葡萄架下的餐桌边等饭吃。很快人越来越多，小莫也起来，坐在我旁边一起等。负责打发人们吃早饭的尼泊尔小伙子端出那些锅碗瓢盆之后，我边看周围的人聊天边吃饭，吃了整整一个小时。我不愿意回顾自己吃了多少馒头，可以肯定的是，起码比小胡那天说的五个要多，还有两碗稀饭。本来我还可以继续吃更多，坐在我正对面和小莫聊得热火朝天的那个人让我没法吃下去了。此人喜欢当着众人很有技巧地吐痰——紧闭双唇，努起嘴，把一口黄绿色的痰挤出来，让它像杂技里的空中飞人一样悬在一根亮晶晶的唾沫丝上晃晃悠悠地吊挂下去，最后"啪"的一声掉在地上——然后若无其事地接着聊天。看到这种情景，我只好认为自己饱了，并佩服小莫还能继续兴高采烈地吃下去。不用说，他吃得比我多得多。

吃过饭之后，我回到自己床上歪了一小会儿，看见同屋的小伙子又在蒙头大睡。昨天晚上到凤凰宾馆后，我们发现没有单人间了，甚至小莫以前住的那个6人间也满了，唯一能住人的地方是顶楼的一个4人间，浴室和厕所都必须公用。进门开灯时，一个人猛地从床上坐起来，他就是我们的临时室友。他解释说他生病几天了，每天好多时间都躺在床上。小莫和我放下东西就到大堂里坐了片刻。他耳朵很尖，说那个小伙子虽然汉语流利，但口音不像大陆人。早上这个小伙子也去吃了点儿饭，到得比谁都晚，走得比谁都早。他个子不高，长发披肩，还有小小的发卷，脸色苍白而憔悴，流露出一种柔弱的、病恹恹的美感。他不是我遇到的第一个旅游病人。在他之前我认识了生病的小莫，在小莫之前见过的这样的人也不少了。

后来去大堂上网，听到了很多八卦。今天似乎对凤凰宾馆来说是个大日子，不到半天工夫就新来了十多个游客，而且都被安排到了住处，大概早上走了一些人，才腾出了这么多地方。不过我已经懒得去换单人间了。

凤凰宾馆老板娘是一名四川女人，可能接近40岁。她生了3个孩子，最小的女儿还不大会说话，走起路来很蹒跚。她说她对泰米尔区开宾馆的中国人都算熟悉。根据她的说法，不少人知道的龙游宾馆已经被前店主大勇转

壁灯·天井

手，现在的经营者不是中国人。又说某个饭店的尼泊尔前台卷款潜逃，因为那几百美金相当于这里当地人工作一年的收入……她又说，加都中国商会正在筹备成立，一些在加都的中国商人很有推选她丈夫老江当会长的意思，她还在考虑。

之前的几天在博卡拉一直觉得有诸多小小的不便——相对于加都来说——各项事情只能算凑合应付，今天我在这里花了较长时间整理东西，中午没吃饭也不大觉得饿。下午刚五点来钟，就出去吃饭了。那个唱歌的北京小伙子彬子带我们去了他喜欢的一个地方。

昨天晚上我们搬进顶楼的房间之后，我在这里四处逛了一下，发现是一个不错的露台，有好几架观赏葡萄和很多盆花，也有认识的，也有不认识的。凉棚里列着一长排座椅，平时大家吃早饭就在这里。我转了一圈儿，看见一个小小的帐篷，当时认为是谁遗弃在这里的。今天早上，彬子从里面钻出来，说是他住在里面；他夜里听见有人绕帐篷溜达，不知道是我。

彬子已经拿到印度和巴基斯坦签证，明天就会出发。之前的几天，趁着等印度签证的时候，他在我们之前，骑车从加都去博卡拉待了两天，然后去了蓝毗尼。他说他被尼泊尔小偷扒走了400元人民币。他还有一些钱，都是他的一些好朋友为他的远行凑给他的。不过他也没怎么抱怨，只说因为当时钱很紧张，到了蓝毗尼就坐车往回赶，到加都的车票大概500卢比。当时他身上的尼币全部花光，两个尼泊尔小伙子，大概20岁上下，一路上就请他吃饭，让他很感动。

彬子带我们去的这个地方看起来还可以，可以被认为非常简洁。一方面卫生不错，另一方面简单到连菜单也没有。这个小餐馆不卖任何米饭，无论是炒饭、白米饭还是带米饭的尼泊尔饭，只有面食。我胡乱吃了一点儿，小莫说晚点儿我们再出来找饭吃。跟我们一起来吃饭的还有刚到的几个中国人。

其中一个 37 岁的男人，和小莫聊天之后发现是师兄弟；另两个女的是他在路上认识的。他比较谨慎，说看到我们吃的东西之后才点他想要的。这个人说，他以前习惯腐败游，就是几个人结伴出去玩，携妇将雏，吃住都挑很好的地方，但有一年跟着别人在某处背包徒步穷游之后，就喜欢上了带有某种自虐意味的旅行方式。那之后他只在春节和爱人一起出行，夏天就各走各的，

让她奢侈去，他自己去过简陋的生活。他说他要在博卡拉完成一个较大规模的徒步，虽然不能走最大的那条 21 天的环线，也要走大概 15 天。明后天他们三人大概会去奇特旺。

饭后我们一路绕着圈子，逛街回去。在博卡拉的不便之一是买不到《喜马拉雅时报》。当地报纸卖太快，我们又很少早起，每天能找到的只有《加都邮报》和《尼泊尔时报》。在今天的闲逛中，我问了好几家书店，总算在其中一家把 12 号以来断掉的《喜马拉雅时报》补齐了，拿回来看了一遍。

到住处后，彬子说他要举行一场告别演出。有个小伙子想拉他去某个能

看到加都全景的山上，边看夜色边唱歌，说是只有半小时车程，他拒绝了。后来他就坐在大堂的沙发上，弹着吉他，开始唱歌。他唱的第一首歌是田震的《执着》。

他这里一开唱，宾馆里的人纷纷聚拢过来。认识他的几个年轻人帮着他吆喝，说是最后一次卖唱；一些住在这里的人，其中有不少商人，也纷纷凑趣，开始打赏。人们往放在他跟前的吉他套里扔不同的钱币。有的扔进去一张500尼泊尔卢比，有的扔10元中国纸币，有的放进去一美元；其中最多的是100面额的尼币，也有20和50的。

听了一会儿，昨天的经历开始发生作用，我感到有些累了，就先上楼休息。屋里那个生病的台湾人还在蒙头大睡。我也很快睡着了，朦胧中听见楼下传来的歌声、一阵阵喝彩声和掌声，别的都不记得了，大概还有一首是赵传的《我是一只小小鸟》。

这一觉睡到接近10点半。我起来找小莫一起吃饭，找了一圈儿没见人，就自己出去了。泰米尔区的小饭馆几乎都关门了，有一两家虽然还开着门亮着灯，过去一问都说已经打烊。此外还很热闹的地方都是一些据说主要是看艳舞和泡尼泊尔姑娘的餐吧，招牌上打着霓虹灯，都是诸如"红唇族"（Red lips）、"堕天使"（Fallen Devi）之类很油腻肉感的名字，门口聚集着很多20岁上下的小伙子和一些三轮车夫、出租车司机。

走来走去，大概走出泰米尔区很远，才在一条小巷子里发现一家门脸儿极小、破破烂烂的馆子，里面有人看电视，也有几个十几岁的小孩在收拾东西。我说我要吃米饭，那个圆嘟嘟的老板娘说："好呀，我们这里的米饭25卢比一盘，你随便吃。"她一挥手，一个小孩给我盛饭，一个专门添菜，一个端汤。她们家的饭菜味道都很不错。我说我想喝奶茶。她眉头一皱，说："这个时候哪里来的奶茶？牛奶早没了，明天吧。"我说："但是我想喝，你一定会有办法。"然后她无奈地笑了一下，对一个小伙子嘀咕了几句，后来那个人不知去哪里折腾了一会儿，弄来了一杯袋装红茶煮出来的奶茶。

我在这地方边吃饭边和坐我对面的两个 40 多岁的男人一起看电视。这两个人，一个白胖，一个黑瘦。白胖的那个见我盯着屏幕看，说："能明白吗？"我说："蒙呗。"他说："你喜欢印度电影？"我说："有时候看看。"他边说话边抽烟，那个黑瘦的边喝酒边抽烟。我吃完饭，但是身上又没有零钱了，只好给了一张 1000 卢比的钞票。拿到找回的钱，又和这两个男人说了几句话，就起身出门。他们也出来了。那个黑瘦的走路似乎有些踉跄，拉住我的手，白胖的那个看了一眼，自己在前面走着，拐进一条岔路，走远了。

这时候大概过了 11 点或更晚一些。我们所在的这条巷子狭长、曲折、灯光幽暗。黑瘦男人挽着我的手，亲热地说："先生，我听见你能说我们这里的话，我很喜欢你，来这里聊聊。"然后他拉我坐到屋檐的阴影下，开始小声地哭穷。他要求我给他一些钱，一百两百卢比都行，说是家里简直揭不开锅了。我当然懒得去问一个人怎么会在外面喝酒之后、喷着酒气来刻画他的贫穷处境。我说："我需要在这里度过很长时间，没有多余的钱给你。"说完我挣脱他的手，自己走了。他追上来，从后面抱住我，温和地说："不，你一定要给我一些钱。"说着他的一只手就来摸我的口袋。我认为他是在用一种貌似温柔的方式进行抢劫，只好也温柔地跺了一下他的脚尖。他立刻松开手臂，去摸他的脚。我抽了他一巴掌，走了。我刚走一小段路，他又追上来，拉住我的衣服，说："你把我打伤了，你必须赔偿，你这个残暴的外国人。"我说："你实在是无耻；你去拿把刀来剁我好了，你敢吗？"他拉着我的衣服不放，又伸手过来，这次的收获是被我穿拖鞋的光脚丫子踢了一下。

那之后他没有再追上来。我一个人在这些位于泰米尔区之外的小巷子里绕来绕去，它们似乎同样狭窄、曲折、黑暗而且永无尽头。我想我是迷路了。我发现泰米尔区外面的这些路段，在夜间和泰米尔区的街道给人感觉差异很大。里面即使在很晚的时候，各条街道上也有明亮的灯光，有的甚至灯火通明，街上的人都在路边待着。外面的这些小巷子不光晦暗，里面的人也喜欢待在最黑的地方，目光闪烁地看过路人，他们似乎很喜欢黑暗。我相信这种种不同，是很多游客觉得泰米尔区更安全的原因。甚至一条狗也让我发现了它的"非泰米尔"特质。老远它就低声发出威胁性的咆哮，这是我在尼泊尔第一次听见一条狗发出恶意的声音。在加都别的地方，在博卡拉，遇见的狗全都温顺、沉默、慵懒、嗜睡，即使不是友好的，也是懒得搭理人的。我从离这条狗大概两米的地方慢慢走过，这期间我们互相注视，它同时连续不断地咆哮。不过它最终没有扑过来撕咬。

这次迷路持续了大概一小时，很可能绕了很大的圈子。走到一条充满污水的腐臭的小巷中，黑暗中什么东西在微弱的灯光下闪了一下。我看过去，首先发现一支步枪，然后是一个人影，仔细分辨，是一名很年轻的尼泊尔士兵。我和他聊了两句，向他问路，他非常详细地说了一阵，又指了指方向。我说，我很希望你送我回去，现在找路对我来说是困难的，但对你来说很容易。他笑了一下，说，你是中国朋友，我很愿意护送你，但是我得在这里守着，不过我说的方向错不了。

然后我就按照他说的向前走了很长一段路。这中间不时有人冒出来，非常无礼地问"你去哪儿？"或者粗鲁地说"我们有最正点的小妞儿"之类，有的干脆默默地跟着走，不知道是什么意思。等到一大片灯光在某个拐弯之后照过来时，那些人和他们的同类就不再出现了，眼前只有因为夜阑人静而显得空旷明亮的街道。

走到楼上的时候，迎面碰到小莫。我第一眼就看出他喝酒了。我去露台边吃早饭的椅子那里小坐，看见彬子在那里。过了一会儿，小莫也来了。这时候12点多的样子，我们一起聊了个把小时，彬子要收拾东西，我和小莫又说了一会儿话，就都回房间休息了。

爱神庙的五种可能性
7月19日 星期六 加都

DAY 14

　　唱歌的彬子当地时间10点左右离开了宾馆。他的东西收拾了一早上，行李真是不少。他说他很可能走到南非，也许还想去欧洲乃至周游全球，但是要看情况而定。他走的时候正在下雨，他穿了一件绿色的雨衣，出了凤凰宾馆的门，推着车，朝泰米尔街区走去。小莫和我目送他离开。我们都希望他一路顺风。

　　凤凰宾馆老板老江似乎对彬子印象也不错，而且很深。彬子走后，他俩聚一起，各人拿一台电脑嘀咕着，大概是老江向小莫要彬子的照片尤其是昨夜告别演唱的照片。我说你这里人来人往，看到的故事和精彩的人，也很多了；多得都够印一副扑克牌了吧，做出来当广告送出去，也许会不错。老江笑了一下，自豪地说他们有自己的网站。

　　中午小莫和我一起去吃饭，这次我们又找到了上次喝那个酒罐子的小餐馆。我一直觉得它那里的饭菜味道不错，尤其是调料好。这次我们发现了它新的优点。在给小莫端上来一碗汤面时，老板娘送上一碟粉红的泡菜，甚至在凤凰宾馆吃到他们自己做的小咸菜我也没有这么意外。要做出风味地道的泡菜是很难得，我在外面基本上不奢望这种东西。但是这家藏民餐馆做的泡菜似模似样，有爽脆的口感、鲜明的调料和曲曲折折的滋味。我对这个餐馆的偏好指数立刻大幅度上升了。

　　随后小莫和我一起去了皇家广场。这是我第三次到这里。每来一次，了解就更多了几分。这次和小莫一起来，确认了这里的方位，以前我一直没大搞清楚，到了这里就找不着北。不过我们分清楚南北之后，发现旅游图的印制仍然有一点儿小问题，还是得颠倒着看。

我们坐在湿婆和雪山神女夫妻的那座寺庙门槛上，对这幅地图研究了好一阵。小莫给这座精巧的建筑拍了一些不错的照片。这时候来了个卖纪念章的，拿了5个很粗糙的纪念章，正面印着印度教太阳神苏里耶的金色头像和一些日月星辰，背面是著名的六字真言——这是印度教和佛教都有的，只是各自意义有所不同。佛教的六字真言应该是受印度教启发创制的，如同它本身也脱胎于印度教一样；它的六字真言读作"唵嘛呢叭咪吽"，大概在明清时期一些人讽刺和尚骗人，把这句话歪批为"俺把你哄了"。但是印度教六字真言的读音和它们也不尽相同。我印象中，著名的《蛙氏奥义书》光是讲一个"唵"（Un）字，仿佛就用了许多篇幅。

这个卖纪念章的先是声称该印章是尼泊尔境内某个人口极为稀少的山地民族的杰作，此刻他手上存货极少，大约算是限量产品和珍藏版一类。然后他又极力夸奖这印章的含义繁复深刻，甚至背面还有中国的太极双鱼图；接着他开始要钱，说是500卢比一个，因为和我们有缘，只肯卖给我们，别人那是想也想不到手的。我说这样难得的机会还是让给别人好了，我们可不想显得太自私。这样重复了几次，他直接降价到200卢比，我们谢绝了。他坚持了一会儿，就带着这些我估计价值不超过2卢比的小破烂儿走掉了。

这次对大多数建筑都与地图上的标记对上了号，小莫给它们中的一些拍了照片，我们也讨论一下这些寺庙祭祀的神主，以及一些著名的雕像的身份。但是哈奴曼大门那里的内廷入口需要250卢比的门票，以前来的两次因为时间较晚，都关门了；这次时间尚早，要进去才发现需要额外买票，也不能带相机，小莫说不想进去看，我们就都没有去。

路上碰到的两名苦行僧比以前看到的似乎更有型,小莫偷拍很有一手,几乎没有被发现。不过我希望能拍到他们更清楚的正面,所以过去说了几句话。他们不能听懂英语,只能听明白一点儿印地语。先是坐着拍了几张照片之后,我又请他们站起来,拍了几张照片。我很喜欢这两个人的装扮和神情态度。一开始我就告诉他们拍完会给钱,他们也很乐意。之后给了 10 卢比,但是收钱那个说是两个人,另外一个也要给,不过我只剩下 5 卢比零钱,给过去的时候他们也没有再说什么。

著名的爱神庙,也就是传说中的"性庙",四面大概有 24 幅尺寸不大的木雕造型,从内容看,很多人认为应该属于色情艺术。但是这 24 幅轮廓线条都非常写意、只抓住动态特征的雕塑,实际上是一段比较连贯的内容,如果同样从艺术范畴里寻找源头来理解它,至少有几个方面:一,它是对印度梵文经典《欲经》(Kama Sutra)中关于做爱体位那一部分内容的图解;二,印度教徒人生的三个层面,"法、利、欲",其中"欲"的层面是很重要的内容,包含了生活中的各种欲望,这些雕塑也是对它的某种反映;三,古代梵语戏剧和文艺理论中的"味论",其中有一项尤其重视所谓"艳情味",戏剧可以被认为是流动的造型艺术,爱神庙上的这些雕塑或可被认为是一幕微观、撮要的戏剧,集中表达的是艳情主题;四,印度教三大主神,梵天司创造,毗湿奴司保护,湿婆司毁灭和再创造(生殖),这些爱情小雕塑实际上在某种意义上是祭献湿婆的某种仪式,尤其是考虑到湿婆的象征经常是林伽(阴茎),而且常常和约尼(阴道)配合在一起出现;五,印度教中,除了毗湿奴派、湿婆派之外,性力派是第三大教派,影响极大,信徒人口众多,不排除爱神庙雕塑可能受这一教派的影响或者就是代表他们思想的作品。同样的理解方式,大概也适用于印度著名的卡朱拉霍"性庙",因为该庙也是印度教建筑遗迹。

但是今天最大的收获是在酷玛丽阁楼,除了像往常一样看见酷玛丽露面之外,我还和小莫一起摸到女神卫士谭立德的小屋子里聊了好一阵。这名卫

士被尼泊尔警方派来专门保护活女神的安全。他一直都穿便装，如果自己不说是警察，倒不容易猜出来；但是他的身体看起来果然十分强壮和英挺。

我们和这名 23 岁的女神卫士至少聊了一个小时，大家都很愉快。话题从"你多大啦"、"你家几口人呀"之类开始，很快转向影星成龙，因为他的魅力据说是横扫全亚洲的。不过谭立德对他的迷恋非常确凿，就在他的房间的墙上，贴着一小幅报纸，上面有一张成龙的广告照片。

关于成龙的对话拉近了我们和谭立德的距离，他甚至更乐意和我们聊天了。我问了他很多与酷玛丽相关的问题，他都尽可能地回答了，让我们不虚此行。

DAY 15　兽主寺 VS. 生死感悟
7月20日 星期日 加都

这是内容丰富而又信息芜杂的一天。确实，仅就今天这一天的经历来看，我的这次旅行，也许丰富得有些过头了。

按照我和小莫的简单行程，下午我们去看了兽主寺（Pashupatinath，俗称"烧尸庙"；Pashupati 是印度教大神湿婆的别称之一，意为"百兽之王"，中文定译为"兽主"）。宾馆前台的小姑娘告诉我们，坐本地车需要去罗德拉公园（Ratla Park）。看到 Park 这个词的人千万不可望文生义，以为是多大的地方，其实不过是个十字路口罢了，在加都来讲算是宽阔，在北京就是一条大一点儿的胡同。同样，这里的所谓"广场"（Chauk），往往是一个转盘或小片空地，无论在加都还是博卡拉都如此，要是照着中国人的广场概念去找地方，有可能会始终找不到，但是尼泊尔的车站却又很喜欢设在某个袖珍的 Park 或 Chauk 附近。

据说从住处到罗德拉公园需要走 20 分钟，一路问过去，果然是不远，只是雨天泥泞，污水四溅。我们在这个车站又问了一下，找到一辆超级小的车，当地人叫 minibus（也许适合叫"微面"），挤了进去。好在从这里到兽主寺坐车时间不长，只在车里闷了 30 分钟也就解脱了，车费 10 卢比一个人。

下车之后过街，顺着一条懒长坡走下去，就到了兽主寺门口。这个寺庙在整个南亚的湿婆庙中都算最著名的之一，在印度教徒心目中具有崇高的地位。它就建立在流经加德满都的巴格马蒂河的码头上，很多印度教徒都以死在这里为荣，如同印度国内的不少人专门到瓦纳那西去等死一样。每天都有大量的尸体在这里被按照印度教的仪式，放在河边的烧尸台上焚烧，所以这个庙又俗称烧尸庙。

临近兽主寺大门的路段两侧，陈设着各种小摊点，由此可见此地必是游人常来之处。这里卖的商品虽然很多，唯一有点儿特色的也只是小型的林伽（湿婆的阴茎，代表湿婆本人，并进一步象征上天）和约尼（阴道，代表湿婆的妻子雪山神女，象征大地）。林伽约尼造型在印度教盛行的地区非常多，这里既然是湿婆大神的主庙，自然处处都是这一对组合。不经意地看起来，它显得就像是一扇失去了磨盘的磨子，只露出一段光溜溜的磨轴。约尼的形状基本变化不大，林伽则容易有各种花样和变体，有的上面还带着浮雕。

我们还没有来得及去买票，一位 50 多岁的瘦小老人过来，问了几句，就介绍说他是导游，可以带我们绕进兽主寺不买门票。按照他的说法，每个人的门票是 500 卢比，而他带我们进去只需要每个人 200 卢比，可以省一些费用。我们想了一下，虽然不确定他的话有几分真实，但决定总共只给他 100 卢比，这样即使被骗，损失也可以忽略不计。

这位老导游带着我们从左侧的一扇门进去，在外面远远地看了一下湿婆庙的主殿。基本上我们在尼泊尔看见的大多数印度教神庙都很阴暗狭小，但兽主寺自然非比寻常，不仅占地面积颇广，还有清晰完整的结构，除了主殿，另配不少附属和衍生的小庙宇。它的规模在尼泊尔神庙中算是非常大的了。

但是，根据该导游的说法，我们因为不是印度教徒，不能进入祭祀湿婆的主殿。小莫和我就只在离大门两三米的地方，远远地朝里面看了一眼。门口上方就画着湿婆的彩色画像，左右两边分别是他的儿子中最著名的两位，左手是象头神甘内侍，右手是曾经从阿修罗祸乱中拯救三界、一度有"战神"之称的鸠摩罗（Kumar）。门内的情形看不到太多，因为湿婆的坐骑南迪——

一头公牛——的巨大黄铜雕塑正挡在门口。我们甚至也看不到这头著名的公牛的正面，只看见它那黄铜的屁股和硕大夸张的睾丸。从这头传说中的圣牛的雕塑可以看出两个因素：一是印度教徒为何对牛如此敬重，哪怕它们沿街乱拉牛粪也不以为忤；二是他们在制作雕塑时非常有自然主义倾向，这大概也为色情雕塑多处出现增加了一条解释。

老导游领着我们，爬过一道石阶，翻过一座小山坡，又到了另一个山头，在一面铁丝网前停下，说是剩下的路我们只能自己走，因为里面的人认识他，他不能在这种情况下被发现。我们给了他100卢比，他告辞了。然后我们从铁丝网中间开的一道小门钻进去，在下临河水的曲折小路上走了大概15分钟，经过一座同样被铁丝网围起来的、叫做"鹿苑"的公园外侧，来到从兽主寺入口处可以看见的河对岸。这里地势较高，可以看见河对面的大部分景象。

这一路上有很多猴子，有的挂在树枝上，有的蹲在低矮的石头围墙上，有的攀援着铁丝网。雌雄老幼，不一而足。它们共同的特点是看见人来也不着急，更不围攻或试图获得食物，只是该干吗干吗，几乎不理睬从近在咫尺的身边经过的人。只有个别小猴才略显得羞怯。

在临近河边的石塔中，一些苦行僧或睡或坐。有三名形态各异的苦行僧呈"一"字坐在一座石塔外面，我多看了他们两眼，其中一个就招呼我过去

坐。小莫因为在印度多次受骗的经历，很反感这些千方百计利用游客的好奇心要钱的人，对我说："你去吧，不过他们一定会要钱的。"我说我去引他们说话，你拍照，最后给不给看情况罢了，然后就坐过去和他们说了几句话。其中一个人像是他们的发言人，一切话语全由他对答。他说他60岁了，修行大半辈子了。小莫给我们照相，他把一只手放在我肩膀上，"叽里咕噜"地念了些什么，我是半个字也听不懂。这时候又从他身后的石塔中探出一个脑袋来，原来里面还有一个。

我问："现在像你们这样修行的人，还要读《吠陀》吗？"他说："读啊，经常读。"后来我们都不说话了，彼此面面相觑，发了一会儿呆。然后我起身要走，他们果然一起要钱。我翻了下身上，确实没有零钱了，就如实告诉了他们。他们都说给中国钱也行呀。但是我身边没有。最后他们提供了一个建议：你去找零了给我们点儿得了。然后他们指了一个换零钱的方向："从这座石塔往下走到河边，有一座桥，对面有不少人。"

那时候河边正有几堆柴火烧得很旺，滚滚浓烟，一股浓烈刺鼻的味道从对面的烧尸台扑面而来。河边好多人都戴着口罩，有的是游客，有的一看就是本地人。我也下意识地在包里乱摸了几下，居然也掏出来一只雪白崭新的棉布口罩，但我不可能记得什么时候放进去的了，肯定不会是出发前收拾行李专门准备的。这种诡异的事情只能当神迹。总之我非常感谢这只口罩，否则我必定不能在这个地方待太久，也会少看到很多对我来说很有意义的事物和场景。

小莫和我没有急于过桥，只是走下去，坐在河岸上，看对面那些烧尸台及其周边正在发生的事情。

岸上这一番忙碌和喧嚣，都是为"死"而进行。然而河水中还同时上演着"生"的乐趣。很多小孩子无视大人们的工作，聚集在河边戏水。有的一次次跳水，有的互相打水仗，有的在水里游泳。他们不是不知道这些尸体烧掉之后的劫灰通常直接倒入河中，但他们快乐的表情和满不在乎的笑声，似乎表明他们对这条充满尸体沐浴之水和骨灰残骸的河流并不厌恶。它几乎就是他们颇为喜欢的一个游乐场。与此同时，任何一个孩子也没有受到大人的干涉，也许这些印度教徒心中就是认为，这条对他们来说非常圣洁的、黑褐色的河流，天然就是生死交织之处。印度教徒对生死轮回的看法与态度，确实需要在这样的场所，才能让局外人有更具体生动的理解。

但这不是说所有的印度教徒对家人的去世都不感到悲伤。虽然在一些书上我读到过有人对亲属的离去表现得超然洒脱，现场也有一些年轻的男女在尸体旁边神情平静，小莫和我过桥去对面的小寺庙里探访时，还是迎面碰到一群跟在一具被抬着前进的尸体后面的、哀恸的人。他们个个哭得眼睛红肿，其中两名老妇人分别被两名年轻女人搀扶着，泪流满面，边哭边喊着我们听不懂的话，这是尼泊尔语版本的呼天抢地。后面又有一名矮壮的小伙子，也是边哭边走，两只拳头不停地揉眼睛。在他们经过的一个烧尸台边，不是明亮的火焰，就是黑色的灰烬。而背后的一排排临河的房子跟前，都有长长的凳子，很多本地人坐在这凳子上，男女老少，混杂罗列，边看河边的尸体和火焰，边平静地聊天。我戴着口罩尚且觉得快要喘不过气来，不时感到想要呕吐，他们却神色悠然自得。这种对比越发让我觉得，这是他们拥有的生活，而我是一个格格不入的局外人或闯入者。

小莫和我离开河边的这些人群，走到一个院落里的小神庙中去。那里面也有一些人，但都是苦行僧，当地人用英语描述为"Holy Man"，从字面上看是"圣人"。我想这大概就是一些翻译过来的印度文学作品中所称的"仙人"。他们穿着尼泊尔苦行僧中多见的红黄相间的衣服，额间点着朱砂，或躺或坐，大半都是光着上身，有的只在腰间简约地围了一块布，露出精瘦的腿和圆鼓鼓的肚子。

151

在这里的小神庙中，除了几座造型有所变化、大小不同的林伽约尼雕塑，还有一座红色的哈奴曼雕像。这个著名的大颌神猴，出现在湿婆的神庙里，看起来很有意思。也许把它放在这里是为了和这一片地方活跃的猴群相呼应吧。作为湿婆的儿子，甘内侍的神像频繁出现就显得非常自然了。不过它并非总是显露出象头神的完整形态。如同看见林伽或公牛就知道这意味着湿婆一样，甘内侍的坐骑——老鼠——也能象征象头神本人的存在。所以湿婆庙或湿婆神像周边，有时候看不见象头神，却有一只、两只或四只老鼠，这同样暗示他这位著名的儿子在场。

但是对我来说，在这里最大的收获还是发现了另一座刻画着印度《欲经》内容的小庙。这间小庙比加都皇家广场的爱神庙小很多，充其量不过是后者的十分之一；但是它们之间最大的差异在于：一方面这些小雕像全都是彩色的，这也许是设计上本身的差别，也许表明爱神庙那些同样内容的小雕塑是掉了色；另一方面，这些雕塑虽然数量更少，只有 20 个，而爱神庙有 24 个雕塑，但是这里的内容变化更多一些，不光是男女交媾，还有衣冠楚楚演奏乐器、一起劳动等主题。有一个雕塑更是直接暗示了某种对比：一个赤身且肉体丰盈的人，与一个白骨森森的骷髅紧密依偎。

如果说皇家广场的爱神庙出现《欲经》局部可以获得种种解释的话，在这个著名的、以庄严著称的兽主寺建筑群中却又隐藏着这么一座带着相似雕塑的小庙，乍看起来就显得有些矛盾——毕竟这里是在圣河边上、举行庄严的焚尸仪式的地方。但是，湿婆作为印度教三大主神之一，不光拥有多重化身和多重身份，还有多重职能，其中最重要的两种是毁灭和再生（生殖）。

从这个角度考虑起来，烧尸台边出现交合雕塑反倒显得更为合情合理。湿婆的两大重要神格通过河边的骨灰和庙上的性爱雕塑得到具体的展现，并且奇妙而对称地结合在一起，反映了硬币的两面。只有同时体现了这两方面重要内容的寺庙，才算得上是完整的湿婆庙。而尼泊尔全境，除了在这河边的兽主寺，再没有一座祭献湿婆的神庙同时将生与死展示得如此鲜明具体。或许这是兽主寺成为尼泊尔最重要的湿婆庙并跻身整个南亚次大陆几大湿婆神庙之列的重要原因。

然而头脑的理解并不能排除肉身的排斥。在兽主寺待了很长一段时间之后，我虽然很渴，但一直恶心得无法张嘴。直到走出这个地方好远，坐上去宝塔（Boudha）寺庙群的小巴走了一大段路、完全闻不到那股浓烈的烧尸气味时，才能喝得下水去。

那时候又在下雨，小莫和我撑着伞，照样在刚才一样的闷罐小车里憋了半小时和付了 10 卢比车费，来到了宝塔寺庙群所在地。这地方的中心景点就是一座宏大的佛塔，四周散布着接近 40 座寺庙。有趣的是，这个带有一双奇妙的眼睛的佛塔（被认为是佛陀的双眼），以尼泊尔字体的数字"1"作为鼻子，表示"万物归一"，形成了一个容易引发种种联想的、神秘的人脸模样。

在通常被从视觉上作为尼泊尔这个国家的社会文化象征的四种元素中，除了该国北部的雪山和印度教的苦行僧，就是佛教的这个塔和佛教的活女神酷玛丽——考虑到尼泊尔曾是唯一把印度教当作国教的国家，这个事实非常值得注意；也许它暗示着尼泊尔印度教的影响并没有人们所认为或想象的那么强大，毕竟它只在文化象征中占据四分之一而佛教占据了二分之一。

鉴于雨越来越大而且时间不早，我们在这一区域只是随便看了看，绕塔走了两圈，没有就单个的寺庙深究细看。

从宝塔寺庙群回来的过程，简直是一场艰苦考验。首先是雨中几乎没什么车，等了很久，好不容易来了一辆 minibus，让我们挤上去，那时候车的负载容量一定达到了极限——加上挂在车门上的 4 个，总共有 23 个人。这

样颠簸着走了一大段路之后，这辆车又坏了，我们不得不换车。新等到的车同样是挤得无法形容，而且由于尼泊尔燃油紧张，它用的燃料是液化气，加上车厢内的各色人等一起发出的各种气味，让人几乎不能呼吸。不过我们居然也坚持到了最后，成功地回到了罗德拉公园车站，在一群急着冲上车的人的包围中挤出一条路，重新回到可以舒展开身体站立的地面上。

吃晚饭的时候，我们再次讨论起中午看到的新闻。当时我在《喜马拉雅时报》头版发现了一条关于某个24岁的中国小伙子疑似在博卡拉的翡娥湖溺水身亡的消息，文中写的名字是Hube，并说他入住当地旅店日期是6月26日。

虽然有名字和日期的差别，我总疑心这个说的就是我们共同认识的朋友小胡，胡庆波（他的名字拼音应该是Hu Qing-bo）。中午说起来的时候，小莫认为我想太多。经过下午这一番游历，目睹兽主寺边关于生死轮回的种种，我越来越觉得那消息中的苦主就是小胡。我们决定回住处就要与各方面确认消息。

这天夜里，虽然我们刚刚度过了一个让人筋疲力尽的白天，我和小莫都没有睡好。我一合眼就想起小胡的样子。他的音容笑貌仿佛就在眼前。我感到自己住的房间阴气很重，似乎他在黑暗中的某处看着我们。我想这是因为小胡给我留下的印象太深了，和小莫一样深。他们都是我在加都的这个凤凰宾馆才认识的朋友，但这一段时间的相处会留下难忘的记忆。

晚上我打了几个电话，小胡死亡的消息可以说是确凿无疑的了。虽然报社方面由于写新闻的记者职业素养欠缺而含糊其辞，我们三人当时一起住过的旅馆却证实了这条消息的主角就是小胡。小莫和我劝他一起离开博卡拉未果，先行漂流然后回到加都，他就继续留在我们当时一起分享的房间里。

中国驻尼泊尔大使馆的人也在电话中说，写着"胡庆波"名字的护照和一些衣服、少量现金在翡娥湖上的一条船中发现，却没有人的踪迹。尽管使馆暂时还不肯宣布死亡，只定性为失踪，但小胡出事是在 7 月 17 日，至今没有音讯，他几乎不可能再生还。我们在外面折腾到傍晚才回来，本来已经疲倦之极，至此又添了一重突如其来的悲感。

DAY 16

在加都申请印度签证
7月21日 星期一 加都

虽然彬子离开尼泊尔之前,曾经打开地图对我反复描述从凤凰宾馆如何走到印度驻尼泊尔大使馆,并且说走路只需要10分钟,这一路线还是无法在我头脑中形成清晰的概念。泰米尔区的街道有时候让人感觉像迷宫一样,整个加德满都的道路大概也差不多,今天早上,就算前台那个尼泊尔男人也不能成功地向我说清楚,只好建议说100卢比打车过去得了。

到了宾馆门口,正巧有个在这里上班的小姑娘从三轮车上下来,我要她帮我说了说价格,拉车的小伙子同意50卢比去印度使馆。这一路上果然拐弯很多,印象中大概是在第一个路口向左拐、然后向右、再向左、再向右,来到一条看起来像是大马路的地方,往前走一段,碰到左右两条岔路,从左边过去,又走个500米左右,经过英国大使馆,很快就到印度使馆门口了。

从一扇小门进去,先在入口处接受安全检查,通过之后,获得一个号牌,这就是排队的依据。然后根据发牌子的人指的方向,去一个小厅里等着开门和受理。当然也可以不去站在窗口前排队,坐到一旁的椅子上聊天,只是偶尔去查看一下正在受理的号牌离自己还有多少就可以了。这个过程和在中国的银行办理业务的排号方式差不多,区别是这些印度人不会叫号,人们必须自己关注。

根据规定,每天上午,印度使馆8点半开门接受排号,9点半开始受理业务,12点关门;下午的时间不大清楚了。今天我本来说是早点儿出发,可吃过早饭之后,稍微坐了一会儿,到这里领到的号牌就是 171 号了,需要等较长的时间。

这个厅里有三个窗口,从左至右分别是业务窗口,缴费窗口和只针对印度本国居民的登记窗口。根据我在这个厅里查看到的明确写在墙上的信息来看,在加都申请印度签证需要申请人前往印度使馆三次,正常情况下集中在两天:

第一天,三个步骤: 1. 获取并用黑色水笔填写白色的电传表(Telex Form),一般这个表在厅里的桌子上有现成的,有时候没有了,就得去业务窗口要; 2. 在业务窗口提交电传表,签证官收表的同时,会给一张白色的签证申请表(Visa Application Form)和一张注明 300 尼泊尔卢比的绿色缴费单,这是印度使馆将电传表传回申请人所在国使馆核查他的情况的费用,这张绿色缴费单的左下角同时注明了再次到印度使馆来并提交签证申请表的日期; 3. 去缴费窗口给钱,并且注意保留好底单,因为可能申请签证时需要出示它,该单据上同样保留着下次到印度使馆的日期。

第二天(不是随后的一天,而是绿色缴费单上注明的日子,通常与提交电传表的日期相距 3 天)上午,带着填好的签证申请表、本人护照、一张与护照上的照片尺寸大致相当的照片、一张写有本人姓名的离开印度的机票(或电子机票;这是为了证明你一定会离开印度,而不会长期赖在这个国家),和 3050 尼泊尔卢比的签证费(这是签证有效期 6 个月以内的费用,如果申请的时期更长,费用会增加),再次到印度使馆排号,然后在业务窗口提交上述材料。同一天下午,第三次到印度使馆,领取签证结果,无非是通过或拒签。

我到这个厅里的时间确实不早,那时候电传表已经没有了。有个欧洲人向我借一支黑色水笔填表,说他只带了蓝色的油笔。他告诉我,过几分钟就

会有人拿新的电传表来。但是过了好一阵都没人出现，我去业务窗口问了两次，里面的印度人都简单地说：待在厅里等着。他的态度一次比一次不耐烦。一直等到他们开始受理业务的时候，还没有人出来提供电传表，我只好从地上拣起来一张被人用油笔写废了的电传表，用黑色水笔描了一些地方，胡乱填了，倒也没出什么障碍。但是后来我看见两个分别是欧美和非洲一带的人，先后去业务窗口要电传表，里面爽快地递了出来。两相对比，我相信这里面的几个印度人对中国人确实是另眼相看的，使馆职员这种做派，简直小家子气到令人同情。

交电传表的时候，我写的申请签证时间是6个月，收表的家伙说只能是两个月。我说那你给我改了。他就改成两个月，给了我一张签证申请表和缴费单。然后到缴费窗口，这里的印度小伙子只要现成的300尼泊尔卢比而不肯费心给人找钱，无论给的是1000面额的钞票还是500面额的，他都不收。一个委内瑞拉小胖姑娘因为没有零钱，在缴费窗口等了很久。不过后来有一名大概是欧洲人去缴费给了张大面额钞票，那小伙子又什么都不说地找了钱。我认为这在很大程度上反映了印度人的懒惰、懈怠、不负责任和看人下菜碟。使领馆是一个国家的窗口，我从印度设立在尼泊尔的这个窗口里看见了比较负面的内容。

在等着交电传表期间，我发现了几个中国人，过去和他们聊了一会儿，他们一共6个人，分为3拨。第一拨3个人，大概都在30岁左右，女的，都从广州来。我们交换了各自去印度的线路和时间，其中那个穿黑色无袖T恤的姑娘说可惜我往西去，不能和她们同路。一问在加都的住处，都是在凤凰宾馆，她们昨天才到，也许看见我和别人说话了，当时我没有注意到她们。后来缴费的时候，我和她们换了1000卢比的零钱。

第二拨是两名中国商人。他们在填表上存在一些疑问，大家一起帮他们填完了。他们住上海饭店，也在泰米尔区，我离开的时候，正好和他们一起打车回去；他们顺带也到凤凰宾馆看了看，几分钟就走了。

第三拨是一个中国男人，30岁左右，小络腮胡子，国字脸，浓眉大眼，说话语速很慢，嘴上正在发黄色的火毒疮，穿一件米色衬衣。这个人姓高，是一位老师，他排号在我后面，大概是176厘米。他的零钱也不够，从我这里借了点儿。彼此一说，也都是住凤凰的。后来他还要去打听各航空公司的机票价格和退票费，就没有和我一起回去。

之所以要关心机票尤其是退票价格，这和印度使馆要求申请签证当日必须出示离开印度的机票有关。据说对所有国家的人他都要求这一项。不管那机票上写的是从德里飞加德满都还是从孟买飞纽约，总之必须要证明会在短期内离开他们伟大的国家，而不是赖在当地滞留不走。

根据去过的人，如小莫等人的描述和我看到的信息，我不认为印度除了过去时代遗留的遗产所蕴含的价值之外，还有多少能吸引游客长期扎根停留的东西，除非是对当地文化、宗教、艺术非常热爱的人。

也正因为这样，除了确实想从印度飞往其他地方的人之外，我们这些打算从陆路离境的人，只好先预订机票，签证时出示给印度人看，然后去退票。这就是去印度的人们更关注退票费而不是机票价格的原因。

包括凤凰宾馆在内的各个旅馆、旅社其实都可以代办机票，在本人手中财务周转不开的时候，这是一个不错的办法，可以只付出退票费就完成这一切。但是这些机构也会收取佣金。就拿凤凰宾馆来说，收的费用是17美金的样子。

中午我和小莫一起随便吃了点儿东西，坐在大堂里闲聊，小高老师回来了。他告诉我，经过对多家航空公司的询问和比较，目前在加都退票费收得

最便宜的是印度航空公司，需要 12 美元。其他一些航空公司从 30 来美元到 10 多美元不等。

此时我忽然想起 7 月 7 日左右在大堂里碰到的小莫那一名去印度且做了很多功课的室友，当时大家说起去印度的话题，并且讨论是否本人自己去办机票会花钱更少，毕竟对以穷游方式旅行的人来说，能合理避免的费用就要省去。这个人笃定地说，他问过很多地方，退票费几乎都是 30 美金，没有比凤凰的 17 美金更便宜的。此时小高老师随便去航空公司问了问，就得到了几个价格都比这里低。他问到的最低价格是 12 美金。

我和小高老师约好明天上午一起去订机票，就上楼休息了。昨天晚上因为小胡的事，小莫和我都没睡好，今天他几乎没什么事，待在宾馆里等使馆打电话来叫我们一起去博卡拉。我因为去印度使馆没有能够赖床，下午从本地时间两点多睡到大概六点多。

那之后我找小莫一起吃饭，他却始终不在。正好小高老师下楼，我们说了几句闲话，就去吃饭。路上他告诉我，2006 年他来过尼泊尔，待了大概一周，去过的地方大概有加都、博卡拉和帕坦。他对泰米尔的一些餐馆比较熟悉，所以我就充满期待地和他去寻找他记忆中的地方。

他找到的这个地方果然还可以，让我惊讶的是，这是我第一次发现尼泊尔餐馆还卖我喜欢吃的粥，写在它的菜单上叫 Porridge（更多时候指麦片粥）。这几天我每天都起来吃早饭，天天喝大量的粥，加上对该餐馆的粥缺乏体验，所以就没有要，结果发现小高老师喝到的粥更接近一碗大米糊糊，此时不免自赞颇有先见之明。

吃饭的时候，小高老师告诉我，他上大学的专业是地理，现在某地当小学老师，教的内容是科学。我说你真滋润啊你比语文数学老师悠闲多了。他

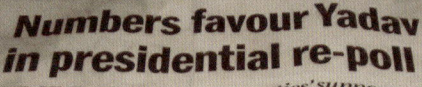

说哪里,他们只负责一个班,我负责6个班,工作量是一样的。我相信地理专业在很大程度上影响了小高老师。他对地图很有研究,非常会看地图,而且,根据他的说法,每到一个地方他就收集当地的地图。他早上是看着地图,自己一个人走到印度使馆去的,而我一来一回经过该路线两次,都不记得路。

　　小高老师说,从2002年起,他就利用假期到处走,截至2005年,国内他喜欢去的地方差不多都有涉足,于是从2006年开始他的腿伸向境外。他到的第一个国家是尼泊尔,印象很不错。2007年,他先到了云南,从当地过境到了老挝,又去了越南,在东南亚玩了两个星期。今年他是专门要去印度。小高老师表示,他每次到国外旅游花的钱都不太多,比如去年在东南亚,两个国家只花了大概不到1500元人民币。他旅行的目的更多是看风土人情,很少在娱乐或其他项目上有支出。他有每天记账来控制成本的习惯。

　　由于我们签证日期相同,小高老师和我核对了一下行程,我们都想从加都坐车去蓝毗尼,从那里南下进入印度,然后通过巴基斯坦,取道新疆,最后各自回家。但是他很可能在印度待的时间比我长，会有几天去南印度。我的行程基本上就是从北印度一路横穿次大陆，直奔巴基斯坦。我们的交集大概会是在加都至瓦纳那西这一段路上，从那里将分别往西和往南。当然，这不排除我还可能因为有事在巴基斯坦耽误，正好等到他一起去新疆。

　　我和小高老师一起吃完饭，回到住处。小莫说，他之前饿得不行，就先和一个小伙子出去了。那个人是香港某大学的二年级学生，电影专业。根据小莫的说法，此次他是带着作业来的，大概要拍一点儿关于宗教主题的纪录片之类。

本地风味的观影记
7月22日 星期二 加都
DAY 17

小莫本来按照计划应该是22号左右离开加都去樟木，从那里开始骑车前往拉萨，由于小胡的不幸事件，在这里待下来了。我们都在等待使馆的消息，希望和他们一起去博卡拉。

上午小高来叫我去订机票，我们两人顺着泰米尔区的街道，慢慢往新皇宫方向走。根据他的说法，在加都设点儿的航空公司几乎都集中在那边的一条街上。我们一路走过去，讨论他询问过的航空公司及其价格。鉴于名单里没有尼泊尔航空公司，我认为还可能存在更低的情况。于是我们在路边问了几个人，最后确定尼泊尔航空公司在新马路（New Road），离我们住的地方走路不过20分钟，但此时过去就像绕大弯。

今天仍然是个阴天，偶尔下几点雨，一会儿又忽然雨停，看起来很神经质。在半路上我买了一份《喜马拉雅时报》，边走边翻，在第12版发现一个广告。

根据该广告，8月1日起，尼泊尔航空公司从德里飞加都的航线，可以买到单程4000尼泊尔卢比（约合人民币400元、美金60左右）、双飞7600尼泊尔卢比（约合人民币760元、美金115元左右）的机票。我们都认为这是个不错的价格，鉴于机票价格如此低廉，估计退票费大概也会比较低。

尼航售票点就在甘迪路继续往南与新马路东段的交汇处南侧，靠近一个十字路口，路北是一所比较大的医院，往西不超过500米就是作为世界文化遗址的加都皇家广场的东侧入口。只要在加都待过两天的人，都会发现这地方很好找。这是一座小楼，上面很大的招牌写着尼航的名字，售票点就在一楼大厅。但是柜台不多，大概同时可以接待四名顾客的样子，售票员主要是尼泊尔大妈，也有个别男人。

有一名尼泊尔大妈朝我们招手，我们走过去，询问从德里飞加都的价格，她张口就要印度签证。我们说印度使馆必须见到机票才给签证，她微笑一下，就不提这事了。在电脑里看了片刻，又在一个计算器上加减了几下，她告诉我们，单程票价将会是189美元一张。小高和我互相看了看，发现和今天的报纸广告差异太大，就提出异议，并且出示了该广告。大妈一看，愣了片刻，随即微笑说："我会找人询问此事。"

随后她带着我们进了里面的办公室，先后当面问了两个人。这俩一个是40多岁的中年男人，穿白衬衣打领带，另一个戴着黑色的小帽子和黑色宽边眼镜。他们看了看广告，又打量一下我们，给出的解释都是一样的："这只是面向本地人的优惠价格，只有印度人和尼泊尔人可以买这样的票，外国人不可以。"我纳闷道："这是你们国家最大的英文报纸，显然大量的外国人会看见这个广告，如果只面向本国居民，似乎尼泊尔文报纸更具有针对性并达到最大可能排除外国人的目的；此外，广告内容中并没有说明只面向本地人。"他们的说法也差不多："抱歉，这也许是一个失误，但外国人确实不能买到这个价格的机票。"

当然我们询问这个机票的价格也纯粹是出于一种好奇，核对一下广告罢了，该机票对我们来说只是应付印度使馆的幌子，我们其实更关心的不是票面价格，而是退票费。所以这些人的解释尽管存在漏洞，我们也不追究了，就跟着一脸胜利表情的尼泊尔大妈出来。

她微笑着说:"需要现在订票吗?"我问了一下退票费的情况:"如果,人们不幸碰到需要取消这张预订的机票的情况,退票费将会是多少?"她有些不快,问:"你是说你们会退票?"我说:"只是如果。"她想也不想就说:"10美元。"随即又朝现金付款柜台的一个男人指点了一下,说:"他更清楚这方面的事务,你们最好咨询一下他。"这个男人在收到我们的问题并翻开很厚的一个大夹子查找一番之后,给出了他知道的准确答案:"8美元。"于是小高和我决定订票。

此时出的当然都是电子机票,尼泊尔大妈一边和我们聊天,一边填写各项信息,突然停下来,严厉地对我说:"不准对我说英语和尼泊尔语之外的其他语言。"这是我第一次遇到一名尼泊尔人如此强烈和明确地表达对印地语的憎恶。此前我碰到的尼泊尔人虽然很少会主动说印地语,但一般不会拒绝回答别人用印地语说的话。我安慰她说:"您知道,这只是美丽的乌尔都语,虽然印地语很容易和它鱼目混珠。"她笑了,然后告诉我她的名字:罗姝(Roshu)。

小高和我每人付出189美元之后,拿到了罗大妈打印出来并在上面盖了一个小小的蓝色三角形章的尼航机票,此时外面又有点儿下雨的意思。小高靠在墙上检查我们俩的机票细节,免得出现错误,我站在门口。一个看起来很胖、脸很红、至少有60岁的家伙,大概是欧美哪个国家的人,朝我走过来,眨眼说了一句汉语:你好你好。

我心不在焉地看了一眼这个浑身黄毛的陌生老胖子,假装没听见。他干脆面对面站到我跟前,夸张地笑着说:"你好吗?"我说:"好得不能再好了。"他说:"噢!那是一个不错的消息。"我回答显然。他说:"你知道,我是35年前在加拿大读大学时学的中文,我是当地人,但是那之后几乎没有机会用。"我说:"你记性不错,去过中国吗?"他得意地说:"商(上)年,我去了蹭赌(成都),还有褚裢(大连)……"我逗他说:"也许商朝的中国人会说 last year 是商年，现在的中国人说'去年'。"他狂笑一声，和我握了握手，闪了。

那之后小高带着我去找一个就在附近的电影院。我因为一直读当地报纸，经常发现电影广告，很想看一看他们的电影；小高则是有前科，2006 年来这里的时候就摸到某间电影院看了一场 3 小时的电影，票价 43 卢比。昨天晚上吃饭的时候我们就商量好了，订完机票，就近去他还有印象的那家电影院看看。

他带着我在距离尼航大概 5 分钟的一条小巷子里走来走去，不确定的地方问了一下路，很快就找到了那个地方。这是一个陈旧的三层小楼，一楼看样子有个大厅，但是有一道铁栅栏关着，台阶上还坐着人，歌声和打斗声

售票口·海报

震耳欲聋。不是到过这里的外国人，很难在路过的时候发现这地方居然还是电影院。它看起来更像是那种小县城里20世纪80年代中期才出现过的录像厅。小高说，这地方大概是个国营的电影院，所以看起来破点儿。他这次来，在某条街上还碰到过看起来非常有现代感的电影院。

我们走到售票窗口，看见那里贴的都是当日电影的大海报。这个电影从名字和海报内容，看起来都并无新鲜之处；语言据说主要是印地语，也有部分尼泊尔语，所以卖票的总结说是个混合语电影。小高说他上次看的电影也这样，虽然一个字也听不懂，看画面也还是能看明白。电影放映时间有两个半小时，票价有两种：楼上50卢比，折合人民币不到5元；楼下40卢比。此时已经11点半光景，最近的一场是12点15分，再去吃午饭已经来不及了，尼泊尔的饭馆经常可以让人等一个小时左右才能端出饭菜。我们买了票，随即到附近的街上寻找面包之类，打算带到电影院里吃。

等我们买完某个面包店昂贵的面包，赶到电影院，才12点08分，电影已经开始了。原先关着的铁栅栏大大敞开，有个人在那里收票。我们出示了轻薄柔软、看起来像黄裱纸的电影票，他胡乱撕去半截，就放人。随即有个12岁左右的小孩子过来，一把抓住我的手，一声不吭，抬腿就往幽暗的楼上走。小高紧随在后面。

那名小领座员带着我走到2楼，这里光线非常不好，开着几个黑洞洞的门，他领着我进去，里面就是放映厅。老式的屏幕上有几个人在大声争吵。他扶着我的胳膊，沉默地在什么也看不见的地方走了一小段路，安顿我坐下，然后鞠了一躬，走了。那时小高也在我身边坐下。我要等到看了电影5分钟之后，眼睛熟悉了黑暗，才能发现这地方原来距离散发着微弱亮光的出口很近，但是乍一走进来真是会让人找不着北。楼下的情况我们这里看不到，楼上似乎除了小高和我也没几个人。

虽然电影已经开场一小段时间，边吃东西边看了几分钟，也就明白了，然后就是一个失去了开头也能轻易猜到结尾的漫长的故事。人们甚至可以从海报上人物头像的大小，结合画像在海报上位置的高低，分辨出男女主角、男女二号、重要的反面人物，以及其他配角。

人们将会在这个电影里发现至少 6 段歌舞，分别是两对俊男靓女彼此表白或思念时的情绪倾泻。考虑到大多数印度电影只有一对帅哥美女就要出现 6 段歌舞，这个尼泊尔电影里面的 6 段或稍多一点歌舞就很让人接受了，毕竟我们看见了两对青春美貌的璧人。

这是一个冗长老套的尼泊尔电影，制作较为粗糙，对我们这些外国人来说，通过在电影院里观看这个电影，也就是了解一点当地的电影现状和消遣一下。我记得从前看过的尼泊尔电影大概只有一部，叫做《朱砂情》，国内是有译制片的，全都是中文对白。看的时间很早，又没什么特别之处，具体说的什么全都不记得了，仿佛一出不太感人的悲剧。从某种角度说，尼泊尔的电影作品基本是印度电影的区域性变体，似乎没能超出印度电影的范畴。

在放映过程中，由于影片较长，我跑出去找厕所，刚出去里面就宣布说中场休息，很巧。但是这个电影院的厕所对不认识尼泊尔文或不熟悉该处情况的外国人来说不太好找。因为没想到在出口和入口旁边就设有厕所,我也没细看,一直到了一楼,才在某个偏僻黑暗的角落发现。女厕上挂着一张波涛汹涌的艳女图,男厕没有任何标记,由于两者位置对称,通过排除法可以确定男厕是哪一个。

中场休息时间比我想象的要长,我在影院一楼的小卖部买了一支烟。整盒的人家不卖,超市里 60 卢比的金色"太阳牌",一共 20 支,小卖部老太太卖 4 卢比一支,我被要了 5 卢比。抽完这支价格不菲但味道普通的烟,回去之后,电影还没开始。就在 2 楼又四处搜索研究了一下,才发现一个紧贴着入口的臭得可疑的地方就是被我忽略的厕所,而且墙上分明有很清晰的红色大字指示方向,我却没有注意。

这个电影看完,大概是接近三点光景。我和小高沿着新马路,打算穿过皇家广场走捷径回泰米尔区,结果都被拦住要求买票。我出示了"游客通票"(Visitor Pass),就没什么事了。小高不被允许通过。这时候我才发现他比较彪悍的地方。原来他这都是第二次来尼泊尔了,至今没买过一次门票且没被人拦住过,此前他轻描淡写地到皇家广场来往穿梭过好几次了。这真是很神奇的经历,大概他天生就长了一张"我最爱买票了不买我浑身上下就不自在"式的面孔,所以很难碰到有人查票。

回去路上,我们发现有个小贩卖芭蕉,4 卢比一个的样子。小高和我都买了一些,拎着继续走。又看见一个地方挂着裁缝标志,就去看了看。里面有男裁缝和女裁缝,分别做男女服装,我只找女裁缝。小高看我的眼神像在看易装癖。我只好实事求是地解释说是帮女人们问的,免得他由惊讶发展到惊恐。那个女裁缝说,做一套,包括纱丽、内衣和裤子,报价 200 尼币,在我的要求下,她给了我一张名片。我想这个价格是有探讨余地的。相关信息打算分享给在加都的中国女人们。

由于到住处时还不算太晚,我们就和诸人坐在大堂里聊天。小莫听说我们竟然去看了电影而没有叫他,同时流露出浓重的委屈和轻微的恼怒,并且要求尽快带他去看电影。后来他边吃芭蕉边说味道实在不太好。我认为他说得很客观。

谁要去印度？
7月23日 星期三 加都　　DAY 18

上午睡觉睡到天昏地暗，睁眼的时候都快中午了，我真是懒得人神共愤啊。小莫比我更晚起床，鉴于他大病初愈，我理解了他表现出来的这种超过我的懒惰。

这个时间，吃早饭太晚，吃午饭又嫌太早，只能忍饥挨饿，胡乱应付过去。我带着电脑和水杯去大堂上网和闲坐，一边看新闻，一边听周围的人聊天，偶尔也和人说几句话。

一些人在大堂里到处问："谁要去印度？谁要去印度？"

实际上几天来这种情况都没有变化。几乎天天有人用这种方式来找旅伴。昨天晚上就有一名帅哥这样找到我和小高订约，他是先在巴基斯坦使馆那边申请，正在等签证，希望我们等他几天。我们说看情况。但是今天四处打听的人里面，有一名 60 岁左右的老年男人，听口音类似于两湖一带的人。老板娘正好在边上，指着我说："他就要去了吧，你还不赶紧问问。"这位长沙来的刘师傅就在我身边坐下来，我们一起聊了一阵。

刘师傅退休之前是长沙某工厂的一名工程师，从小喜欢旅游，但一直苦于没多少时间。前两年，他所在机构出台一些政策，他就提前退休了，大概至今还不满 60 的样子。于是他获得了大量的时间，每年都要四处走动。这之前，他去过了中国的很多省市。

刘师傅说，他这次来到尼泊尔，也是出于机缘巧合。本来一开始的想法是只走到西藏，但是在羊八井、拉萨、林芝等几处地方看过之后，他觉得心中有所不足；加上一路上人烟稀少，未免少了热闹，正好又有人忽悠说干脆到尼泊尔吧，他就这么过来了。他入境的时间大概是在7月16号的样子，说是那时候中尼公路已经出现状况，他刚过就断了，也许是因为泥石流。他来的时间还有另一点比较巧的地方，他入境之后第二天，尼泊尔开始对中国入境游客收签证费，而之前是不收的。

刘师傅到尼泊尔这几天，行动非常迅速。根据他的介绍，我认为他在一定程度上是在四处赶路。短短几天里，他已经去过了奇特旺、博卡拉等地方，并且刚刚从蓝毗尼回来。我一想起这种快节奏的奔波，就觉得不寒而栗。但是他看起来精神抖擞，不太显出疲累的样子，这是非常让我佩服的一点。相比之下，我不禁自惭太过娇气和多少有些懈怠。

我好奇地问他："那您怎么又想到去印度的呢？"他说之前他安排的出游时间比较长，但到目前才过了一半的样子，正好又是在这里，印度也没去过，如果有人去印度，那就一起去好啦。他最大的担心是语言问题，说很多年没用过英语了，希望能有人负责沟通。我说那很好呀。刘师傅说："我这个人很负责的，最起码看个包什么的问题不大。"他显得诚恳而急切，我觉得他是一个很好的人。如果我到了他这个年纪，恐怕已经不愿意到处跑了。

刘师傅面临的问题是他还没有去过印度使馆做申请。我们说了一会儿话，也计算了一下时间，我给他的建议是先去印度使馆交申请表，因为护照是在最后一天才要；这中间他就可以先和我们一起去巴基斯坦使馆申请签证，完了取出护照，又能接上印度使馆的要求，这样大家的时间就比较一致了。正好我有一张多余的印度使馆电传表，是让昨天去那里的人带回来留底的，我就直接给了他，和他一起逐项填写。

刘师傅为人比较谨慎，他对每一项要填的内容都问得很详细，尤其是对签证表上要求写父名表示质疑。我解释说，这是表格的要求，我们要想办法给它写上去，至于印度人为什么喜欢问这个方面，那也许是因为他们还处在比较极端的男权社会和保留着家长制习惯。经过大概15分钟的努力——其中至少有13分钟用于解释他的各种疑问——我们一起填完了这张表格。如果要追求速度的话，其实可以要过他的护照，一分钟就全部写完了，父名可以随便捏一个；但这样不太好，尤其是彼此不熟悉，也不方便直接看他的护照信息。

实际上因为要等朋友来加都碰头，然后一起继续后面的旅行，我已经不得不放弃和小高一道去印度的计划了。之前本来毫无问题，可是这位在国内的朋友签证被延误了几天，我的计划也跟着调整。但是我已经对小高有所了解，觉得他挺实在的，做事稳重，又打算一个人南赴印度，赶上刘师傅这件事，就想撮合他们一起去。根据网络上的传闻和这些天碰到的一些从印度回来的人的经历，尤其是小莫的故事，我非常希望小高和刘师傅两人结伴去印度，起码彼此有个照应。不过小高一大早就出去了，我需要碰到他的时候对他说。

小莫是在我饿得忍无可忍并且几次催促之后才起床的。他自称最近居然变得非常懒了。我认为他之前的数月奔波确实把他累坏了，需要一个较长的时间才能休整过来。我们一起去吃饭，出门的时候在大堂碰到那个香港学生，他说一起去。但是刚走出街口不远，迎面碰到一个眼熟的面孔，大家陷入一场聊天，他就从另一条路先走了。

这次我们碰到的是在博卡拉遇见的印籍藏族人车旺。老远他就热情地招呼，我一时没反应过来，经小莫提醒才想起来。真是糊涂啊，大概我最近睡太多了，不大能记住人。车旺和我们热烈地拥抱、握手，说他从博卡拉到加都也有几天了，一直和朋友一起玩。我说好呀，干脆一起去吃饭，然后喝咖啡。他说好。接着他问起小胡怎么不在,他还记得小胡的名字。我们就把目前所知的关于小胡的信息都告诉了他,实际上我和小莫一提起小胡,都有点儿伤感。车旺表现出非常惊讶和遗憾的样子,努力安慰我们说,他也感到非常遗憾,那么好的一个家伙,在这个话题上,他引用了他信仰的宗教来进行某种解释,最后的结论是我们每个人迟早都要进入轮回,只是小胡的轮回来得更早了一些。他说他可能会去西藏看看,毕竟从小到大没去过这个地方;在我看来,如果他真的成行,或许会具有某种"寻根"的意义。

聊了一阵子,车旺向我要点儿钱,说是要去吃饭。他解释说他的钱花完了。我请他一起去吃饭,他说他的朋友还在等他,并且说,只要给他50卢比就好,反正我之前说过要请他喝咖啡,就当是给他喝咖啡的钱吧。我于是给了他50卢比,他双手合十道谢,热情地向我们点头再见。然后我和小莫去那家有冻吧又提供泡菜的地方吃饭。

这地方基本上成了我们比较偏好的一个用餐场所,随着次数增加,和里

面的人都熟了。那个胖胖的老板娘偶尔还会用汉语和我们说"谢谢"，不是在付账时，而是在吃饭中间。她这是在努力寻找我们之间的共同点。其实她的长相和举止本身就让我们这些中国人容易认同。她几乎就像一名典型的北方大妈，虽然不会说超过两句汉语。她多半已经记住了我的吃饭习惯，每次一来都会直接指向奶茶等着我确认，有时候她还会特意给我们提供这地方少见的筷子。她的餐馆生意似乎还不错，顾客以藏人为主。

整个下午，我都和小莫在路上寻找书店。起因是之前我们聊起一些小说，我建议他一定要买一本英文版的《我的名字叫红》，既可以阅读到一部精彩的小说，又满足他学习英文的需求，一举两得。他惦记上这件事了。这次我们就专门冲着这本书，离开泰米尔街区，到我上次经过的那个教育书店去买。

但是我对那一带的路线不大熟悉，上次虽然走过，后来也有点儿迷糊。我和小莫绕了很多路，沿途看了不少书店，最后才终于摸到地头上。遗憾的是那本书已经没有了，两个人就逛街看那些拖鞋、乐器、画像、雕刻、衣服……之类的东西，一路走回到泰米尔区，那时候天都快黑了。

凤凰最近似乎碰到上人的高峰，回去稍微晚了一点儿，想要的单间又没了，只能继续在顶楼的多人间住着。同屋那个台湾人永远在昏睡，看起来他病得确实很严重。他几乎不怎么说话，偶尔到大堂里待几分钟，接点儿开水，又回房间躺着。我这几天经常半夜才能入睡。这间屋子的角上有比较明显的缝隙，亮光在黑暗中诡异地透进来丝丝缕缕，让我很不自在，睡觉都不安稳，所以我极力想换房间。好几次一闭眼，就觉得小胡在黑暗中盯着我们似的，似乎窗外的月光中就包含了他的目光。白天我和小莫说起这感受，他当时没说什么，晚上辗转反侧半天，坐起来说我说那些话太恐怖，对他产生了影响，他也没法好好睡觉了，也就是勉强躺着。

后来我又一个人到露台边坐着，在花香弥漫的潮湿暗夜里抽烟，听楼下那些新来的人在大堂里带着新鲜感开心、好奇、兴奋地彼此交流新闻、传说或八卦。下面是人类的欢声笑语，楼顶只有虫子在低鸣，热闹与安静被几层楼隔离得非常清晰。底下人声渐息，上面夜深露重，直到犯困的时候才回屋子。

DAY 19 赌场
7月24日 星期四 加都

21号一起去印度使馆的几名中国人今天上午再次碰头,都是分开来的。其中那3名广州女子很有意思。她们比我晚来,又要早去。一直说比较遗憾,不能同路去印度。她们在印度的时间大概一周的样子,主要会在北印度的"金三角"(德里-阿格拉-斋浦尔)一带转悠。为了节省旅途时间,她们买的机票不需要退,先从加都直接飞过去,回程大概是从新德里去广州。

据说她们本来非常想去博卡拉,但是听了我比较直言不讳的游览感受之后,一方面果然看不到雪山,另一方面雨季又不太适合徒步,加上翡娥湖的名不符实且新近有中国人溺水,她们彻底放弃了去那里的想法。我记得之前在大堂里见过她们把提前买来的去博卡拉的车票喊着送人,说是怕了,不敢去了。

在无聊排队等候期间,她们互相展示在加都买到的饰品,诸如手链、项链等等,看起来都挺漂亮的。一名30岁左右的武汉小伙子也和她们讨论首饰。这个小伙子说他到尼泊尔有一段时间了,超出了签证允许的停留期限,恐怕要面临交滞留金的问题。他很多天之前就来印度使馆申请过签证,但只交了电传表,迟迟没有来交验护照,所以将不得不面临一段解释。后来广州女子中比较开朗的一位,陪着他进了办公室,一番唇枪舌剑之后,解决了这个问题。

那两名中国商人出了一点儿小岔子。使馆要求出示从印度离境的机票,他们理解错了,买了入境票,因此被要求去重新办理。好在他们在使馆关门

之前赶了回来，把材料都递了上去。

这次的所谓面签，基本上毫无悬念，签证官只是收集护照和相关表格，如果填写没有问题，只简单看一下照片和人；偶尔发问的对象都是那些填写出错或者前后矛盾的人。

此间印度使馆下午开门较晚，大家中午说好一起过去。我正在大睡午觉，刘师傅跑来打门，一看时间三点半，就收拾起床了。一伙人3点50从凤凰出发，到印度使馆大概就是4点钟光景，来自不同国家的人都在铁门外的冷饮店边上等着。4点半左右，那扇大铁门总算打开，一群人涌进去，等了几分钟，窗口里就开始发签好的护照。

这里规矩是按国家喊人，每个国家的人一堆一堆地签发。大概中国人的名字对里面的印度人来说比较绕口，上午他们和那广州女子不打不相识，这次就叫她帮着传唤。最后大概一共现场发放了9个中国人的护照，通过率应该是100%。

从上午到下午，刘师傅两次都和我们一道去了使馆。一方面是提交他的电传表，另一方面就是跟着看看程序，为下周二他自己的签证做准备。早上和小高说起刘师傅的事情，他不置可否。我在一定程度上能够理解他。从小高的经历来看，他是一个人四处游走惯了的，多半不喜欢随便结伴，之前我们说一起去印度，前提是有几天相处，彼此有所了解；此外，确实很多年纪轻的人不倾向于和老年人一起玩，后者……客观地说，最起码不见得能给旅行增加效率（如果不是成为包袱的话）。好在各种传闻对印度人的渲染对小高多少有些影响，比如拥挤、小偷、骗子之类，两个人总是比一个人有某些方便之处，我因为计划改变不能和他一起动身，所以他也并没有立刻拒绝刘师傅。

　　从印度使馆出来，我们3个人就直接去找巴基斯坦使馆，在这个过程中绕了一些路，阴错阳差找到该使馆的住宅区了。在那里碰到一名使馆的司机，告诉我们在另一个方向，又说下午4点就下班。我们只好改到明天再去。

　　由于小莫曾经和小胡去过几次赌场，这一天他认识的一名穿水红衫子的武汉小姑娘就拉着他去。他也叫我一起去玩。之前的某个晚上，大概22号的样子，我们其实去过安娜赌场看新鲜，所以我有一点犹豫。小莫说，反正闲着也闲着，就再去看看好了。正好当时小高和刘师傅都在旁边，我也就叫上他们。

　　这次去的赌场是皇家赌场，基本上加都的几家大赌场在新皇宫附近，所以方向倒差不多。路上刘师傅碰到他认识的两名中国小姑娘，大概当初一起来尼泊尔的，他也叫上了。我们一行成了7人，看起来颇为壮观。那俩中国姑娘20岁左右，一路上不管人多人少，始终在放声大说大笑，很热闹的样子。大家走在一起，让我们几个人比较尴尬。

　　尼泊尔的赌场，对很多中国人来说并不陌生。它们一般是印度人跑尼泊尔来开的，很少本地人去参赌，主要面向外国游客；也有说法是政府禁止当地居民进去。在我们所住的凤凰宾馆，几乎天天有中国人成群结队去那里玩。有些人是喜欢赌博本身，中国境内可以这样自由豪赌的地方是少的；有些人则是去赌场看热闹，顺带混吃混喝，因为任何一个进去玩的人都可以免费吃赌场提供的自助餐，顺带看看助兴的歌舞解闷。

传说之前曾有专门到尼泊尔悠闲度日的人，也有中国人，也有其他国家的人，非常精明地利用加都赌场的这种规矩，长期在当地生活，除了付一点房费之外，每天就是四处溜达，到中午和晚上就去赌场吃饭。极端情况下，曾经出现过某人只付出 300 人民币店钱在加都生活一个月的例子。我们曾经讨论过这个现象。有人说这样简直丢脸到家了，也有人说这是别人的生活，不偷不抢，合理钻空子而已。既然没有所谓严格的对与错抑或标准答案，这话题就不了了之。

皇家赌场和我之前去的安娜赌场看起来没有太大的区别，结构上都是三个单元：赌博区；餐饮区；表演区。安娜赌场是分为楼上楼下，上面吃饭歌舞，下面经营业务；皇家赌场则把上下的功能区隔变成内外之分。外面是赌博场所，里面是吃饭和看表演的地方。有些长期混赌场的人说，安娜赌场歌舞更好，皇家赌场餐饮更好，诸如此类。在我看起来，这两样大概都差不太多，相当于北京中低档夜总会的样子，减分之处主要在于饭菜不算精细，歌舞表演又略嫌太单一。当然赌场不是夜总会，这样也就足以敷衍过去了。略微让人诧异的是台上那些尼泊尔青年男女的表现，衣着清凉，舞姿热辣，唱的多半是艳歌，那种热情奔放的态度和我在平时生活中碰到的那些安静的年轻人差异较大。也许舞台是让人兴奋的地方吧。

我们在那里坐了一会儿，其实也没太花心思看歌舞，就是吃饭和聊天。我记得最早就和小胡说过，等他回加都来找我玩，我可以陪他赌几把，结果他是回不来了。博卡拉的翡娥湖成了他一生旅行的终点。大家低声说着话，刘师傅认识的那两个姑娘越来越吵，后来武汉小姑娘忍不住，对她们说：小点儿声。但是她的努力看起来似乎收效甚微，人的习惯毕竟是很难轻易改变的。所以我们没待太长时间，就打算回去了。

到外面赌博区的时候，武汉小姑娘建议一起赌几手，小高和刘师傅率先拒绝了。大家出门的时候，忽然发现少了一个人，考虑到我们是住同一家宾馆而且一起出来，对这样一名单身女子应该有所负责，就回头去找她。她正坐在赌桌边看两名中国男人玩轮盘，那两个人对她似乎还比较热情。但是在大家的建议下，她犹豫片刻，还是和我们一起回去了。

后来我和小莫坐在楼上聊天，说起在凤凰宾馆认识的这些人。他说最有趣的是当初和他一起住在三人间的那个自称寝室长的浙江男人。据说此人这次跑尼泊尔来，还颇经历了一番情场纠葛，诸如此类。听起来果然有些意思。

两难处境下的巴基斯坦签证
7月25日 星期五 加都
DAY 20

从泰米尔到巴基斯坦驻尼泊尔使馆的距离,比去印度使馆稍远一些,大方向一致,但是在新皇宫路口就要分岔。小高、刘师傅和我出发的时间比预计的稍微晚了一点儿,就打车过去了。在我们的努力下,车费报价从200卢比砍到了120。

巴基斯坦使馆的大铁门漆成鲜艳的绿色,上面有白色新月,是该国国旗的完整图案,同时老远能看见院内飘着的国旗。

这个使馆占地很少,办公楼不大,顺着箭头很好找。首先找到的是一名30岁左右的女人,她穿淡绿纱丽,栗色头发,看起来很干练。她简单问了一两句,说是签证问题不大,但要周二才可以。考虑到刘师傅周二必须带护照去印度使馆,为了给他后面留出足够的余地,我和她讨价还价了一会儿,希望她可以在周五下午发还给我们,实在不行尝试加急,她想了一下,说可以争取。然后她给了我们每个人一张全是绿字的表格,说是签证申请表,又要求提供护照原件和复印件,以及2寸照片、1寸照片。基本上她要的东西比尼泊尔使馆和印度使馆都要麻烦一些。这时候刘师傅发现他的照片没有1寸的,护照没有复印件。这名绿纱丽女子有点儿不耐烦了,说赶紧把材料弄齐了吧。我们3个人一起行动,就先陪刘师傅出去了。

还好使馆对面的街道上就有现成的复印点和照相馆,虽然比在加都其他地方贵很多,但也方便很多。在这个地方,我们花了半个小时的样子,直到刘师傅的材料准备好。

再回去交材料的时候，使馆暂时不办公了，进入茶歇阶段，我们就在门房等着。几名十七八岁的学生跑过来排队。在等待过程中，我跑到铁门外和站岗的两名士兵聊天。他们都是尼泊尔人，其中一个老家就在博卡拉。他说他入伍一年后，从部队调到这里来的，已经两年了，再过一年，他就会从部队退役。我问他在部队好还是退役工作好，他说希望服役期满以后，拿着军方给的补偿金去开一个小店，那样会生活得更自在一些。他们的枪看起来比较像中国的五四步枪一样老款，我要过来背了一下，可能穿便装背这种步枪类似于民兵，视觉效果比较喜剧，他"嘎嘎"狂笑，又看我的脚。这时候我才注意到自己居然穿的是拖鞋，早上睡眼惺忪，起来就直接出门了。

大概到 11 点半的样子，我们再次进去提交了材料。绿纱丽这次带我们见了签证官。他是一名 40 来岁的中年男人，有浓密的眉毛和胡子，深眼窝、鹰钩鼻，是平凡又精明的巴基斯坦男人模样。他笑得和蔼可亲，但是毫不犹豫地扼杀了当天通过签证的可能性。他说他也需要时间，通常都是 3 天，只能周二发还护照。我所提供的一切（编造的）理由他都耐心地听完了，但是他仍然微笑表示实在无能为力。这个人，真的是油盐不进啊。我只好希望他周二一大早给我们，理由是我们需要当天出发，还能赶得上 11 点的长途车离境，不然我们这次去巴基斯坦逗留的时间就会太短，那是很让人遗憾的事。他乐了，说："好吧，周二 9 点钟你们保证可以取到护照。"

这个结果还算令人满意。尤其是刘师傅。因为这个时间对他来说就算真的衔接上了。我自己还要等朋友来汇合，不跟他们一起走，晚几天毫无影响；可是他如果周二不能尽早取回护照，当天中午之前就无法按时交护照给印度使馆，获得印度签证的时间很可能要推迟；而小高不止一次谈到他想在印度兜一个大圈子，希望越快出发越好，言下之意不会专门等人。

这之后我们到楼下会客室等了一阵子，有个 40 来岁的尼泊尔妇女带着一名年轻女人也在等。我和她聊了会儿天。她说她是医生，要去德里开一个国际会议，准备走的路线是从蓝毗尼入境，然后到最近的火车站（戈拉克堡车站 Gorakpur），经铁路直取德里。我说我们的路线非常一致呀。她说，好呀，到时候一路聊天过去得了。然后交流出发时间，我说的是我所预计的小高他们的大概出发时间，下周五。她一听，就说，连时间都很一致呀。然后彼此交换了电话和姓名，说好打电话约时间一起上路。

尼国女人上去面签，我们接着等。不知道有多长时间，我都睡着了，后来被小高摇醒，才发现几乎是趴在他肩膀上。他说该我们了。我们三人就一起上去，从签证官那里拿好各人的材料，他说这次是大使主持面签。绿纱丽带我们进了旁边的一个房间。

巴基斯坦驻尼泊尔大使，用小高的话说，非常帅。尼泊尔终究是个小国，所以派到这里来的这名大使看起来还有点儿朝气，年纪不太大，不像驻中国大使，一般都是 50 岁左右的该国政治名人。有一个说法是，巴基斯坦历来把驻华大使职位看作锻炼外交人才的重要岗位，基本上每一名在驻华大使任上成功履职的官员，回国后都有很大可能担当大任。当然这是题外话了。

巴基斯坦这名很帅的驻尼泊尔大使眼神犀利，表情温和，脸上始终带着彬彬有礼的微笑。他穿淡黄色衬衫，头发是有点儿 20 世纪 80 年代的大波浪，老派，但不显土气。看完我们三人的材料，他就对每个人轮流发问，问题都是什么"你叫什么名字"呀、"你今年多大"呀、"你住哪儿"呀、"你家几口人"呀之类的基本数据。当然也免不了问去巴国做什么、待多久等等。这之后，他抛出了那个关键性的问题：请出示中国驻尼泊尔大使馆开的介绍信。

他一问完，我立刻开始编："您知道今年是奥运年，鉴于中尼边界事务繁杂，中国驻尼使馆实在忙不过来；他们因此建议说，考虑到中巴两国深厚的友谊，两国人民跟亲兄弟一样，这次就不必专门开介绍信了，否则反倒显得见外；他们并且相信，贵国使馆会很认同这种看法。"

大概是歪打正着，那大使听了这话，当即龙颜大悦，再也不提介绍信的事。他笑着看了我们一眼，接过"中巴友谊"这个话题，狠狠地发挥了一通，最后爽快地说："OK，欢迎你们来巴基斯坦，我相信你们会有一段愉快的经历。"我又试图和他在时间上砍砍价，毕竟能早给一天是一天，他笑嘻嘻地说："这可不行啦，周二一早来拿吧。"看样子，他们之前已经统一过口径了，此时板上钉钉，这些人都成了铁嘴钢牙，打死不会再松口。

我们的这个签证过程，从上午9点持续到下午1点半的样子，出来已经很热了。一开始都说散步回去，紧张了半天，这样也是放松。但是太阳实在太猛烈，半路上终究是坐车了。刘师傅执意请我们去隔条街的泰山宾馆吃中餐，他听说那里的饭菜比凤凰做得好。不过根据我们的实际体会来看，传言往往是靠不住的。

午饭后，他们两人估计又安排了什么活动——这些精力旺盛斗志昂扬的人，总是让我佩服。而我无法抗拒睡神的召唤。我发现在这里的任何时候，我都可能有睡觉的欲望。这几年很少午睡，可是这段时间在尼泊尔，基本上一有机会就要午睡了。

猴庙里的大日如来
7月26日 星期六 加都
DAY 21

刘师傅的签证日程大致搞定之后，他也放心下来，趁周末去巴德岗玩。他退的房间正好是一个单间，我接下来，把行李从顶楼搬了过去。这一天，三楼的三人间也有了空位，小莫也从顶楼搬到那间屋子。

新换到的这一间看起来不错，带个小小的阳台。下面是一家烧烤店，卖的是Qabab（波斯烤肉，在土耳其和南亚也都很流行），有一天我曾经去看过，发现都是鸡肉为主，就离开了。这间屋子的视野还可以，如果不出门，就在阳台上坐着，可以看见下面一条小街上的各种活动。包括走来走去的门外穿梭的行人，还有刚来不久、四处勘察地形的游客。

这些天我熬夜都比较多，晚上在大堂里和人聊天到人散，偶尔自己还坐一会儿，白天就起得比较迟。小莫在为出发作准备。他的自行车在印度卖掉了，先要从加都坐车到樟木，进入中国境内就可以在那里取到朋友留存给他的一辆自行车。平时我们逛街之际，他除了看户外用品，也经常去看自行车用品店，寻找合适的备胎、钢圈、轮轴、自行车用水壶等配件。

头天我们已经说好要去斯瓦扬布寺（Swoyambhunath）。根据资料的介绍，这个建于公元3世纪的寺庙是尼泊尔最古老的佛教寺庙，现已列入"世界遗产保护名录"。一般认为，这个寺庙名字的含义为"自体放光"，作为著名佛教中心，它和传说中的毗婆尸佛、文殊师利菩萨、释迦牟尼均有联系。

毗婆尸佛为原始七佛之一，曾在此处投下一支藕根，预言这里将来会长出发光的莲花，湖水将变成富饶的国土。《尼泊尔民族志》还说了个文殊师利菩萨从中国五台山专程来此礼佛的故事：当时加德满都河谷还是一处湖泊，文殊于是劈山放水，化湖泊为盆地；寺庙所在的山坡东面台阶旁，至今还存在一双受人膜拜的脚印，就被认为是他留下的。那之后，释迦牟尼游方到这里，收过 1500 名弟子。历史上确有其人的藏传佛教莲花生大师和阿底峡尊者等高僧大德，也曾在此间数度驻足。

由于斯瓦扬布寺存在大量的猴群，它又被一些中国游客称为"猴庙"。当然这个名字并不确切。兽主寺的猴子一样满山遍野，那次小莫和我去看时，沿途遇到的猴子最起码超过 100 只，所以猴子不是斯瓦扬布寺最独特的景观，不足以支撑起一个独家的名字。

我们仍然是先到罗德拉公园，坐那种固定路线的 minibus，在尘土飞扬中出发。这次我坐在司机身边，看他这个车的仪表盘，感觉挺简陋。它这个车的品牌叫眼镜蛇（Cobra），相关的 VI 标志就在仪表盘上方。车费是 30 卢比，大概 40 分钟的样子，就到达斯瓦扬布寺山门底下。沿途会经过号称"尼泊尔最古老博物馆"的国家博物馆，大概建于 19 世纪；邻近还有一个军事博物馆。它们都有醒目的标志，可惜我们没工夫去专门看了，博物馆通常都很耗时间，走马观花不如不去。

这个寺庙在加都的西侧，我们上去的门则是东门，有一种方位上的对称感。到了这门口，立刻能感受到两点：一是山势可称陡峭，上去需要爬一段长坡；二是沿途小摊小贩极众，当然这也是尼泊尔几乎所有景点的惯例，满天神佛守护升斗小民的市井生涯。由此可以发现，斯瓦扬布寺在加都周边景区当中最独到之处，也许便在于它地势的高峻。人们可以在上面俯瞰整个加都河谷的风貌，以某种上帝视角考察下面的人间烟火、十丈软红。

这一条上去，不知道有几千几百级石头台阶，看起来不会太容易，小莫和我边看路边卖的各种工艺品、旅游纪念品，边往上走。有几个卖刺绣的男人在众多小贩里特别显眼，他们让我想起古龙小说《陆小凤》系列里的"绣花大盗"金九龄。传说中的绣花大盗是绣瞎子，另一个出自金庸笔下的绣花男人东方不败是绣死人，他们都有超一流的刺绣手段。这些尼泊尔男人的针功如何，需要近身考量。

我走到一名戴眼镜的中年男人摊位边，他正在绣一只老虎。身前摊位上摆着一些供出售用的花绷子，还有一束钩针。他一边和我聊天，一边演示了他的刺绣过程：把手里的针扎下去，再挑出来，如此反复。他用的线看起来很粗，有点儿微微的光泽，大概是所谓的合股线。他身边的一道绳子上，晾衣服似的用木头夹子悬挂出一溜他的作品，多是神佛菩萨、名人美女、蛇虫猛兽、花花草草之类，也有诸如"Welcome"、"喜鹊登枝"一类有所寄寓的图案。总的来说，他采用的就是比较简单的钩针刺绣，他的手艺较为粗糙，还不能震撼人，刺绣用的底布也都是便宜的化纤布。根据他的说法，绣这么一幅图案，通常需要2天的样子。我对刺绣了解有限，不知道这个时间算慢还是快。

沿着陡峭的石阶走到半山腰，路上开始出现四条帮助攀登的铁索，再往边上是彩塑的动物，对称分布在山道两侧。一路数上去，这种彩塑造型出现了五种，分别是大鹏、孔雀、骏马、大象、狮子。这五种动物，在印度教和佛教典籍或传说中都经常被提到，它们在这里呈现出来的风格也非常鲜明：造型朴拙，色彩鲜艳得夸张，令人联想到兽主寺里面的性爱彩塑，那狮子的配色和装饰也很接近拉萨罗布林卡门口的两头守门狮子。因此，从这几头彩塑动物身上可以联想到佛教、印度教、藏密等不同宗教流派对尼泊尔地方的综合影响，即使在某些艺术细节上也能有所体现。

到这山顶也有一个入口，就是台阶尽头，旁边贴着一个景区图，有警察守着，那里同时卖票。小莫跑去买票，那个坐在条凳上的旅游警察可能也比较悠闲，拍拍凳子，对我说："来呀，坐会儿。"然后我们就一起八卦了片刻，告别时他说："这么大老远爬上来，可要好好看一下加都谷底风光。"果然，上去就是一片平台，旁边一块铜牌铭刻着线描地形图，非常简练，大致勾勒出加都河谷的模样和几处大略景点，下面一行字：VIEW OF KATHMANDU VALLEY（加都河谷胜景）。从这地方看包括加德满都市区在内的加都河谷风光，确有一种整体感。四条区别明显的色带横贯整个视野：近景是山下一片葱茏绿树，颜色浓绿浑厚；中景是加都市区为主的、看起来积木一样的小房子，颜色红白相间；远景是灰绿的山影，大概受尘土影响成了这种色泽；背景则是一片苍茫云天，画面从这个地方由实转虚，因此有了一点动感和纵深感。

从这个角度看起来，底下热闹喧嚣的生活，是红尘；周边熙攘来去的人，是过往。

铁栏杆围着的观景台内，散布着一些木质的条凳，我们坐下来休息片刻。有一对尼泊尔小夫妻过来搭话。那个丈夫 25 岁左右，黑，胖，白衬衣口袋里插着一红一蓝两支签字笔，令人联想到办公室里手工批改文字的编辑或教师,但他的职业是商人。他的妻子看起来更年轻一些,一身的服饰三种颜色:红衣服、红纱丽;大红底上白色的花卉刺绣;衣物上金色的镶边,金耳坠、金鼻饰、金项链、金手镯。他们看起来喜气洋洋,似乎新婚不久。说了几句话,那个年轻男人把相机给小莫,请他帮拍照片,随后给了他一张名片,说是自己常去中国广州。

斯瓦扬布寺景区内分布着包括印度教在内的多种宗教流派的建筑和遗址,主体还是一座和宝塔寺庙群那座佛塔风格一致的"柴特亚式"佛塔,宝塔庙群那座塔是这个类型中全世界最大的;斯瓦扬布的这座塔,大概是这个类型在尼泊尔最高的。

根据我读到的一些资料的介绍,"柴特亚式"佛塔,大约存在一种建筑上的范式,一般分为塔基、覆钵、宝匣、相轮和塔冠五部分。

塔基一般是圆形,往往分三层:最上一层连接半圆形覆钵,外壁通常凿出许多壁龛(一般为108个),每个龛内雕刻佛像;底层通常有十二个角,每个角上建佛塔一座,四面均有石阶向上,阶旁往往安放石狮。

塔基之上为一个很大的半球,有人称之为覆钵状半圆结构,白色。四周亦有一圈佛龛。

覆钵正中,往上为宝匣,是一截方形砌石建筑,四面都绘着一双佛眼(亦

称"慧眼",该图案已成为尼泊尔标识之一),号称佛陀眼观四方,两眼间是代表智慧的天目,鼻子形如问号,是尼泊尔文数字1,寓意"和谐一体",镀金。

相轮分为十三级,从宝匣向上逐层递减式缩小,指代十三层天界,呈三角形,顶部为两层圆轮,象征日、月,外罩华盖,饰以一圈华幔和铜铃,向四周辐射出的绳索上挂着对应五种基本元素的五彩风马(红绿蓝白黄五色经幡),上印佛经,这一层呈现出明显的放射状,或称伞形。

塔冠为螺旋形结构,末端为镏金铜宝顶,亦称塔刹。

通常认为,这种"柴特亚式"类型的佛塔脱胎于印度佛塔中的窣堵波(Stupa)式样,当然印度佛塔本身的类型和演变也有很复杂的故事,一般的印度文化史或者艺术史都免不了大书特书,这里且不细说。具体到斯瓦扬布的这座佛塔,它不光造型独特、结构明晰,在风格上又兼具整体上的大气与细部的精巧,其每一个层次的形状都有所寓意,半圆、正方、三角、伞形分别代表水、地、火、风四大元素,表示世间万物不外如是,佛教称"四大和合",顶上的螺旋结构代表"生命精华"。这种佛塔在形式与内容上结合得很完美,从某种意义上看,同时具备了表现主义和象征主义的特点。传说当年正是这座塔吸引了远在中国的文殊师利菩萨来朝,并一路仗剑斩山劈河,将原先的湖泊变成了如今的加都谷地。也由于这座塔的存在,斯瓦扬布寺至今仍是尼泊尔佛教协会所在地。

以斯瓦扬布寺的规模,除了拥有这座佛塔之外,也有其他林林总总的建筑。离这种塔不远还有各种风格的小型寺庙和姿态各异的神佛塑像,并存在一个小规模的塔林。这个塔林令人联想到中国内地寺庙中安葬辞世僧侣的灵塔。

在那些散布寺内的雕塑中,有一尊号称公元 7 世纪完成的毗卢遮那佛(即大日如来,佛教密宗至高本尊,斯瓦扬布寺即为他修建,其子为普贤;其妻为白度母,文成公主被认为是其世俗化身)的黑色塑像非常醒目。

这尊佛像被认为是用一块独立的巨石完整雕刻而成。他右手下垂,左手齐肩执一条飘带,静静地站在那里,一站就是一千多年。他的头部比例偏大,可能是被刻意夸张,上覆螺纹髻。他的眉如新月斜飞入鬓,双眸欲开还闭,鼻梁高挺,嘴唇丰满,下巴圆润,双耳垂肥厚几乎齐肩。他的脸上呈现出一种混合着沉思、微笑和悲悯的复杂情绪。这尊黑色佛像姿态和表情都非常优美,从美感和完成时间都与被认为是中国唐朝作品的洛阳龙门石窟卢舍那佛(所谓"佛有三身",毗卢遮那佛为报身佛,卢舍那佛为法身佛,释迦牟尼为应身佛)像很接近。我不禁认为,他那过于挺拔的高鼻梁和背后那一圈式样独特的光焰似乎带有一点点希腊和波斯的风格。当然这地方离犍陀罗地区太远,具有波斯琐罗亚斯德教遗风的焰肩佛更在犍陀罗西北偏北的巴里黑一带,7 世纪的尼泊尔又几乎没有机会受到穆斯林或波斯文化的大幅度影响。

不过，鉴于很多人从藏族的天葬仪式和他们对狗的偏爱推论出琐罗亚斯德教的某些文化风俗辐射，尼泊尔又深刻吸纳了藏文化的很多因素，也不能完全排除相关推测。

斯瓦扬布寺内既有年代久远的这些宗教建筑，同样也少不了尼泊尔景点永远不缺乏的商铺摊位。这里的店铺虽然不如山路上那么拥挤喧闹，也有多种生意在开放，最主要的还是工艺品和旅游纪念品，也有一家画廊。寺内还有好几家卖雕刻的小店，他们一般都是在开着店等客人的同时，手里还在"叮叮当当"制作新的产品，买卖和生产两不误。这些店铺的门窗往往涂抹着非常鲜艳的色彩，墙壁上则随时可能冒出一尊不知什么年代遗留下来的佛像。

在来往的游人及其制造出来的喧嚣嘈杂中，仍然有一些安静的人和物。比如塔林、屋顶染满青绿的陈旧庙宇（或许这也是雨季的标志）、佛像、在塔上小憩浅眠的鸽子、坐在大钟下的红衣喇嘛……乃至地上酣睡的狗。同样安静的也有那盏尚未点亮的路灯，它的柱子上布满铁刺，这个防止攀爬破坏的设计，证明了猴子的存在，虽然我们一只也没遇到。最安静的也许是那座大佛塔，尽管四面悬挂的铜铃在风中轻响，但它的四双眼睛俯视下来，更显得"鸟鸣山更幽"，在各种声响中酿出一种静谧之感，也许有些人可以在这里获得内心的宁静。

我们在斯瓦扬布寺待了比较长的时间，傍晚才下山，最后在门口发现了传说中属于文殊师利菩萨的那双脚印。撒在上面的米粒、酥油、红粉、旁边的绿叶和香灰，都表明新近有人在这里活动。作为文殊身上的某一部分留下来的遗迹，它至今香火繁盛，受到信徒的膏沐、祭祀、供奉和膜拜，这种在指代、暗示和隐喻思维影响下对信仰的绵延传递，颇有值得玩味之处，它在一定程度上证明了宗教文化的复杂和精密，而不是我们这些长期不处在宗教氛围中的无信仰群体容易误会的那样简单和浅白。

最古老的皇宫
7月27日 星期日 帕坦

DAY 22

加德满都电影院一般是周六周日的上午场打五折。小高在报纸上发现一个最新流行的电影，约我一起去看，按计划应该是今天上午去。但是夜里睡太晚，上午睡得很死，大概他敲门我也没听见，等我起床时，都没什么人在了。连小莫都跑出去逛街了。

在屋里继续躺到中午快吃饭的时候，下楼。刘师傅和小高都回来了。刘师傅周六一早去了古城巴德岗（已更名 Bhaktapur），转了一两个小时的样子，就坐车去了那加阔特。这是令人惊讶的速度。他解释说，拍了拍照片就走了，好多地方也没大细看。不过他在那加阔特山村感觉还不错，说是空气清新，饮食味美，只是又下大雨，没有办法看到传说中的雪山（安娜普纳和道拉吉利山）。

那之后小高也回来。他说他去新王宫旁边的电影院看了电影，是个印度片，他认为剧情不错。也许他对我的懒惰已经有所习惯，没有指责我违约……真是好人啊。不过我还遗憾没看到电影呢。

他们俩又都告诉我说，小胡的死讯被完全证实了，报纸上已经发布消息。我找来《喜马拉雅时报》，果然看见了头版边栏上这篇简讯：

Chinese man's body found
POKHARA: The body of a Chinese national Chinbo Hui, who had been missing since July 17, was fished out of Fewa Lake on

Saturday. According to source in the District Police Office, Kaski, the body was fished out with the help of policemen and boat entrepreneurs. Police had been searching for Hui since July 17, the day he went on a boat ride and did not return to Baidam-based Hotel Mira. His passport, Rs 70,000 and clothes were found in the boat later. Police suspect that Hui might have jumped into the lake. The body has been sent to the district hospital for postmortem.

　　这篇错误百出的消息（从名字开始拼错）像20号的报导一样，在时间上犯了最基本的错误，实际上小胡17号和我们都在贝佳妮湖玩，当天晚上改变主意要留在博卡拉。18号清晨，我和小莫两人只好先漂流回加都，他大概那天上午独自去了翡娥湖，然后遇难。不过该消息提供了几个核心的信息：小胡确实淹死了；他已被打捞起来（这么多天才捞起来而没有浮上水面，是否真的被水草纠缠？）；他已被送去当地医院尸检；他的护照衣服和

7万卢比均留在船上（不是抢劫）。但是我始终觉得奇怪，他怎么就能掉进水里。他划船技术不错，人也比较谨慎。

下午小莫和我继续出游，这次去的地方是尼泊尔的第二大城市帕坦（Patan），这地方在历史上也是一个古都，距加德满都不到5公里，在当地路况和车速的情况下，坐车30分钟的样子。有中国人说曾经从帕坦徒步走回加都泰米尔区，如果在天气凉爽的秋冬季节，这应该没有问题。

帕坦这地方，尽管和加都极近，却是另一个风格。它相当于中国的某些小镇那么大，却是尼泊尔最古老的城市，拥有尼泊尔最古老的皇宫和整个南亚次大陆最好之一的博物馆，号称"艺术之城"。除了距离车站较近的那一段路和皇家广场（Durbar Square，该地为尼泊尔历史上尼瓦尔人建立的马拉王朝故都，因此也有皇家广场）有一些游客，别处街道上都比较空旷，虽然路面并不宽阔。这里出名的是木刻和金属雕刻，尤其是银器，在加都去看一些商店，经常会碰到店家自称卖的是帕坦货。

刚下车没走几步，就看到一段路上有好多卖工艺品的，连印度锁都做得花样百出，价格还特别便宜，一个大概6卢比的样子。那些铜制的器皿也雕琢了繁复的花样，堪称精美。我们只在路上走，没有专门逛商店，遇到卖银器的少，也没留心看。小莫很喜欢街道上卖的一些不锈钢小锅，做得也挺精巧的，他长期骑自行车旅行，对这个比较留心。

离开车站不长一段路，就变得安静多了，卖东西的人也少。这个城市开始在各种细节中展示它的艺术气质。不用说寺庙或古建筑，很多看似寻常的民宅上，都可能突然冒出一些新鲜有趣的地方，就像一篇貌似平实的文章里，经常埋伏着一些动人的句子。

在一户人家的红砖墙上，我无意中发现了一幅对当地人来说也许比较常见的画。画面上是一个身体半裸、肌肉虬劲的男神，他有很多个脑袋，这引起了我的兴趣。印度教的湿婆大神一般有三个脑袋，这个有着众多脑袋的神会是谁呢？

从那些面孔判断，除了正面接近普通人，旁边都是野猪、狮子，还有一张蓝色的面孔，这表明他是毗湿奴。根据印度教的传说，大神毗湿奴10次化身救世，分别是鱼、龟、野猪、狮面人、侏儒、持斧罗摩、罗摩（史诗《罗摩衍那》的主角，印度传说中最伟大的英雄之一）、克里什那（蓝皮肤的牧童形象，在《摩诃婆罗多》里有很大篇幅讲他的故事，他和牧女拉达的爱情故事长期是印度绘画和文学的重要题材，也经常被视为爱神）、佛陀、加尔基。背景上的蓝色海洋则表示毗湿奴也许刚刚从他在海底睡眠的蛇床上苏醒，出来活动。

这幅画有意思的地方在于，它通过多个脑袋的方式，在有限的空间里表达了毗湿奴多次化身的含义，只用简单一个平面就暗示出众多情节，就像一幅高度浓缩的连环画。它背后的一个思维方式，仿佛是用空间的手段来表达在时间上具有纵深感的东西，因为这些化身是在不同时代先后进行的，而且每一次化身都有一个大故事在里面。这样的画在加德满都我从来没有见到过，也只在帕坦才遇到这么一幅。从这幅画可以看出印度教思维影响下的人们，拥有的时间观和我们中国人是非常不同的，这个说起来也是大话题了。简单地说，他们的时间观通常是环形的，通过宗教思想里的"轮回"概念深入人心，所以对他们而言，时间无始无终，历史也许不那么清晰，这大概也是印度文化影响下的区域在近现代以前不注重记录历史的一个重要原因；与此同时，由于环形的时间"轮回"不尽，不像我们观念中的时间那样是单向流逝的线性过程（"子在川上曰：逝者如斯夫"，以一去不复回的流水为喻，一句话就敲定了中国人数千年来的线性时间观），所以他们可以习惯性地通过一个平面空间来暗示出时间的纵深感。相对于中国时空观影响下的艺术作品来说，这是一种全新的表达方式。

在走到皇家广场之前，我们发现一个门脸很小但看起来格外古朴的院落，门口有个当地人蹲在石狮子跟前发呆。摸进去一看，原来这地方是一所古寺遗址，名叫 I BAHA BAHI，我不清楚这一组转写成拉丁字母的尼泊尔文具体什么意思，只看见铜牌上的文字说明它是尼泊尔最古老的寺庙之一。这是一个幽深寂静的地方，我们在里面待了一阵子。它的廊柱、滴水嘴、阑干等等，都异常的繁密精美，几重院落相互沟通，就连通往后院废墟的走廊地面的陈旧石板上也一丝不苟地雕刻着"回"字纹。一名穿黑 T 恤的小伙子赤脚坐在后院一间屋子的泥地上，在一块石板上聚精会神地雕刻着什么花纹，我们站在旁边看了好一会儿，他始终头也不抬，三个人就这样沉默地共处了一段时间，直到我们离开。院子的尽头是一片断壁残垣，里面一个废弃的水池中也还供着一尊被蚀刻得面目模糊的小神像，它安坐在叶子形状和颜色都有所区别的至少四种不同的杂草当中，陪伴它的是右边一只悬挂着的铃铛，几乎有它的脑袋那么大。

我们在路上还遇见了一群年轻男人，年龄在 18—30 之间，穿着鲜艳的橙红色背心短裤（有的索性是用艳丽图案的花布围成的裙子）围着圈子又唱又跳，唱的什么一个字也听不懂；中间在烧着什么东西，冒起一股一股的烟气。他们就像在篝火边转圈起舞的印第安人。后来这些人又把旁边一个安放在木制的四轮车上的一个类似于活动庙宇的东西推着走，这个小建筑顶上有一棵树，也可能是有一个比较长的尖顶捆扎了浓密的绿叶而看不出本来面目，那些叶子中又捆进去很多和树一样长的红色经幡。那辆车的实心木头轮子非常显眼，不知道建筑里面供奉的是什么神佛。帕坦地区尼瓦尔人聚居较多，有可能这是他们的一个民族节日。

再往前就到了皇家广场。它的两排对称的建筑是这个城市的招牌景观，与帕坦有关的明信片和风光照往往以它们为主角。

在这片不大的空间里，分布着帕坦皇宫和一些寺庙，不过还是没有加都的皇家广场那么拥挤，这是两个广场的一点大区别，因为帕坦的更多寺庙还散布在各种狭窄小巷和民居中，据说这个城市的道路密如蛛网，容纳了上千座寺庙和神庙。广场上具有海拔优势的是五层高的 Kumbeshwar 寺，它是这里最高的寺庙，据称也是最古老的寺庙。我们只来得及进博物馆所在的地方看了一会儿，看那些窗子、栏杆、雕刻和装饰，其间发现天色变化。刚要去外面再转转，就下起了大雨。人人都跑到屋檐下躲避，小莫和我就在 Kumbeshwar 寺的台阶上坐下，正好休息了一阵。一些尼泊尔人就在旁边聊天，后来一条淋雨的狗也从街道上跑过来，在不远处安静地躺下。

这场雨下的时间不短，云散后仍是阴天，似乎随时都可能再下一场。我们决定先转过广场往前走，但一走进那些巷子就发现几乎不可能再回头细看了。帕坦的寺庙太多，值得停留的也多，没有几天时间恐怕是看不完的。加都的皇家广场相对集中，我去了 5 次，这个城市的大小庙宇和著名建筑同样数目众多，没有办法提纲挈领地看完。

THE MASTER OF STONE ARTS

在路边一个小摊上，小莫买了一个烤玉米棒子，说味道不错。我也买了一个，尝了尝，拿在手里继续在巷子中乱走。后来转到一座湿婆庙前面，这又是相对集中的一片寺庙群，旁边还有毗湿奴庙，甚至角落里都有很简单的两个并排的门帘儿，里面分别供奉不同的神像。

这地方有几只绵羊趴在台阶上，其中一只就卧在神龛里。它们身上的白毛看起来有些发灰，大概从出生以后就没洗过澡。闻到烤玉米的香味，有一头绵羊比较胆大，跑过来伸头四处嗅，我给它一点玉米，它吃得津津有味，又伸出粗糙的热舌头舔我的手掌。摸它的脑袋，它也不躲，就跟着玉米棒子转。另一头羊也跑过来，喂玉米它就抢着吃，轻轻碰一下它立刻跳开。它们的性格差异似乎很大。后来别的羊也跑过来，玉米粒很快就没有了，连玉米核它们也贪婪地啃。在旁边的一所神庙台阶上，两个小孩一起玩，彼此显得很亲昵的样子，很可能是姐弟，他们身边有一头很小的黑色山羊，看起来刚脱离羊羔身份不久。它的神气中带着一点又淘气又胆怯的样子，人走近了它就急忙躲向一边，稍微离得远点儿，它又自己跑过来，黑眼睛盯着人不停地转。

我们在巷子里东转西转，到天快黑的时候，正好转回到刚开始进入皇家广场的地方。这个地方就成为一个遗憾，只能算粗略地有所涉及了。小莫两三天内就要动身，我还有别的安排，一时半会将不能再到帕坦来。我认为这个城市值得住上三天慢慢细看，它和加都比起来是另一种感觉。加都的功能区划相对明确，景点往往是独立的；而帕坦街巷之繁密如同中国南方的小镇，景点除了皇家广场，大多四散分布在街头巷尾，和老百姓的住宅穿插交织在一起，游客在寻觅各种景观的同时，就会不知不觉地走入当地人生活中去，了解到和他们有关的各种细节。

DAY 23 两种离别
7月28日 星期一 加都

之前一天走的路比较多，回住处后和人聊天又比较晚，白天睁眼又过了中午。本来和小莫上午去巴德岗的计划就只好先放弃了。他明天要离开加都，下午还需要逛街买点儿东西。

我吃过午饭，在屋子里看了一阵买的书和报纸，躺在床上算是休息，模模糊糊又琢磨关于小胡的这些事情。

小胡18号出事，19号被确认，事故消息我们在20号才看到。当天晚上我们就和博卡拉的旅馆、刊载该消息的《喜马拉雅时报》和中国驻尼泊尔大使馆确认了这件事。前两个消息源本身并没有表现出太多的价值，意义不大，但大使馆方面我们一直比较关注。

我们当时和使馆的郭主任联系过。他提供了一些细节，说到时候去博卡拉会带我们一起去看小胡。同时他们把小胡事件定义为"失踪"，因为没能见到尸体确认。使馆也希望我们在事情彻底弄清楚以前先不要急着和小胡家里联系。

随着看到报纸的人越来越多，小胡出事的消息被很多在加都的中国人知道了。在凤凰宾馆的中国游客除了议论之外，也试图能为小胡做一点点事。尤其是来自上海的梅姐，她是一名30岁左右的女子，看起来比较年轻，带着一个几岁的女儿。她本来和女儿过来玩，时间仓促，但对小胡事件表现得非常热心。我们在一起商量这件事，梅姐认为：无论出于什么考虑，家里人是应该首先得到消息的，不然太残忍了；以她作为母亲的感受来看，如果子女在外面出了事，隔着千山万水也一定要赶到现场见最后一面；更不要试图欺骗，而是要逐步透露消息，免得一下子形成太大冲击。我们认为她的看法很有道理。

梅姐提出，只要能够知道小胡的家庭地址，她就可以找国内的朋友帮助查到电话。这一点小莫是清楚的。他在武汉上过大学，对湖北的很多市镇都有所了解，小胡当时说了地址他就记住了，不像我，对那些地名谈不上有熟悉感。

不过事情最后没有发展到查电话这一步。在博卡拉期间，我们聊天说起小莫在印度被人骗走手机的故事，小胡曾经送过一个手机给小莫，他解释说，他的工作是卖手机，有富余的，这个用过的就先给小莫了。

在我们无法联系到小胡家里的情况下，小莫忽然想起那个手机，翻出来看里面保存的通讯名单，发现了他父母和他姐姐的电话。考虑到老人的心理承受能力，小莫先给小胡姐姐家去了电话，希望年轻人先知道这个消息，然后在合适的时间告诉父母。此前小胡说起过，他只有姐弟俩，姐姐已经结婚了。

但是小莫打过去之后，接电话的是小胡的姐夫。他说小胡的姐姐生病了，最近状况不太好。他叫我们自己去告诉小胡的父母。大家知道后，感到这种反馈堪称冷漠。

这期间，梅姐假期结束，先回了上海，她说她会和小胡的父母直接联系，我们彼此留下了 QQ 保持交流。

大概 25 号的样子，梅姐和我在网上聊天。她说她已经联系过小胡的父母两次,他们一开始不接受小胡失踪的消息。根据梅姐的说法,小胡父母还提起当时他离家时给他们的解释是要去武汉玻璃厂上班,而不会是旅游。一个可能是他们比较相信这个说法,另一个可能——根据梅姐的判断——大概他们潜意识里拒绝相信和接受他"失踪"或亡故的事情。

虽然小胡的父母似乎没有完全意识到"失踪"的更多含义,但在梅姐和他们联系两次之后,他们开始商量护照的事情了。

一条年轻的生命就这么失去,我们也曾讨论过是否可以帮助小胡索赔的问题。但是有一天使馆的人说,尼泊尔方面——大概由于法律设计得仔细——似乎没有出现过给失事游客赔偿的先例(原话是:尼泊尔从来不赔钱)。

梅姐在上海咨询了律师,根据中国法律:有人管理的人工湖对失事游客是要赔钱的,天然湖不负责任。我回忆了在博卡拉的一些细节。当时翡娥湖有一个租船的地方,一小时250卢比;租全天500卢比;我们那天买的全天船票,小胡砍价到450卢比。但是翡娥湖本身不出售景区门票,亦即不存在景区管理,可以免费进入。梅姐认为,这样的话,只要不是因为船漏水导致出事,小胡的问题就难以找到其他责任人,索赔因此变得很困难了。

此外,小胡本人这次出游长达半年,甚至没有购买"游意险"(旅游意外险),这时候发生这么大的事,身故之后甚至也无法从保险公司获取补偿来留给父母一点点安慰。

没想到7月18日清晨临行前匆匆几句话,就成了我们三个人的最后见面。这些天我都会梦见他。

【8月3日补记 - 小胡事件后续】从奇特旺回来后，我和梅姐在网络上又沟通了一下。梅姐说又和小胡的父母联系了。小胡的父母表示，使馆先后两次给他们打了电话，先是说失踪，隔了几天，大概在7月30号的样子，通知死亡（小胡尸体于7月26日打捞出来并送去尸检）。他们没有钱，不能到尼泊尔，就听从使馆的建议，写了份委托书，委托使馆把尸体火化。梅姐的意思是还要和使馆沟通一下。我认为，小胡父母尚未退休，和她姐姐两家人都有工作，如果亲情足够浓厚，无论如何也能想办法到尼泊尔来处理相关事宜。根据整个联系过程中得知的信息判断，他和家人的关系也许较为复杂，其中种种也许不足为外人道；出了这件大事，他的亲人反馈不能说太积极，不知道是天性冷静还是需要独自安静地消化这件大伤心事，所以我们不适合继续参与。小胡事件至此告一段落，但是我想，我不会忘记和小莫、小胡三人一起愉快相处的那几天，他已经保留在我的记忆里了。

我在床上昏昏沉沉躺着，半是睡觉半是胡思乱想，小莫跑来找我，给我看他新买的T恤。这是一件黑色的棉质T恤，正面是个自行车运动员图案，看起来比较夸张。它不适合我的口味。小莫说他也骑自行车跑这么远了，正适合这个T恤的图案。背面他还找那个卖T恤的铺子，给绣了点儿五颜六色的字，看起来很绚丽的样子。

晚上我们就在凤凰吃中餐，聊各自的旅途。我要接着南下，去印度和巴基斯坦。小莫要从加都坐车到樟木，在那里取到自行车，就走川藏线，到重灾之后的北川去做义工，他希望可以当个老师。不觉间已是午夜，我祝小莫一路顺风，然后互道晚安。鉴于他明天肯定会是清早出发，今天这是这段旅行中我们见最后一面。

小莫、小胡和我，这个曾经在一起痛快游玩好一阵的三人组合，此时就算彻底分散了。我很感谢他们，和我一起在尼泊尔分享了那么多有趣和悠闲的时光。

DAY 24
我遗憾不能欣赏它的黄昏和黎明
7月29日 星期二 加都

小莫果然一大早就走了，因为从加都发往樟木的车都喜欢在天刚亮时出发，这样可以缩短在路上受热的时间，也能在一定程度上减少拥堵。

刘师傅、小高和我去巴基斯坦使馆拿签证。使馆刚开门就进去，过程比较顺利，这里还可以代领护照。刘师傅紧接着赶往印度使馆交签证申请表和护照，剩下我们两人一路走回来，之后小高又去逛街。这两天没有下雨，不到中午就有些干热。印巴的签证过程既然顺利结束，也没什么大事了，我回到住处稍事休息，接下来，总算可以无牵无挂地去看巴德岗。

虽然身边的朋友总在变换，旅行还要继续。

仍然是在罗德拉公园坐车。这次的路线看着眼熟，原来当时从樟木进加都，路上就要经过巴德岗，只是当时有些晕头转向，分辨不出来这许多。

巴德岗虽然不是尼泊尔首都，但在加德满都河谷三座古城里独树一帜（另两座分别是加都和帕坦）。在尼泊尔历史上一段分裂割据时间，三个马拉王国同时并存，巴德岗就是其中一个王国的首都。正因为它也是王城之一，所以那里也有一个皇家广场（Durbar Square）。这个城市被称为尼泊尔的"文化之城"（City of Culture）。

景区入口离车站很近，就在几步之外的一个小坡上，门票通常为750

卢比，持中华人民共和国护照只需要 50 卢比。

　　城里的街道几乎类似于结实的黄泥土路，走在上面，有穿行在乡间的感觉，只是周边的建筑提醒你这里曾是一座古老的王城。两点钟的太阳很大，从一间门面很破的地方传来香气，让我想起还没吃午饭。

　　那是只有兄弟二人经营的一家小店，只卖尼泊尔的民族食品 Momo。鉴于在加都和博卡拉等地经常吃到肉馅都很难嚼的 Momo，我先要了一点儿，尝试它的味道。没想到这小店做的 Momo 味道很美，肉馅香软。他们提供的佐料也很好，颜色像韭菜花泥那样的淡绿，浓香中又掺杂了微微的辣意。最后我在那里吃的 Momo 在数量上超过以前我在任何一家店里吃的。

　　即使这只是一家类似于国内那种被称为"苍蝇馆子"的小食店，它也散发出巴德岗的独特味道。它是安静的。从我进去到离开，一直没有出现爆满的情况，但顾客络绎不绝。除了点食物的时候说话，人们彼此并不交谈，都默默地吃东西。店主兄弟俩一个 20 岁左右，一个 16 岁左右，看起来都很帅的样子。按理他们正处在贫嘴饶舌的年纪，却不多话；大的忙着继续做新的 Momo 上笼蒸起来，小的坐在旁边，偶尔给客人端盘子和倒水。他们偶尔看过来，微微笑一笑，长长的睫毛颤动一下，就算是说过话了。这个店做的食品虽然只有 Momo 一种，但足够精细，是我在尼泊尔吃到过的最好的 Momo，那之前和之后，都没见过从表皮到馅儿到调料配制得那么恰如其分的。

　　仅仅是这么一家小店，就从某个侧面反映出巴德岗的气质：安静，精细。

　　加都河谷的这三座古城，供奉的主要神祇大抵相近，展开游览示意图，往往会发现一堆诸如湿婆、毗湿奴、乌玛、哈奴曼等名字。在巴德岗这次游历，一个下午未免过于仓促短暂，我只好放弃去瞻仰那些神佛的念头，重点

看这地方的独特景致。

　　沿着弯曲狭长的街道往前走过去，一路上自然少不了各种商店，但那些店主不大招揽游客，只是静静地看过来，微笑一下。这是一群看起来普通，但是行事作派都说得上高雅的人。他们或多或少都沾染了一些古都气质。这个城市和人，因此在风格上具有一种惊人的整体感；好像这座城天生是为他们建的，他们天生就该在这里出世、成长和变老。

　　巴德岗的皇家广场占地不大，印度教神庙和皇宫在这里比邻而立。这里最高的建筑是五层的尼亚塔波拉寺（帕坦和加都皇家广场也各有一座五层建筑），从平地上沿着一个几十级的台阶爬上去，两旁也是各五尊石雕，格局有点儿像斯瓦扬布寺山门下那条路，不过这里的五尊石像分别是人、象、狮、大鹏，最后是一尊小神像。这些朴素的石头雕像没有着色，就是石头本身的灰白色，看起来不如斯瓦扬布寺前的彩塑那样鲜明夺目，但是相比这下，这几尊塑像精美得多，有着极为细腻的纹饰和生动的线条。如果前者更像彩色卡通，适合那里色彩缤纷的自然环境；后者就接近追求细节到极致的素色工笔，与古色古香的建筑相得益彰。

在这座最高的楼上眺望，会发现巴德岗的天空是明丽的蓝色，这是在加德满都和帕坦所不曾见到的，连云也显得更白、空气也更透明、远处的山峦树木也更绿似的。这个如此幽静幽雅的地方，总带有一种中世纪的纯净风味。明明是一座城池，在其宁静秀丽的氛围中又具备旷野的清朗气质。人们可以在分明很人文的景观中同时悠然欣赏自然风光，从而获得双重视角。

从皇家广场继续向东北方向走，一路上看那些雕花的木门、悬挂在屋檐下的干辣椒、在水池边饮水的鸽子、蹲在烈日下的木柱顶端的铜质神像，能把人看得眼花缭乱，任何一个地方都能吸引人长久驻足。在经过一个类似于酷玛丽阁楼一样雕镂精美的三层楼之后，阳光下忽然出现一个形如太阳的放射状木窗。这扇窗子由 5 个同心圆组成，乍看上去几乎像一个车轮的形式，那些圆圈和四周放射的 28 根镂花辐条交错在一起，形成 140 个小孔，四角装饰着树叶花纹，整个图案极具巧思，美轮美奂。

看到这扇窗子，我有一种奇异的感觉，似乎不远处应该存在更精彩的东西。这是一种毫无理由的直觉。它对我形成一种非常具有提神效果的心理暗示。本来在七月底的烈日下曝晒了半天，有些疲累，此时忽然又精神大振。

这之后，再往前走了一段路，我发现一条巷口的一个不太明显的路标箭头：孔雀窗距此 50 米。从外面看起来，那条巷子显得有些幽深，老远只看见里面是一家一家店铺，不经意间很容易就走过去。这也是一些到巴德岗的人错过孔雀窗的原因。但是我足够幸运，发现了这个隐藏的所在。

在这扇全世界独一无二的孔雀窗跟前，我感到自己词汇贫乏。虽然可以勉强描述说，它是在一个圆形的框架里构思出的孔雀开屏造型，四射的辐条正好比拟它展开的尾羽，自然地向周围展开。但是它制作得太完美了，不光创意惊人，从整体到局部都无可挑剔，几乎不像出自人力。这扇静中有动的窗子本身活生生地在那里，那只孔雀似乎随时都可以脱身飞去。

虽然没有证据，但我猜测之前看见的那扇太阳窗和孔雀窗之间一定存在某种源流上的联系，它们的构思有非常近似之处。只是那太阳窗与这孔雀窗一比较起来，立刻显得过于均衡对称，四周如一，缺少变化，因而显得有些静态和单调，相对逊色一些。

仅仅就凭借这一扇孔雀窗，巴德岗也是独一无二和无与伦比的。

在这扇孔雀窗边，我停留了一个小时。往回走的时候，阳光已经不那么强烈了。就在皇家广场西边一点，沿着一条斜向西北的小路，在民宅之间拐

两个弯，我找到了另一个著名的地方：五十五窗广场。

五十五窗广场处在几重院落之中，从外面看不觉得出奇，进去之后才会发现别有洞天。它得名于那座拥有五十五扇窗户的主楼。这座楼有三层，第一层是一圈儿刻花木门，二、三两层布满大大小小、形状各异、设计得精巧绝伦的黑色木窗。红色的墙体上，四面八方那些窗户，全都有繁密交错的窗格子，让这座楼看起来更像一个精致美丽的首饰盒子，而不是通常意义上所说的建筑。

这个广场和皇家广场比起来自成格局。它虽不如皇家广场开阔和大气，但是好些楼宇重门深锁，几座院落彼此贯通，有一种园林式的深邃感。

其中一个小院落里有一个无人使用的水池，水管都做成眼镜蛇的形状，一个铜质的蛇头划破一池绿萍，竖立在池心，与岸边的一个铜蛇头彼此对望，是很妖异的场景。眼镜蛇虽为南亚人之患，但它同时也是印度教大神毗湿奴的睡床，所以人们对它是既敬又怕。毗湿奴的有些塑像就是坐在千头蛇床上的，那些蛇头排列分布，既像莲花，又像孔雀开屏。

巴德岗市政府就设在五十五窗广场主楼后面的一座古建筑里，他们真会挑地方。旁边似乎还存在一所学校。我要离开的时候，已近傍晚，很多学生从楼里跑出来，背着书包三五成群地回家。

我从五十五窗广场向南走了一会儿，穿过狭窄的主路，进入一条小巷，在路人指点下继续往南一段，就发现了陶艺广场（Pottery Square）。这里实际上类似于一个社区，或者"制陶一条街"。周围基本上都是做陶器为生的人家。就是这么个地方，构成巴德岗的一道独特风景。

据说尼泊尔的陶器大多出自巴德岗的这个陶艺广场。它已经存在好几百年了。那些制陶工人周而复始地在这里，用一种相当古老朴素的方式经营生活。他们整天与泥土、烟尘打交道，一般要从早干到晚，完全不是陶艺作坊听起来那么精致和时尚。这里几乎每家门口都有大量陶器坯子堆积在地上，等着晾干之后被烧制成陶。

那些人有时候也不光是纯粹工作，偶尔看见游人经过，会带点儿刻意显示的效果，大概是为了吸引潜在顾客。他们除了做陶罐、陶杯、陶碗，也有做各种小塑像的。有些人的摊上陈列着他们自己制作的神像、猛兽等等。

英国作者亚历山大·鲍威尔在其 1929 年出版的游记著作《最后的神秘家园》（The Last Home of Mystery）中对巴德岗推崇备至。在这本囊括了尼泊尔、英属印度、波斯湾、巴格达铁路等多处游记的书中，他写道："纵使尼泊尔除了巴德岗皇家广场别无所有，它也值得人们绕过半个地球前去旅游。"

鲍威尔的话乍听起来不免有些夸张。但是在巴德岗的 6 小时游历结束之后，我发现自己非常同意他的看法。这地方虽然比帕坦还小很多，总体感觉却超过加都和帕坦。这么一个小巧玲珑又古老深邃的城市，繁华的王城遗迹中又包含着自然风貌，它的秀丽精美中同时带有一种安静质朴的因素，具有多个侧面和多样的气质。在这里消磨上两天应该是非常不错的，我很遗憾不能在这里欣赏它的黎明和黄昏。

根据计划，有朋友这天下午从北京起飞，经香港转机，晚上十点到加都机场，我必须赶回去。出了景区大门，旁边就是坐车回去的地点，很好找，末班车大概在六点半的样子。路上自然是闭眼休息，虽然那个中巴不免有些颠簸。

外面下着大雨，我在凤凰宾馆的大堂里看电脑的时候，碰到一个 20 来岁的姑娘，逢人就打听谁去印度。旁边的人指了指我，我们聊了一会儿。她大概是刚从泰国飞过来，住在旁边街道上的一家饭店里，听说凤凰好找旅伴，就过来问了。正好第二天我要陪人去印度和巴基斯坦使馆，我们约定早上在凤凰门口碰头。这时候小高和刘师傅回来了，那姑娘就留下电话离开。她是成都人，名叫莎莎。

小高他们这几天一有空就在泰米尔区大街上到处联系旅行社，想订好长途汽车+火车的套票，从比尔甘吉一带入境，这样就可以去瓦纳那西，从那里上火车。在诸多比较和砍价之后，他们对其中一家感到满意，说是最便宜的，顺带就叫我一起去认门儿，免得我再重复他们的过程。那之后他们去赌场，我就自己先回来了。

但是这天去机场接人不能说顺利。这两天新来的人略微少一点儿，我让老板娘安排出一个房间并打听去机场的车价，她说宾馆刚刚出发了一辆空车去机场，送人走同时接一个人来，连回来的座位都够。这也罢了，我打车去机场之后，一直等到十点钟航班的最后一名乘客出来，都没有看到人。后来又怀疑在取行李的过程中有所延误，把护照给尼泊尔警察看了，告诉他我面临的情况。他微笑说："中国朋友，可以进去看看。"结果里面空空荡荡，人都走得一干二净。

返回凤凰宾馆，刚到门口，老板娘就说：人已经到了，住进去了。原来这次他们到加都机场之后，等了大概 10 分钟没见到我，又因为下着雨，以为我不会去，直接打车过来找到地方了。

SUNNY GUEST HOUSE
&
NY CAFE

DAY 25　女人们的交往方式
7月30日 星期三 加都

小高和刘师傅早上出发去往印度，我还留在尼泊尔，算起来在这里待了已经24天，勉强可以做得向导了。不过导游的内容也不是去什么风景名胜区，主要是陪人们去印巴两国驻加德满都的大使馆。

成都姑娘莎莎果然一早到凤凰宾馆门口等着，我们一行四人，胡乱打了车过去。今天的安排首先是在印度使馆交电传表，接着趁这等待的两天，出来立刻拿着护照去巴基斯坦使馆签证，等巴国签证到手，正好取回护照交给印度使馆，这应该是最不耽误时间的办法。

但是这天印度使馆那里出了一点毛病。他们排队的取号机坏了，只吐出第一张单子就不肯工作。那个幸运地取到了单子的女人大概是个尼泊尔本地人，由于时间没到，也只好继续在那里等着。有个德国来的中年女人比较缺乏耐心，时不时地跑到取号机那里乱按，不知道卡了多少纸条在里面。使馆方面看着排队的这一条长龙，一方面表示了歉意，又找人来修，这么折腾了大概半小时光景。很多人都开始显出不耐烦的意思，这个时候，那机器忽然自己好了。真不愧是印度使馆的设备，竟然带有一些印度人的性情。

排队期间，发现两名很年轻的中国人，他们正好在莎莎身后。这三人就聊起来，很快变得非常熟络。那个男的留了点儿络腮胡，叫小蔡，大概是某公司的培训职员，给客户或代理商上课的那种；女的斯文秀气，戴眼镜，叫小武，是他女朋友，学美术设计的。两人都是东北人。莎莎认识了他们，很高兴，他们住的地方也离得比较近。

这次在印度使馆就更显得轻车熟路一些，基本上按照程序交完表格，啥事没有，大家直接去巴基斯坦使馆。之前那些天，要么有小莫，要么有小高，一般出行我都不记路，这时候就发现问题了。去过两次的巴基斯坦使馆居然还是不大认识，那个出租司机也不熟悉，在附近兜了两趟圈子，后来才勉强找到地方。

他们五人去使馆里面要了表格填写和等待的时候，我无非说点儿注意事项，以及在无法出示中国驻尼泊尔使馆的介绍信时如何通关之类，此外就是在外面等着。打发时间的方式，就是和守卫的士兵吹牛而已。他们很喜欢中国烟的味道，并且说以前没有抽过。我都有点儿纳闷，加德满都满大街都是英美的烟草，虽然好多也只是贴牌产品，为什么就没人卖中国烟到这里来呢？而且抽过中国烟的尼泊尔人，绝大多数都诚恳地告诉我：他们认为口味很不错。

这中间下了一场大雨。在加都待上一阵之后，对这种毫无预兆的降水早已见惯不惊，何况这段时间就是当地的雨季。里面申请签证那几个人，正好在下雨的时候结束了程序，小蔡一个人先跑出来，拿着伞进去接他们。我由于没有要办的事，没有进去的正当借口，所以就等着他们一起出来。一伙人共享几把伞，互相扶持着冒雨走出来，果然有点儿风雨同舟的意思。看到一些原本素不相识的中国人在陌生的环境中呈现这样一幅画面，感觉是很不错的。

大家忙了半天，都有些饿了。印度使馆要求出示离境机票，我们都觉得可以去尼泊尔航空公司看看，莎莎说她认识的一个地方 Momo 做得不错，也在那一带，就带我们过去。这次正好拦到半路上一趟当地的公交车，其实类似于皮卡，后车厢放了两条凳子，一伙人挤在上面。有个尼泊尔女人和我们搭话，说她经常去香港，所以一听就知道我们是中国人。她说她父亲曾经是廓尔喀士兵，她在英国呆了很久。大家大赞她的英语很不错，殊少本地人的口音尤其是高频率出现的颤音。莎莎和小武两人看见她穿的衣服，直接扑过去摸，又拈起布料捻来捻去，赞不绝口，真是很有意思的场面。大概这就是女人本性吧。对她们来说，衣服、首饰盒化妆品，就是国际语言。对于男人来说，如果不是亲眼目睹，很难想象到三个异国女人会因为衣服这个话题直接变得亲密，而且很快就抛开刚开始的拘束感和陌生感，放开了大说大笑。

　　那名尼泊尔女人很快下车了，小武和莎莎两人还对她的衣服赞不绝口。一个说："你看她穿那一身儿，布料是真不错呀，摸起来手感都不同。也不爱掉色。我在这里做这一套，下一水就没法看了。"另一个说："而且她们可真敢穿。我学设计的，都不敢那么用色，他们可好，大红大绿直接披挂，看起来效果居然还不错！"

　　莎莎带过去的那家 Momo 店果然还可以，不过比我在巴德岗碰到的那家还是逊色一点。但是这个没办法比较，已经是不同城市了。人多在一起，做什么事都有点儿热闹。就这样吵吵闹闹地吃了饭，一起出发去找尼泊尔航空公司，我的方向感似乎又出了点岔子。几天前那么容易就找过去的地方，此时居然又不太清晰了。一伙人在一个公园周围绕了两圈，在两旁的路上来回找，都没能找到具体地方。小蔡对着他那本 LP 版《尼泊尔》上的地图研究了半天，最后也没能起到太多作用。后来他们三人先回去了，说反正不着急，我因为和朋友必须明天出发去南方的特莱平原玩，必须在这个下午把机票事情解决，就继续找过去，发现还是在一开始那条路上。

　　在尼航订完机票，顺路往东，就到了加都的皇家广场附近，从那里找了个人力车坐回到凤凰宾馆。在加都雨后湿漉漉的大街上，坐人力车或走路感觉都很好，沿街稀奇古怪的景象和那种中国南方城市一样的潮湿感觉，合起来给人一种既熟悉又陌生的感觉，偶尔会觉得前世就在这里生活一样。

在拥挤狭窄的小巷子里穿来穿去，等回到凤凰时，已经天黑了。我们又去找小高介绍的旅行社，当面问从加都到阿格拉的全套票价，感觉不便宜。那个老板在那里滔滔不绝地说话，他老婆也在一旁敲边鼓，拉拉杂杂一大堆，实际上我在网上已经看过印度国铁的价格，两下对比，就感觉他们这里的代理价格偏狠了。后来看天色已晚，只是在那里买了大家去奇特旺的旅游汽车票。

　　关于这个，一般情况下如果有时间或者能早起的话，也是到汽车站去现场买票更合适。根据我的经验看，加都的旅行社卖的汽车票和自己在车站买的差别不大，但价格要高出至少30%。比如我们从加都去奇特旺，正常票价不会超过300卢比，还可以稍微砍一砍；为了省事找旅行社直接出票，就会变成每张票400卢比，人家说得还像给了天大的优惠。

DAY 26　异国的南方
7月31日 星期四 奇特旺

通往奇特旺的旅游大巴，其实就停在甘提路（Kanti Path）旁边，离泰米尔街区几乎是步行10分钟的距离。但是初次找过去，颇费周折，后来索性打车。天上下着点儿毛毛雨，湿润而淡灰色的开始。

我们到得比较早，等了大约20分钟才到7点发车时间。坐着无聊去买了份报纸，碰到一个很可笑的小贩。他拿着一大把零钱却拒绝找回。我说你不可以这样，起码你要说一声，或者我不要你的报纸。但他只是微笑，恍若不闻。这样明晃晃的欺骗，我在尼泊尔这么久是第一次碰到。后来那个人又跑到车上来叫卖他的报纸，我说：你居然还敢上来。他依然微笑，泰然自若地兜了一圈，走了。真是滚刀肉啊。

从加都去奇特旺，有相当长的一段路和去博卡拉是相同的。所以很多人到尼泊尔以后，一般是从加都到博卡拉，再从博卡拉去奇特旺，又从奇特旺去蓝毗尼，最后回加都，正好绕一圈回来，这样比较省时间。从前小胡还在的时候，我们讨论过从博卡拉直接去奇特旺的可能性，小胡比较踊跃，小莫说他也许钱会不够，大家只好作罢。如果那次真的成行，也许小胡就躲过一劫了。有些小插曲和小事件，确实会影响一个人的人生。

尼泊尔从北到南大致分为三个片区：北部高山地带，拥有八座世界著名的雪山；中部加都河谷一带，奇特旺所在的特莱平原（Terai Plain）属于南部，几乎就是热带的样子了。汽车在崎岖的山路上绕了好久，道旁景色从山石绿

树慢慢变成平铺的稻田，四面看过去都是清新的绿色，这表示我们已经到了平原区。乍看起来，和中国南方的夏日风光别无二致。

这一路上我紧挨着几名西班牙人坐着。他们精力实在旺盛，从发车到抵达终点，唠叨了一路。不排除我对他们喜欢不起来的一个原因是由于他们说的西班牙语太快，让我听着有些吃力和沮丧。实际上早在去帕坦那天，就在一个寺庙里碰到一群西班牙人，在一名当地导游带领下夸张地尖叫："噢，瞧那个房子，多么的高！"（其实只有三层）或者指着一名阿修罗美女雕塑说："湿婆大神的老婆好正点呀！"诸如此类。这是真实情况，不是故意丑化，我猜可能因为导游累了，偶尔胡说八道敷衍他们，他们也不知真不明白假不明白，反正就开心地附和。

我记得读本科那会儿闲极无聊给外国人当导游打发课余时间，有次碰到个求知欲超强的荷兰女人，游个故宫她不光问房子问人物问字画问珍宝，还恨不得把所有的砖石瓦块、花草树木都挨个问一遍，比通常五六个人加起来问得还多，让人解说得口干舌打卷儿。临离开时看见草丛里一个小小的石碑，她老远指着问："那是啥？"我脱口答道："那个显然是石头。"她立刻像被抽了一鞭子一样跳起来："我知道是石头！但我想知道它是干吗使的！"

可见敷衍也要看对象和运气，这个导游敷衍一帮西班牙人敷衍得兴高采烈，我那会儿偶尔敷衍一个荷兰人结果让她气急败坏。此外这也是我出去旅游决不跟团的原因，宁可自己读书或收集资料了解一下，也不让别的导游敷衍自己。

  大概因为特莱平原接近印度，这里的民风在一定程度上开始显得彪悍。下午两点多接近三点，我们刚下车，正在研究这个前不着村后不着店的小片空地究竟是否该算奇特旺，一伙人就围过来，吵吵嚷嚷，争着拉我们去住店。而且他们互相推搡、尖叫，看起来就像在厮打或肉搏。他们这样让人感到非常困惑。其中一个穿黑T恤的小伙子甚至在被别人揪着胳膊的时候奋力拖着背后的人一起挪到我跟前，向我出示一张破旧的纸条，上面用充满煽情口吻的汉字大惊小怪地写道："这里真是太好了。躺在阳台上，甚至可以看见夜空里的星星！"那人说："你瞧，你们中国游客写的故事，他就住的我们这家店！"然而星空也有好多种，谁知道这么嘈杂的人屋顶上的星空是否也会显得杂乱和刺眼呢；北京灰暗的天幕下那些挣扎着发出灰暗光芒的星星我又不是没见过。所以我只能对他的实物广告报以微笑，同时保持沉默。

  这时候开始诡异地下雨，同时发生了一件更诡异的事。和我们同车来的那么多人，忽然之间都不见了，眼前只剩下这一群争执不休的店主。我们四下看了看，旁边还有一名中国姑娘，顿时有一种他乡遇故知的感觉。我过去问她："你怎么还在呀，别的人都忽然消失了。"她说："不知道他们去哪儿了；我订了酒店，有车接。"

  后来我们就在这些特莱平原居民的围堵中，打着伞，在雨地里继续忍受了大概10分钟的样子，接那名中国姑娘的车来了。大家就蹭她的车去了奇特旺镇上。车在一个小花园里停下，那姑娘自去安顿，我们则打伞在雨天随便走，打算看到合适的地方才去住。反正从那些奋勇拉客的店主的行为判断，这地方空房间必然很多，没什么可着急的。

实际上我们住的地方就是遇到的第一家旅馆。它的招牌并不醒目，就放在一条巷口边上，看起来有些旧。我们过去本来只是说问问价格，但是走过那一条鹅卵石小路，看见花园里那个茅草盖的小凉亭和芦苇管编制的窗户，就愿意住那里了。

旅馆女主人看起来有些胖，南瓜脸，黑眼睛，头发盘着，是典型的印度北部山区女人的模样，当然说起来她这里还是尼泊尔南部地区。我们说了一会儿话，她像当地很多人一样问我们是中国人还是日本人。我说我是中国人。她显出高兴的样子，说她以前有很多中国的朋友，因为她在迪拜呆过。我们聊了几句迪拜，但是没有过分地纠缠那个话题，说多了没什么意思。基于同样的原因，我也没问她在迪拜做什么。

这个名叫卢娜的女人看起来热情而利索，我们谈了谈房间的价格，以及可能停留的时间，然后就安顿下来。就在那时候，正在下着的大雨也令人气愤地停了。本来我坐在凉亭里看着花园里那些植物在雨里潮湿翠绿的样子还挺高兴的。

这场特莱平原的雨给我的第一感觉就像中国南方的留人雨。你在外面走或打算离开一个地方的时候，它就一个劲儿地下，压根不让人在外面待，等人不打算到处走了，它就恰到好处地停了，丝毫不肯浪费半滴水。

骤雨初歇，空气湿润甜美，对我这种痛恨早起的人来说，既然已经很早起来颠簸了大半天，这个时候就是适合睡觉的时间。于是我往床上一躺就睡着了。一般在旅途上我的睡眠质量往往比自己长期居住的地方还好些，可能是日常生活中劳累的时候太少。睁眼的时候已经快下午五点了，外面阳光灿烂而且温柔。本来还可以继续睡觉，我忽然想起，这是距离我常住的北京或我的老家四川非常遥远的特莱平原的阳光呀，应该出去玩会儿。所以就恋恋

不舍地起床,出去走路了。

奇特旺这个镇子,本身很小很小,那一条街道直通一条河流,传说有些人在那狭窄的河面上划独木舟。也有人说,河里有鳄鱼。从我们住的地方走到那河边,大概要五分钟的样子。

那条河不算宽,应该说是一条稍微有点儿规模的溪流,但是周边风景很不错。这里的天空看起来蓝得通透,很湿润和纯净,毕竟是真正的乡村。河边有一些茅草亭子,盖得类似于非洲或东南亚海滨的那些类似的建筑。特莱平原大概也能算是热带,不过这样的休闲建筑风格不大像尼泊尔本土遗风,更像是对其他地区的模拟。当然,这些小凉亭和小草棚都比较实用而且美观。在绿树四合、青草丛生、夕阳返照的幽静河边,它们看起来非常有吸引力。尽管由于之前坐了六个小时的车,我对椅子已经产生了暂时性的仇视心理,还是跑过去在某张一看就非常坚硬粗糙的木头椅子上坐了片刻。

几条独木舟泊在河湾处,背面是一片茂草。这景象令人联想起"野渡无人舟自横",虽不及诗中的孤舟野渡充满幽静之感,也还有几分野趣。这是一个油画一样的黄昏。可惜我无法拍出油画一样的照片,只能静看天上的流云和夕阳落山的璀璨霞光以及它们在水面上跳动的光影和在水中的倒影。实事求是地说,奇特旺河畔的晚照是迷人的,尽管这一切发生在一个虚拟的非洲或者虚构的东南亚。

  天色渐暗、只有一些余光还在远处的树枝间闪烁的时候,我们走河边的另一条路,绕道从镇子的背面回住处去。路上碰到一名当地人,他热情地迎上来说:你好你好。他的态度让我无意中回忆起小莫对印度人的评价——几乎每一个主动来找的印度人都是想做某种交易——于是等待他的下文。这个人说:我们在加都见过的。我说:真的呀,那是在什么地方呢?抱歉我不记得具体细节了,提醒我一下。他说:我也不记得了……然后他向我们推荐骑象漫游丛林。根据他的说法,在奇特旺骑象包括两个部分的费用,一个是野生动物园的门票,一个是租用大象和导游的费用,加起来 2000 卢比光景。我们大概说了说他提供的价格,告诉他明天决定,就离开了。

  那时候街上没什么灯光,碰到了临时停电,只有点蜡烛。住处花园的小凉棚下,一张桌子上也点着蜡烛。在那里坐了片刻,在这个潮湿同时失明的

夜晚，仅仅过了片刻就感到身上千针万刺，不知道有多少蚊子在黑暗中对着人的血肉冲锋。真是很熟悉的中国南方花园雨夜的感觉啊。就着烛光看，某些飞到近旁的蚊子也算得体态健美丰肥，果然也穿着中国南方蚊子特有的那种海魂衫，白肚皮上黑印子一道接一道。这样时髦的蚊子北方是少见的，北方蚊子通常比较干瘪、渺小和猥琐，大概是因为缺水发育不良。当然它们扎人一点儿不嘴软。在奇特旺这个凉棚下，后来虽然来电而且点了蚊香，那些蚊子还是多得不需要拍打，在身上随便一摸就纷纷往下掉，地上蚂蚁捡到肯定会觉得天上下肉了。

　　说起来这环境不免有点儿险恶，但仍然值得一待。起码那天晚上我在凉棚中坚持坐到了比较晚的时候，对我来说暖湿地方夏天的雨夜总是很有亲切感，尤其是旁边还有那么多灌木和花朵。直到卢娜都带着她那个一岁多的大胖儿子从凉亭边走去她的房间睡觉之后，又过了好一阵，我才回房间。

虚伪丛林骑象记
8月1日 星期五 奇特旺　　**DAY 27**

　　昨天上午到中午的几个小时颠簸，在睡觉的时候再次发生了作用。我本来是在看着电脑里的图片和文字，不知道什么时候就睡着了。还好我睡觉永远是"挺尸"状态，在任何一个地方平躺下去，只要睡着，就会那样一动不动睡到天亮才醒，所以平放在身上的电脑也没摔到地上去。类似的情况这次出来玩其实发生过不止一次了，可见仰卧也还是有好处的。

　　和房东卢娜聊天的时候，我说起准备去奇特旺野生动物园骑象，这也是很多游客来这里的传统项目。她说，一般去的话有三个时间段，清晨6点半、上午8点半和下午3点半，基本上我们只剩下午的时段好选择了；如果碰到大雨，那个时间的活动还可能被取消。

　　早饭后出门逛街。这个镇子上通共也没几家商店，其中倒有两家是卖旧书的，有小说、传记、历史和游记之类。别的基本都是工艺品和旅游纪念品商店。道路两旁很多商铺都挂着旅行社或家庭旅馆的牌子。

　　所以这一逛的结果是再次走到河边。途中碰到昨天那名中国姑娘，她正骑在象背上从河边回来，高兴地说骑象在河里淋浴很好玩。她之前都已经起大早去过丛林了。我说你的日程安排真满啊。她说下午就要离开，赶着去另一个国家。真是生气勃勃外加精力旺盛，这样快节奏的旅行方式对我来说是难以接受的。不过青菜萝卜各有所爱，各人以各自的方式打发时间罢了。

我们坐在河边的凉棚里看水中正在淋浴的一对夫妻，大概还是西班牙人。那个长着一张拉丁面孔的中年男人 45 岁光景，光着膀子，拥有下垂的双乳、肥白圆润的肚子和一个深陷的肚脐，骑在象背上玩得兴高采烈。那头象偶尔吸水上来，象鼻充作临时喷头，把水洒到他身上，有时候又故意把他摔落到水里。它基本上就是在驯象人的监督下陪着这个男人玩。看得出来这头象在特莱平原燠热的天气里也喜欢这一片水。才刚过 10 点，我就已经感到热气从地面升腾起来，蒸得人全身发烫。大象有那么厚的皮肤裹着，显然更觉得闷热。很多时候它更倾向于安静地站在那里，把长鼻子插在水中，像块岩石一样一动不动。后来那个男人玩累了，跳下来站在水里，他那个栗色头发红脸膛的老婆又骑上去。忽然大象故意往水中侧躺下去，那个女人也滑到水里，惊叫一声，立刻浮起来。驯象人抽了大象两鞭子，冲它嚷了一句，它只得又站起来，让那女人爬到背上。

这个"与象共浴"节目应该也是计时收费的，我们看完这一对夫妻和大象嬉水的全过程，后来他们陆续上岸，都离开了。河边只剩下我们这几名中国人坐在那里。奇特旺这一片水边灼热清静的晌午，让人有些昏昏欲睡，却又不想离开。脚下的沙土很细很软，也有一些蚂蚁爬来爬去。河对面有一片草丛，再远点儿是浓绿的树林，那之后是蓝的天和白的云。我喜欢这种悠闲、无所事事的时间，这是南方人本性再次发作。

中午吃饭的时候又确认了一下三点半的行程，卢娜说不会有问题。值得一提的是，这个地方居然能买到茄子和丝瓜。尤其是丝瓜，在尼泊尔将近一个月了，看到一次真是不容易啊。我最爱吃的四种蔬菜就是丝瓜、竹笋、香菇和南方产的水萝卜，有人曾经因此认为我的饮食习惯接近和尚。不过，即使在北京很多地方吃饭，丝瓜也不是容易碰到的。可能因为这里气候暖湿，与中国南方更接近，所以出产这种我个人认为最清鲜可口的蔬菜。

刚吃完饭，外面忽然"噼啪"连声，直接下起大雨来。这个地方和加都

最大的差异就在这里。云雨没有丝毫过渡或准备，上一刻还是阳光灿烂，下一刻满世界豆大的雨点直往下砸。到处都是人狂奔收衣服。我们住这个地方晾衣服是在屋顶上，卢娜叫了一声，飞快地蹿上去露台。我去看了一下，那个梯子较为窄小，不知道她那么丰满富态的人，如何能如此身手轻捷地"哧溜"上去。一开始我有些担心这场大雨或会波及下午的活动，但想一想应该是两个可能：一是就这样下到天黑，但概率偏小；二是激情宣泄一阵之后归于平静，这更符合夏天的雷阵雨给我们的印象，虽然此地似乎没有太响的雷声。这样琢磨着，人躺在光滑的凉席上，却在连续不断的雨声中睡着了。

这一场午睡结束，就已经是三点钟光景，还有零星的雨丝，懒懒散散地下着，但可以忽略。严格地说这是一个湿润而饱满的阴天，非常有质感的样子，似乎伸手可以抓住这天气的一角，予以把握或把玩。在这样的天气里回忆自己的家乡是自然而然的事情。我还记得前一两年有次夏天在成都，看芭蕉叶被雨水冲刷之后，舒展在潮湿的阴天里那种油润肥绿光可鉴人的样子，看了恨不得有一个小时。

待了一阵儿，一辆类似中国乡野最常见的小货车一样的什么车型开过来，接我们去公园，尽管卢娜早上告诉我们会是吉普。这个车显得很挤，里面已经有几个人了，木凳子上到处都是水。怪不得车上有两个人还穿着雨衣。这车绕到街背后那条靠近树林的路上走了一段，又接了一对青年男女，看样子是俄罗斯人。男的一头柔软的金色头发，粉白的脸蛋上有几点疑似雀斑的淡淡暗影；他女朋友长着一张矛盾的脸，灰色的眼睛很温柔，鼻尖却犀利得可以杀人。我不禁暗自猜想：那些我以为是雀斑的东西，是否为激吻后留下的爱之伤痕呢？这个问题看来无法得到答案了。

小货车开进公园的草地上，我们被要求脱了鞋子，顺着一个很高的木架子，爬上了象背。几个人坐在象背上的木框里，有的朝前，有的朝后。俄罗斯情侣和我们骑同一头象，战战兢兢抢先爬上去，偎依着坐下。我们后爬上

去，背对着他们坐下，脸朝后。鉴于有至少一头大象先前已经出发，他们将一路看着前面开阔的景色和前面大象的屁股和尾巴，我们则要看到后面大象的鼻子眼睛和后面开阔的景色。想起来其实很对称和均衡。

　　赤脚踩在象身上的感觉很奇怪。我的脚踩的地方是肥硕的象臀，不知道别的部位如何，至少这个地方我有整整四个小时去感受，所以可以实事求是地说，那触感非常接近于踩着一把毛刷。偶尔故意轻轻踢它一下，但是大象占了膘肥皮厚的好处，几乎毫无感觉，这让人不免有某种轻微的挫败感。后面那头象一度跟得很紧，我因此可以非常仔细地看它一阵，偶尔它也会漫不经心地看我一眼。我敢说它见过的人比我见过的象要多，所以它对我几乎谈不上任何兴趣，我们之间如果存在某种观察，那也是单方面的……根据我的认真研究，这些象的面孔都长得差不多：岩石一样灰黑的皮肤，有无数横向分布的粗糙的纹理，但是在鼻梁、耳轮和头顶三处出现大片肉色，这些肉色周边的黑皮肤就变成黑色颗粒状。看起来它们像是脸上存在雀斑或白癜风，头顶又接近斑秃。不过这种表面上的些许小缺陷似乎无损于它们的整体视觉效果，一来大象本来就不以美观著称，皮肤病无非让它更不美观罢了；二来它确实身躯比较庞大，人们更容易对它的健硕魁梧印象深刻而不是皮肤的光洁度。

　　我们的路线其实很简单。首先穿过一片浅草丛生的草坪，慢慢走进树林，里面居然还有很多枯黄腐败的落叶，枝头经常会滴落一些不明液体，有可能是积雨，也有可能——我认为这并不荒谬——是小鸟小兽在枝头小便。在这片林子中间，有人见到了鹿。出了树林之后，外面是一大片象草，大象就载着人在前面那头象留下来的一条类似于污水沟的足迹上走着。那些象草堪称茂密，暗绿色的叶片能达到骑在象背上的人肩膀那么高，边缘锋利得接近刀片，估计扫在人身上能直接割开皮肤。这一片地带更接近于湿地或沼泽，地面上有丰富的水分。有时候有野鸟从草丛中"呱"地飞起来，连扑带飞直奔远处去。

这支骑象队伍连续穿过两片树林和两片长满象草的湿地——在其中一片里，大家围观了几头犀牛。它们在众人的目光中不知所措地停留片刻，径自往草丛深处走去了，从后面看起来，它们身上尤其是臀部披挂着重重叠叠的皮肤，很有坠感，似乎穿着某种古怪可笑的铠甲。

　　那之后人们发现面前出现一条河流，象队就在河滩上沿着河流的走势徐徐前行。这是一次缓慢、颠簸而且蜿蜒的骑象之旅，也是一段发生在虚伪丛林中的旅行，而非真正的热带雨林。实际上只有最后越过河滩进入的那一片树林才有点儿接近我所想象中的热带雨林。因为那些树木的叶子都很肥大、浓密、繁多，枝干上还被奇形怪状的藤蔓密密地纠缠着，不同形状和绿得深浅各异的叶子交织在一起，茂盛中隐藏着一种抢夺和厮杀的味道。而且这里空间被利用得见缝插针，头上脚下或四周，处处都长着不同的植物，连树干上都可能出现藤蔓以外的寄生类，它们都跟拼命似的长着，空气中都带着一种灼热、焦虑、疯狂、魔幻且 SEXY 的味道，好像这些植物都被打鸡血了。这才略微有点儿雨林的样子，之前那些树木间隔过大，排列过于稀疏，尽管有美感却长得彬彬有礼各不相干，相互间过于静态和淡漠，缺少了这种热烈的彼此纠缠和争斗。那些大象穿过这最后一片树林，不知受到什么感染，纷纷在行进间毫无预兆地拉出体积庞大且沉重的粪便，一摊一摊掉落到地上，发出沉闷的响声。

在缓慢的节奏中摇晃4个小时之后，这次的虚伪丛林之旅宣告结束。每个人身上的衣物都散发出大象身上才有的浓烈体味儿。这种奇怪的气息还产生了某种误会。从象背上下来之后，我们在回去的路上随便到路边的花园看了看，没见到几个人，反倒邂逅一条白色的狗。它一反大多数尼泊尔狗温柔沉默的风格，而是热情地跑过来往人身上扑，边扑边蹭，表情显得非常兴奋和激动。有人认为它发情了。真是冤孽呀。种种迹象表明，它也许是在努力表达对大象体味的特别偏好。

在这个下午的折腾之后，回到住处就休息了。临睡前，旅馆主人卢娜带来账单。我们在这家旅馆除了吃早饭，因为太久没吃到中餐且在这里又发现了中国也有的蔬菜，平时都尽量自己买菜自己做。尽管我们自己提供原料自己加工，但卢娜全是按照她直接提供饭菜的费用计算的，真不愧在迪拜待过，很是精明。她的行为再次表明特莱平原这地方已经受到印度生意人的感染了。在尼泊尔我遇到过三种类型的餐馆或旅店老板：一种是不管当地人还是外国人，一律同样价格；第二种是针对本国人和外国人，给两种菜单，说要不同的价钱，也无可厚非。第三种是奇特旺这个卢娜这样的人，千方百计虚开价格，拉开架势等着你去和她砍价，这在一定程度上有点儿逐利太过了。我们后来决定不破坏心情，就没有和她讨论账单中的问题，只是决定不再信任她提供的信息。

即使只是寻根
8月2日 星期六 加都 **DAY 28**

前天和昨天连续下的大雨，在我看来只是寻常天气变化。没想到会对我们的计划有所影响。在加都出发之前原本打算，在奇特旺玩两天后直接去蓝毗尼再返回。但是卢娜一大早就告诉我们：从此地去往蓝毗尼的道路因为车祸和暴雨，已被迫封停。

鉴于对她已失去信任，我们带着行李直接去了车站，反正如果真是这么回事，也要坐车返回加德满都。从镇子上出发，沿着与那条小河相反的方向步行20分钟左右，穿过一大片葱绿的稻田，就到了来时的那个小车站。这里停着几辆大巴，分别是去加都和博卡拉的。

这里的司机证实了道路损毁的消息，并说，如果要去蓝毗尼，必须先到博卡拉，再从那里去蓝毗尼；而且，就算两段路所坐的车幸运地衔接得比较好，也只能在当天非常晚的时段到达目的地。我想了一下，在蓝毗尼那种地方，如果只住一晚上就走，什么也看不了还纯粹找累，倒不如不去，就决定直接回加都了。坐这种长途车，在随身行李多的时候，我一般选择后排，也许比较颠，但不会挤得那么狼狈，身体活动范围略大，感觉自在一些。

中午停车吃饭的餐馆和来时几乎一样的。我发觉奶茶永远是我的克星，只要一看见总是愿意喝一些。在尼泊尔我喝过的奶茶可能比很多在这里待了超过一年的中国人还要多，肯定也不会比本地人少。基本上任何时候吃饭，我都忍不住要奶茶。这次停车吃饭，一方面由于那餐馆生意还不错，另一方面可能过往客商太多，我等一杯奶茶等太久，几乎忘记了时间，后来整辆车的人在边上等我喝茶。真是作孽啊！

这一路上再无别的新鲜事，基本上就是怎么颠过来的再怎么颠回去。直到看见道路两旁的山坡上出现一些住宅，我才能相信，总算要到达加都了——然而就是这样，也还是在又熬了半个小时之后才到了终点获准下车。想起在国内的日常生活中懒散悠闲、四体不勤有时甚至整日昏睡，居然在这里隔三岔五要经历这样的跋涉和奔波，可以想见人的潜力确实无穷。终于到凤凰宾馆大厅能够上网之后，在 QQ 上和一个认识的人发出了这番感慨，那厮直接说这又一次说明人都喜欢犯贱。对这样粗豪的言论我只能直接无视。

实际上我们摸回到凤凰宾馆也还颇费了些周折。下车的地方看起来一半熟悉一半陌生，我不能确定我是否来过这里。后来凭直觉选了个地方，发现要经过一个菜市场，就在那里看了一会儿。蔬菜有好多种不认识的。还有个地方列出一张肉案板，上面除了几方肉和两把油晃晃的钢刀，还放着个染成鲜红的生猪脑袋，在这个印度教盛行的国家看起来很突兀。

沿着一个斜坡走上去，在满大街的雅思广告、托福广告、计算机培训班海报、电影宣传画中，看不到任何可以作为参照的东西。那时候天色晦暗，似乎又在酝酿一场落井下石的大雨。加都的寻常百姓我已经越来越习惯不向他们问路了，很多人给我的感觉是从来老死在自家屋里，要让他们说清楚一个陌生地方那是指望不上的，好像这个城市有多大一样；而且很多人会非常热心地告诉你一个南辕北辙的路径。

带着"反正是逛街"的心情继续胡乱走了一段路，一辆摩托忽然开过去，上面坐着一名警察。真是亲人啊。没错，尼泊尔的军人和警察就给我这么亲切的感觉。我没有亲身经历过战争，从前看到的军警资讯就不去说了。总之，这次到尼泊尔境内之后（樟木关口是在入境前，也许是例外），我发现他们的军人和警察还是值得一说的。基本上每次拦下一名军人或警察，他们对游客的态度都很亲切友好，那真是春天般的温暖，而且足够有耐心。比如这次，这名30岁左右的帅警也是事无巨细地告诉我去泰米尔区该怎么走，一共拐几个弯，分别向左还是向右之类……最后我说谢谢。他来了句：My pleasure（不胜荣幸）。人们可以说这个国家弱小、贫穷或者落后，以及提出它所存在的别的缺点，但是它境内的许多军警表现出来的职业精神和礼貌教养那是真不错。

摸回去休息了不长一段时间，又该吃晚饭了。这次我们继续到当初小莫第一次带我去的那家藏民小餐馆吃饭。如今小莫已经离开，小高他们也去印度了，我初到凤凰宾馆时结识的人，几乎都换了一轮儿，偶尔去大堂里转转，发现只有自己还算个老面孔。有时候我觉得我是这地方的一个NPC，永不离开，只看着他人来来往往。

吃晚饭的时候，我意外地在那个餐馆里狠狠地八卦了一通，因为碰到个中年的藏族男人，和一个中老年光景的西方女人在一起。

这两人和我们同桌等饭吃，一边等着，一边聊天。我大略扫了一遍刚买的《喜马拉雅时报》，一抬头，正好碰上那个藏人研究的目光。他是一名40多岁的汉子，精瘦，头上梳着油亮的两片瓦，右颊上一颗大黑痣，让我莫名其妙想起电影里见过的三四十年代活跃在重庆街头的一类男人。他说话的时候，眼珠略微外凸，显得比较用力。我认为他有一种神经质的文人气质。

这男人发现我在看他，微笑一下。我们就开始侃山，不久旁边一个新西兰女人也加入进来。

我们刚开始聊天感觉还好一些，起码能让对话进行下去。但是这两个人，尤其是那名新西兰女人，一方面试图挑起争论，另一方面又经常偏离主题，东拉西扯，让我感到有些厌烦。我尊重任何人的任何观点，但需要对方在发表看法的同时提供合理的论据和论证过程。信口雌黄、过于感性和随便地议论严肃主题，未免太荒唐了，还不如讨论加都今天的柴米油盐是什么价格来得有现实意义。

好在那时候大家都吃完了饭，他们发现我继续聊天的兴致不高，就很有礼貌地道别，起身离开了。我们也随即返回到凤凰宾馆，发现小蔡、小武、和莎莎三个人正在餐厅里吃中餐，同时等着把从巴基斯坦使馆代取回来的签证给我同行的朋友们。

莎莎虽然是成都人，却不像我印象中大多数成都姑娘那样白皙水灵的娇柔模样。也许是在泰国玩了一阵的原因，她皮肤略显黝黑，头发盘着，抽起烟来比我还熟练。只要想想她孤身一人从成都跑到泰国又从那里一个人跑尼泊尔来，也会觉得她还是比较有勇气的。原本她打算和我们一起直奔印度，碰到小蔡和小武之后，鉴于她自己在尼泊尔的时间太短，她认为她还需要在当地和小蔡他们一起再待几天，稍后再南下。不过他们由于旅游路线不尽相同，所以到印度之后也会很快分开。

红衬衣的长发老太
8月3日 星期日 加都 DAY 29

  所有认识的这些人们，都跑去尼泊尔航空公司订机票去了，他们的巴基斯坦签证都拿到手，做完机票预订并拿到电子票，再去印度使馆就不会有什么问题。我于是狠狠地睡了个懒觉，直到中午才在饥饿的驱动下起床。

  正好人们陆续回来，大家一起到凤凰宾馆的餐厅里，吃中餐。老板娘是四川人，这里的回锅肉和麻婆豆腐看起来不错，吃起来味道也还可以。我怀疑自己吃了太多的饭，似乎连晚饭都吃了。以前有人说我对辣椒的口味比较腹黑：可以长期不吃，吃起来很辣都若无其事。考虑到我曾经在川菜之乡从小长大到中学毕业，为了上大学才不得不离开，也许他们的看法是对的。

  在大堂里看看新闻，听听八卦，眨眼工夫就是黄昏了。我们去泰山宾馆的"巅之杰"旅行社询问从尼泊尔去印度阿格拉的全套车票价格。这个旅行社的老板 Promo 以前是一名导游，曾经为某个中国女人工作过，大概给她留下较为深刻的印象，后者在杂志上写文章介绍了他（大约是哪年的一期《健康之友》，标题是《Annapurna 徒步日记》）。

  也许 Promo 从此被更多中国人知道，他因此获得了更多客人，后来就这样自立门户了。总的来说他对中国人态度非常友善。在他的旅行社里，可以看见那篇文章被放大成一个宣传板挂在墙上展示。他给我们提供的报价是 5900 卢比左右，比小高介绍的那家他们认为最便宜的旅社开出的价格低三分之一的样子。这名小老板还有一个长处，他可以说简单但是清晰的汉语，沟通起来有亲切感。不出意外的话，我们会到这里订票。印度国铁网上订票系统用起来还是很麻烦的。

　　就在巅之杰旅行社，我遇到一名南京来的老太太。她穿大红衬衣，披着长头发，来询问加都一日游的价格。我认为他们说了半天都有点儿答非所问，主要问题还是旅行社小老板的汉语不太够用，老太太对加都的情况又过于不了解。后来老太太直接向我提出问题和要求，我回答了她。她直到事情结束、我起身离开时，才明白我不是旅行社的工人。于是她带着一种令人诧异的热情猛烈地道谢……后来她告诉我，这次她一行三人，都退休了，从南京一起过来的，想在加都好好玩一阵儿。我说这是非常不错的主意。不过我已经见识过了刘师傅的精神头儿，看到她就不太意外了。当然，以60岁年龄不需要儿孙陪伴而自己想办法出游，在我看来始终是了不起的，放任何人身上都一样。

　　晚上回去又看见同样的场景：小蔡、小武和莎莎三人在凤凰的餐厅吃饭。这次他们是来约朋友明天一起去印度使馆拿签证。他们三个人在外面闲逛的时候，摸到一家博物馆里，碰到了一名友好的尼泊尔老先生，带他们去自己家里参观和聊天，也算一段有趣的插曲。

印度使馆的签证照常分为上午和下午两个阶段，我有别的安排，没有参加他们上午的部分。反正也就是递交表格和钱，通常不会有什么意外。

上午八点，尼泊尔人阿佳亚（Ajaya）来了。我把相机还给他，约他一起吃午饭，他推辞两个回合，到底答应了。说起这个相机的事情，有许多情节，牵涉到许多人。从西藏日喀则被小偷扒走相机，我就感到非常不方便，刚到加都第二天就去找，但是当地电器一条街新马路上卖的那些价格比较离谱。我和朋友们聊起这件事，大家认为不用着急在当地买，可以两手准备。一方面和在加都的游伴出行时，让他们帮助拍下我想要的图片，这中间小莫帮了我很多忙，不用说平时一起去看景点，甚至有一家报纸的约稿配图，也都是他专门去帮我拍摄的。另一方面，国内的朋友想了一些办法，因为他们有人要过来，可以买一个顺便带来。但是为了减少不便，在中国国际广播电台工作的兄弟又找到他们台的尼泊尔专家，给他的女婿打电话，给我送来相机先用着。这位专家的女婿就是住在加都的阿佳亚。

头天晚上没休息好，因为看一堆报纸误了时间。早饭的时候有些昏沉，有个女人一边吃凤凰宾馆提供的免费早餐，一边抱怨稀饭过于稀，有几个人附和着一起声讨。我想，如果她们长期天天吃尼餐，就会觉得这里的中餐更重要的意义在于提供某种慰藉和回忆，而不是让人去百般挑剔之后自己找不痛快；何况人家实际上没有义务供应免费早餐。

饭后接着睡觉，感觉时间没怎么过，梦的情节才刚刚开始，朦胧中就听见前台敲门，前台的人说我早上约的人已经来了。时间过得真快啊，尤其是在人睡觉的时候。我和阿佳亚去吃当地的塔族风味餐（Thakali Kitchen，塔卡里族特色菜，该族为尼泊尔少数民族，也是该国第二个以经商著称的民族，传统上垄断食盐贸易），这种民族特色菜对尼人主体来说类似于傣族菜、蒙古菜之于广大中国人。

和阿佳亚八卦了一阵，我觉得他是个很能干的家伙。他在尼泊尔国家电台上班，业余写点儿书，还很会干技术活。联想到他老丈人在中国的国际广播电台当外语专家，我说你们真是电台世家。他用汉语说："嘻嘻（谢谢）！"他看着盘子里那几只红得虚假其实淡而无味的辣椒，呼呼喘气，皱眉吐舌，说："呵呵（Hot！Hot）！"我不明白他这样一个在以咖喱和辣椒为重要调料的尼餐环境中土生土长起来的加都人怎么会存活到现在。他抹着因出汗而显得油亮的黑胖圆脸，诧异道："你不觉得辣？"我说我不大吃辣椒，但很少碰到饮食算得上辣。他于是说了甘地中弹后说的那句印地语名言："He Ram（等于英语 Oh Lord，天哪）！"

真是个奇怪的人啊，他说得好像我对辣椒不敏感就与毗湿奴的化身罗摩大神有多少关系似的。随后见他喝两口本地小啤酒便脸色发红，抽一根小烟就有些犯晕，我算有些理解他了：合着这哥们儿就是一过敏体质。不过他还是兴高采烈地接受了我送他的两包中国烟，说准备见人就发一根儿，让朋友们都尝尝。他这次来甚至还打算带我一起去帕坦玩，我说我确实去过了，并且今天下午不能离开加都。他于是显得有些遗憾，自个儿骑着摩托回家了，我们互相留了电邮地址。

下午休息片刻，去印度使馆看大家拿到盖了签证的护照，确保明天可以离开尼泊尔。此后，又跟着去尼泊尔航空公司旁观朋友退机票。这地方是小高和我一起找到的，退票费在加都各航空公司中也许算最便宜的。不过10天光景，信息流传颇广，越来越多的中国人去那里买票之后又退票，以应付印度的签证条件：首先出示一张离境机票，然后才给签证。

今天尼航似乎有些为难人的意思。先是让人从五点等到接近六点快下班的时候，接着说现金不够了，存银行了；总之，明天再来吧。几名员工就这样互相推来推去。最后推到一个坐在里间办公室内的中年男胖子那里，算是完成了一圈循环。这胖子还要推托，我只好去和他说话。他看起来特别不高兴。这是我不太能理解的。就像一名中国小姑娘所说："不过是打一张纸片，就给10美金，他们吃亏了吗难道！"说来说去，还是印度使馆的规矩比较麻烦，非要有离境机票才给签证，生生逼得各路人马去找航空公司应景儿。

尼航的这名胖子言语颇为不善，气呼呼地指着挂钟说："都几点了？你们要五点来。"我说："从五点到现在等一个小时了，这样把人推来推去很好玩是不是。"他猛烈地抱怨，说最近来买票之后又退票的中国人格外多。我问："买票之后退票，并且付退票费，违反你们公司的规定没有？"他愣了一下，停顿片刻，恼怒地说："没有！但是——"我微笑说："哦。"他就拍了一下桌子。我于是很感兴趣地凝视他的手掌，要是我那么彪悍地拍一下，估计不是桌子坏就是手拍肿，然而他的脂肪组织起到了良好的缓冲，所以两者居然都无大碍——做胖子，真好！

他发现我带有学术研究性质的、含蓄而复杂的目光，立刻虚火上炎，拿起电话，用尼泊尔语大喊："叽里咕噜，稀里哗啦，喊里喀嚓！"以我所知道的有限的尼泊尔语口语词汇连蒙带猜，大意是罗摩大神的斧头啊，湿婆大神的叉子呀，赶紧退票让他们走吧……诸如此类。那之后就退了票。我很高兴不需要说什么过分的话就能让双方解决问题。

这之后我们去找昨天看好的巅之杰旅行社计算行程和准备出票。然而非常不幸的是，由于我们在尼航被耽误的时间太多，又在这家旅行社外碰到昨天那位红衣老太太要求我们等她们三人一起去印度而不得不耐心地解释了一阵（我在这个国家的签证到期了，必须离境，不可能再等她用三天时间去办理两国签证），我们坐到小老板的办公桌前时，他这里已经无法出票了。他耸耸肩，抱歉地说：过点儿了。

这就是我接下来不得不熬夜在网络上查找更多资讯来核对从明天开始的两三天内，路途上需要涉及的各种细节（入境、路线、车站等）的原因。天亮之后我就要带着行李和几天前才从北京过来的朋友们一起离开尼泊尔，穿越这个国家南部的边境，去印度像打仗一样地旅行。

小蔡他们也过来和我们一起吃散伙饭，因为我们要先走。有几名刚去印度收到账的中国商人也来凤凰宾馆吃饭，他们正巧需要去赌场用印度卢比换尼泊尔卢比，我们则需要反过来换。于是双方皆大欢喜，展开现场交易，大家都知道印度卢比与尼泊尔卢比的汇率是固定的 1:1.6，所以也没什么需要讨论和砍价的地方。我们没花光的尼泊尔卢比看起来还比较多，鉴于剩下的假期时间有限，在印度不可能待太久，我有点儿怀疑我们换的这一堆印度卢比在该国不大可能花完。

从7月6号入境，到8月5号离开，这次我在尼泊尔是待足了整整一个月。就算还想逗留也很麻烦，我的签证6号就到期了，当初莫名其妙地只要了一个月的时间，仿佛是无意中掐准了算好了似的。偶尔想起来，我好像在这地方赖到赖不动才走了一样。不过我真是觉得尼泊尔人从总体上看还是很温和可爱的，并且不乏诚实。他们给我留下的大体印象颇为不错，所以在离开的前夜，在最后核对旅途中各种资讯和细节的同时，我一边犯困一边乱打几个字表示了一下对这个国家和人民的惜别之意。

通往印度之路
8月5日 星期二 加都—苏瑙利

DAY 31

我们清晨 6 点 30 左右出发，在新车站（Neya Bus Park，本地居民又称 Balaju Gongabou，后者在司机中间更流行）坐车。从凤凰打车过去的士费 120 卢比。这里有很多长途车，去博卡拉、蓝毗尼、珀勒瓦（Bharawa）等等，还有直达出境小镇苏瑙利（Sunauli）的。

也有到尼泊尔甘杰（Nepalganj）的长途车，这个地方也是边境城市，往南 4 小时火车就到印度的勒克瑙市，位置非常不错。尤其是，勒克瑙是我长期以来很向往的一个城市，莫卧儿王朝末期，波斯文化也曾在当地回光返照过一阵，算是很有特色的地方。但是传说尼泊尔甘杰距离加都有 300 英里，不知道长途车要坐多久；而这里的大巴时速一般在 15—20 公里，想想就知道是地狱一样的旅程，所以不考虑从那个城市进入印度。

去珀勒瓦的长途车费是 400 卢比每个人。车况不是太好，我们坐在靠近车门的前排，能伸开腿，还算不特别难受。上车的时候，我的背包刮在门框上，水壶掉出来，"哗啦"一声摔碎了。这个淡蓝色的水壶是我在北京买的，用了整整一年了。我带着它从北京出发，一路走过拉萨，到达加都，又在这个国家辗转了一些地方，就在此时要离开之际，忽然发生了这种戏剧性变化。好像我在这里生活的这些日子，都一起破裂，变成了一堆不真实的碎片，迟早要被忘记一样。所以这个摔裂的水壶对我本人来说构成一个隐喻，它提醒我要尽可能多地把一些经历和事件记下来，免得它们被大脑当作垃圾信息处理掉。

等开车的时候，我去买了一些零食，和一份儿报纸。上次出发去奇特旺碰到那个卖报纸的滚刀肉，也奇异地出现在这里，上车来兜售。我们彼此都看着眼熟，随即都认出了对方。我说：HI，你最近应该收入不错吧，你的报纸都10卢比一张地卖。他笑而不答，转了一圈，径自下车了。

从加都到珀勒瓦的漫漫长路，就在我的胡思乱想、偶尔对周边的一瞥以及一些简短的聊天中间过去。有个尼泊尔老妇人买了个石榴在那里吃得津津有味。窗外越来越多的水田风光显示我们正在一路往南。这中间，我们按照乘坐当地长途车的惯例，在午间下车吃了一点饭，这大概是这段时间以来最后一次吃尼泊尔风味了。接替它们的将会是印度的饭菜。我还记得在凤凰宾馆和一个原本打算去印度玩的人聊天，他问印度饮食与尼泊尔饮食比起来有何不同，我说："更多真正的咖喱（是Masala不是Curry），更多辣椒，更多乳制品，更不能随便喝的水。"他立刻颤抖了一下，心碎地看了我一眼，哀叹说要回家。

这一路上自然也少不了人们由于水火熬煎，下车觅地解决的问题。基本上，在尼泊尔，乃至接下来的印度，坐长途大巴赶路，大致是一样的风格：人们尽管个别时候能幸运地发现厕所之类的公用设施，大多数时候还得在内急时学会自己寻找自认为隐蔽无害的地方自我纾解。在这样一种天然的大环境里，害羞或畏缩的代价是膀胱受到过度挤压或者别的什么肌肉、组织之类过度劳损。如果非要寻求某种自我解释或者自我安慰，在这样的情形之下，神经过于细腻的人或可带着轻微的装逼色彩告诉自己要学会倾听内心的声音，尤其是倾听身体发出的呼喊。

到了珀勒瓦，明知道蓝毗尼已经非常近，我们也还是放弃了。我的签证在8月6号到期，只剩下最后一天；我不希望6号当天还在尼泊尔境内，为一个临界的日子与当地人争辩6号究竟是在期限之内还是期限之外。所以，必须在今天离境。从珀勒瓦还需要转一段车才能去边境的苏瑙利小镇。我去看了一下，有当地的大巴、中巴和微面等等；也有过境长途车拉客，在此间买票，可以直达印度的戈拉克堡（Gorakhpur），中间需要下车做入境登记。当然还有三轮（Richshaw）。

在车上晃悠了七八个小时才到这地方，刚下来时我有点儿分不清楚方向，又有大堆人争吵着来拉客，让人不免烦躁。此时是下午两三点钟，正是最热的时间，太阳当顶，非常炙烤人，对在凉爽的加都待久的我来说很难容忍。所以后来我们直接坐了一辆三轮。车夫开价 60 尼泊尔卢比，我们还价到 40 尼泊尔卢比。他同意了。

这一段通往边境的小路，略显平坦，路上看见一辆卡车，上面坐着包头巾的锡克人，也有更常见的印度教徒，行人中间还有穆斯林。路边反复出现的是茅屋、树丛、稻田，和一些倚靠在门边看往来车辆行人的孩子。这非常像中国南方乡下的感觉，只是植物差异较大，人的装束明显不同。珀勒瓦和奇特旺一样，也处在尼泊尔南部的特莱平原，大量的印度人就通过这个不设防的区域，涌入尼泊尔。有些尼泊尔人曾经对我抱怨，过多的印度移民抢夺了他们的工作机会。

根据"越往南越带印度习惯"的原理，珀勒瓦与印度已经接近到极限了，所以三轮车夫后来的行径显示他沾染了印度人的毛病时，我一点不感到惊讶。他把我们拉到几公里之外的苏瑙利镇上，在尼泊尔出境办公室停下。我觉得他冒着这么大太阳一路挥汗如雨地拉车，非常辛苦，尽管原本说好 40 尼泊尔卢比车钱，还是给了他 50 卢比。他拽下一条黑毛巾擦汗，瞟了一眼我手中的纸币却不接，大声说："先生，车费是 40 印度卢比。"我们为这事白话了几分钟，旁边还有两个看热闹的车夫帮腔。这车夫一度比较坚持，他非说一开始就是谈的印度卢比。我说："不要耽误我的时间，赶紧收下吧，我给你的钱还包括小费并且是车价的 25%，够可以了。"他说："不！是 40

印度卢比。"

实际上印度卢比和尼泊尔卢比的汇率是固定的 1:1.6 而已，40 印度卢比也不过 64 尼币，真不算多，但是我非常、非常厌恶这个人以及类似的欺骗方式。所以我宁可废话几句也不想让他欺骗成功。我说："你诈人找错对象了，就这么多钱爱要不要。"他说："你不能说话不算话。"我说："除了傻子，谁在尼泊尔境内和人谈价格会用印度卢比计算？你们在自己国家谈价钱用印度卢比？为什么不索性用中国元或者美元、法郎、马克、英镑？你骗钱的手段敢更弱智一点儿吗？"他用一种孩子气的固执说："就是印度卢比，就是印度卢比，你不给我不会走的。"那两名车夫也一起嘀咕着敲边鼓。太阳晒着还要被迫吵架，我烦了，说："叫警察吧，没兴趣再和你纠缠。"他们互相看一眼，说："算啦，就这样吧。"于是他收下钱，这事就到此为止了。

在漫长的、相对平静的第一段汽车旅途结束之后，这件事算是为这充满战斗的一天拉开了具有实质意义的序幕。我还不知道，接下来在尼泊尔关口，我们面临着另一场战斗。

我们在这国家做的倒数第二件事，是搜罗各人身上和包里的全部尼泊尔卢比，除了拣出一些硬币和纸币作为纪念，其余的都在当地兑换商那里换成印度卢比。分明头天晚上已经换掉了绝大多数，以为都换差不多了，这次东搜西刮的，居然又找出一大堆。

这之后，我们带着行李到了烈日照射的关口。这地方有点儿乱糟糟的，一堆不同国籍和种族的人在屋子外面排队，身边同样散放着很多行李。等到我进了那间很小的办公室，把一摞护照递给一个中年男人时，他只是瞥了我的护照一下，就从他办公桌抽屉里翻出一张表，大概是什么《过境时间及非移民倾向声明》之类的表格，说："你们应该有这张表，请出示给我，让我核对时间和其他细节。"我说从我申请入境到现在出境,整整一个月中,任何人,都没有向我提到过这么一张表。现在眼看出关了,你突然提出这个问题让我感到惊讶,也许我的情况并不需要?他说:"你们在加都,没有人给你吗?那是应该给的。"我说:"闻所未闻。如果给过我们,这么重要的东西我是不会扔掉的。我赶时间,这里又太热,你爽快盖章让我们走人吧。"他坚持说:"一定给过你们,被你们搞丢了,得把那张表找出来。"

这个自以为是且过分固执的人,加上可怕的太阳和炙热,尤其是前面刚刚发生了一场是非,综合在一起,让我在某种程度上觉得耐心不够用了。我靠近他,轻声说:"就他妈一张破纸片儿,我又不和它结婚生孩子,如果给过我我把它藏起来有鬼吗?问题是我都没见过,你确定我真的需要给你看这张什么垃圾表?睁大你那漫不经心的双眼,仔细地查看我的护照吧,你一定是弄错了。任何人,不管出于什么原因,这样刁难旅客都是不对的。"

他涨红着脸,用难以置信的目光看了我一眼。我对他微笑一下。他强忍怒气,神情复杂地低头,非常仔细地查验了一遍我的护照,然后,仿佛什么事都没发生一样,绷着脸淡淡说:"您果然不需要出示这张表,先生。"我说:"谢谢。"他把我的护照递给旁边一名穿蓝纱丽的年轻女人,那女人在护照上贴个小标签儿,盖了戳,就算结束了。

此时,那中年男人拿着我递给他的其他护照对我说:"但是,先生,这些护照是必须要出示那张表的;它们都是为期两周的过境签证,而不是入境签证。"说这话时,他脸上带着挑战和胜利的表情。我问了一下同行者,得到的回答是:"仿佛给过什么卡片或表格,具体不记得了。"我对这个男人说:"等着,我们会找给你看。"然后他喜气洋洋地看着几个在那里认真翻检行李的人,就像打了一场史无前例的大胜仗。

过了好一阵,终于有几张卡片被翻出来,原来是在首都机场上飞机去尼泊尔之前填的某种具有出境卡性质的卡片。那个男人一看就表示了否定，淡淡地说：不是这卡片。但是我们确实再也找不出任何其他卡片或表格了。他兴高采烈地等着，企图旁观我们如何变得焦虑或沮丧。我开始组织语言，打算从职业道德角度提醒他，这个时候他的职责是帮助旅客解决问题而不是趁机幸灾乐祸落井下石。忽然从里间出来一个超级胖子，见到我们对峙的情形，简单问了两句，拿起那些卡片看了一眼，又仔细看了那几本护照，说："这也是可以的。"说着在上面写几个字，连护照一起递给盖戳的蓝纱丽，随即回去了。中年男人带着明显的失落感，有气无力地看了我们一眼。我对他亲切地颔首微笑，他阴着脸站起来，迈着郁闷的小碎步，快速进了里间，我们直到离开，都很遗憾地没能再见到他那恼怒的孩子气的面孔。

那之后我们走出屋子，在外面暴烈的阳光下停留片刻，给这座小房子拍了张照片。就在我们的对面，立着一道普通的门，上面用英语和印地语写着：欢迎来印度。这两道门的距离很近，中间是一小段破烂不堪的路，路面上拥挤着卡车、巴士、三轮，还有来往的行人以及两头站在路边反刍的牛和一条躺在污水坑边的狗。从我们站的地方走过去，也许要两分钟或者几十步的样子。

那时候大概是加德满都时间下午五点左右，但在印度时间是下午四点多。只要越过这一小段距离，我们面对的时间就要倒流回来，奇妙地回到分明流逝过的一个时间点上。也就是说，这天我们会两次经历过同一个时间段，但是每次的经历都不同，而且这天我们获得的时间总长度增加了。这是值得记忆的一个微小而独特之点。

我们背着背包、拖着行李箱，在烈日下慢慢走过关口。回头看一眼，尼泊尔的行程至此彻底结束，尽管，我还能清晰地记得当初在拉萨递交护照时的场景以及从樟木入关的各种琐碎见闻。在离开这个国家时，我在这里整整31天的生活以及其中的大量细节和各种各样的情绪在一瞬间蜂拥而至，那是属于我自己的、非常个人化的经历。

从此以后，这个原本存在于想象与故事中的国家，就会由于我的回忆频繁地与我产生联系；在那样的时刻，它将不会属于别的任何人，甚至也不属于尼泊尔人，而只是我自己的尼泊尔。

前面，就是印度。我们接下来的旅行将会在这个广袤、幽暗、热烈、神秘的国家展开。

新的旅途中，会有什么样的经历、故事和见闻在等待着我们？

【The End】

附录　书店记

外国人到尼泊尔之后,如果在该国首都加德满都停留,一般都居住在专门为游客设立的旅游区。这地方叫泰米尔区,纵横交错的几条街道上,除了卖各种旅游纪念品和户外用品的商店,还有大量的书店。在加都盘桓的一段时间,我逛了很多书店,它们给我留下了很不错的印象。

这些书店出售的图书,主要是英文书,内容从历史、文化、宗教、社会、旅游到小说。从它们的陈列品来看,应该说非常有针对性。大多数图书都是紧扣"尼泊尔"、"印度教"、"佛教"、"雪山"等主题做文章。因为这里是旅游区,逛店的以前来游览的外国人为主,所以这些图书偏重于介绍当地风土人情和历史文化,少有学术性较强的内容。此外,其他主题诸如社科、经管之类,这里的书店里一般也不会见到,除非去泰米尔区之外的书店购买。

这样的经营思路带来两个方面的特点。以介绍印度教的图书来说,一方面,人们可以在各家书店里找到大量不同版本、详略有别的图书,从大部头到小册子,从纯文字版本到配有漂亮插图的版本,应有尽有。这些书可能是尼泊尔本国出版,很大数量也来自印度,当然也有其他国家出版的。基本上我能都想得起来的与印度教有关的介绍性的图书,总能在泰米尔区的某一家书店里发现,哪怕内容甚至是有些偏僻冷门的。

另一方面,由于针对性太强,也出现了大量撞车和雷同的现象,也许这是某种程度上的相互跟风。对于一名不是很熟悉当地文化的人来说,如果要寻找一本关于印度教大神湿婆的书，他将可能面对的问题是，如何在上百种同类题材但是作者、出版社乃至国家、开本、详略都存在一定差异的图书中作出合理地选择。过于丰富的选择有时候会造成一定的困惑，一些人只好胡乱拿一本走人，也有的潜在读者有时候会因为心生绝望而索性放弃，一名本来想买书的中国游客就是两手空空地走出了书店。他告诉我，干脆回国去找本中文书随便一看得了。实际上我本人也面临过类似情况。我本来想给一位朋友选一本介绍印度教《欲经》（Kama Sutra）的英文书回去，但是版本过于繁多，并且个个都声称自己是最好的；仔细比较起来，除了某些插图有所差异，实在看不出太多明显区别，所以一直拖延下来，没有形成最终选择。

在出售新书的同时，泰米尔区的书店也陈列大量的旧书。实际上，它们

收购并出售旧书。很多到尼泊尔旅游的人，为了旅行方便或消磨时光，购买一些旅游指南或休闲读物，之后为了减轻负担，会把书卖回给书店。书店在这个基础上加价，再次卖给新的游客。虽然这听起来比较琐碎，但是利润也许比人们想象的要大，而且还和购书者本人的砍价本领有关。著名的旅游图书 LP（Lonely Planet，《孤独星球》），是很多旅行者都知道的，它针对不同的国家和地区，乃至同一个国家的不同地区，分别出版一本本独立的游览攻略，并且每隔一段时间就更新版本。旧书店里这本书卖得很不错。我所知道的一名中国人曾经在一家书店里买了一本最新版的 LP《印度》，从开价大概 1800 尼泊尔卢比砍到 1500 尼泊尔卢比，如果他之后愿意，也可以用半价（750 尼泊尔卢比）或更低的价格卖回给书店。那之后，我也亲眼看见另一名中国人买同样版本的 LP《印度》，大概 7 成品相，千辛万苦砍到 1050 尼泊尔卢比，当然他之后还是可以再以买价的一半卖回给书店。可以想象，只是通过一本这样的书，泰米尔区的书店就可以循环反复地赚到一定数量的利润。

尽管丰富的图书会对不同的购书人行为产生不同的影响，泰米尔区的书店也不仅仅是以销售图书为业。这些书店经营范围看起来非常广。除了大量的新书旧书，它们还销售具有尼泊尔本地特色，诸如印着雪山或佛眼的挂历台历，各种明信片，乃至报章杂志。仅仅以报纸来说，人们可以买到尼泊尔本国的报纸，英文的如《喜马拉雅时报》、《尼泊尔时报》、《加德满都邮报》等等，尼文的我不认识，也有好几种刊头不一样的。此外，还能买到印度的报纸诸如《印度时报》和一些杂志，欧美著名报刊如《经济学人》、《时代周刊》、《新闻周刊》等等，规模稍微大点儿的书店门口都有陈列。

从书店的店面来看，泰米尔区乃至整个加德满都的书店都有独到之处。它们不但分类清晰，查找起来比较方便，而且图书陈列紧凑美观，既提高了空间使用的效率，又给逛书店的人一种舒适的感觉。关于这个方面，文字的描述其实相当无力，更有说服力的也许应该是图片。总之，我所逛过的大多数书店,都给我留下这样的印象。

但这不是说泰米尔区的书店就因此会忽略利润。实际上在这里开店的人非常会赚钱。他们的书价一般都标得很高,虽然都是尼泊尔卢比,除以 10 之后换算成人民币,也是价格不菲。随便一本书拿起来就是几百卢比。我相信这是专门针对外国游客这样做的。很多图书上没有明确的定价,即使有,也被这些店主用自己做的价签贴住了,人们很难找到图书的真实价格。我也曾在加都的其他区域逛过几家书店,同样的一本书,比如诺贝尔文学奖得主帕慕克的精彩小说《我的名字叫红》英文版,在别的街道上的书店我见过标价 300 尼泊尔卢比的,但是在泰米尔区一般都标价 490 卢比左右。针对外国游客在图书标价上进行经济学上的"价格歧视"(Price Discrimination),这是泰米尔区书店主人的一大常用手段。

另一方面,他们往往会告诉买书的人,这个价格是固定价格。如果买主坚持问是否可以打折(Discount),他们在略作抗拒之后会象征性地给个九五折,大方地给个九折。如果购书者具有足够的耐心,不排除一本全新的书,可以在六折或以下的价格买到,因为这些店家的书本身是以原价的一定折扣进货的,同时又使用标价大幅度改变了价格。以前面说的《我的名字叫红》为例,原价就算 300 卢比,书店 8 折进货,进价是 240 卢比,但是在泰米尔区经常是标价 490 卢比,游客要求新的价格打 6 折,也还是 294 卢比,店家的利润接近 25%。但是通常会这样为一本书仔仔细细砍价的外国游客应该是非常少的,所以在泰米尔区开书店的人一般来说都活得很不错,虽然书店数量众多而且货物种类经常雷同。

所以,在加都泰米尔区经营书店的就不仅仅是尼泊尔人,也有一些外国人。我的一名朋友曾经在某个书店和它的丹麦老板聊了半天,结束之后概括地告诉我说,后者对目前的生活非常满意。可以想见,通过在加都开书店,这名丹麦人不仅可以长期生活在他喜欢的尼泊尔,也还能有相对稳定的、虽然也许不是那么丰厚的收入（如果与欧元、美元等进行汇率兑换的话）。作为长期生活在这里的人，他可以像本地人一样对各种东西的价格非常了解并买到很便宜的生活用品，因此，他的书店为他带来的高额利润实际上在当地具有不错的购买力。

UNITED BOOKS